Anna Banti
Artemisia

Anna Banti

ARTEMISIA

Aus dem Italienischen von
Sylvia Höfer

List Verlag
München · Leipzig

Die Originalausgabe erschien unter dem Titel »Artemisia« 1947 in Florenz
und 1989 im Verlag RCS Rizzoli Libri S.p.A. in Mailand

Die Arbeit der Übersetzerin wurde durch den
Deutschen Literaturfonds e.V. gefördert.

Die Übersetzerin dankt
Hanni Ehlers, Chiara Fabbri,
Barbara Heller, András Höfer
und Simonetta Puleio
für ihre wertvolle Hilfe und
dem Deutschen Literaturfonds
für die großzügige Unterstützung.

ISBN: 3-471-77174

 Printed in Austria
Gesamtherstellung: Wiener Verlag, Himberg bei Wien

für R. L.

An den Leser

Ein neuer Ansatz, vergangenes und heutiges Leben in Einklang zu bringen, ein neuer Versuch, Geschichte und Literatur zusammenzuführen, aus den alten Quellen unserer Volkssprache frisches Wasser zu schöpfen und in den trostlosen Sumpf unseres heutigen literarischen Italienisch einzuleiten – das waren die ehrgeizigen Ziele meiner Erzählung **Artemisia**. *Doch im Sommer 1944 fiel das bis auf die letzten Seiten vollendete Manuskript kriegerischen Ereignissen zum Opfer, denen, wie ich leider einräumen muß, nichts Außergewöhnliches anhaftete.*

Um die von Trauer begleitete Beharrlichkeit zu rechtfertigen, mit der mein Gedächtnis einer vielleicht allzu geliebten Gestalt weiterhin die Treue hielt, sollte mir zumindest dieser zweite Versuch glücken. Aber da ich mich dieses Mal nur auf die Fragmente stützte, die meine Erinnerung bewahrt hat, und dieses Diktat mit einer übermächtigen persönlichen Betroffenheit verbunden ist, die ich nicht ignorieren – verraten – kann, glaube ich, dem Leser einige sachliche Hinweise auf das Leben der Artemisia Gentileschi zu schulden, einer der wenigen wirklich begabten Malerinnen, von denen die Geschichte Notiz genommen hat. 1598 in Rom als Kind einer aus Pisa stammenden Familie geboren, Tochter des großen Malers Orazio Gentileschi. Als junges Mädchen in Ehre und Liebe verletzt und erniedrigtes Opfer eines öffentlichen Vergewaltigungsprozesses, leitete sie später eine Malerschule in Neapel und wagte sich um 1638 ins ketzerische England.

Artemisia Gentileschi gehörte zu den ersten Frauen, die sich mit Worten und Werken das Recht auf kongeniale Arbeit und geistige Gleichheit der Geschlechter erkämpften.

In den Biographien findet sich kein Hinweis auf das Jahr ihres Todes.

Nicht weinen!« In das Schweigen zwischen meinen Schluchzern dringt diese Stimme, die Stimme eines Mädchens, das bergauf gelaufen ist und sich rasch einer dringenden Botschaft entledigen will. Ich halte den Kopf gesenkt. »Nicht weinen!« Die Geschwindigkeit dieser drei Silben prallt jetzt auf wie ein Hagelkorn – eine Botschaft aus dem hohen, kalten Himmel, hinein in die lohende Glut dieses Sommers. Ich halte den Kopf gesenkt. Niemand ist in meiner Nähe.

Nur wenige Dinge existieren für mich in dieser müden, bleichen Morgendämmerung eines Augusttages, an dem ich auf der Erde sitze, auf dem Kies einer schmalen Allee des Boboli-Gartens, im Nachthemd, wie in manchem Traum. Von der Magengrube bis zur Stirnhöhle brennen meine Tränen; ich kann sie beim besten Willen nicht zurückdrängen und muß den Kopf auf die Knie stützen. Unter mir, zwischen den Steinchen, meine nackten, grauen Füße; über mir, wie die Wogen über einem Ertrunkenen, das dumpfe Hin und Her der Leute, die den steilen Weg hinauf- und hinuntergehen, von dem ich gekommen bin. Leute, die sich nicht um eine Frau kümmern können, die zusammengekauert dahockt und schuchzt. Leute, die sich hier um vier Uhr morgens wie in Herden drängen, um entsetzt den Untergang des Vaterlandes mit anzusehen und die Verheerungen einer einzigen Nacht zu bestaunen, die den deutschen Minen genügte, die Erdoberfläche nach und nach in eine Wüste zu verwandeln. Ohne es zu bemerken, beweine ich, was sie alle vom Belvedere aus sehen werden. Meine Schluchzer sprudeln hemmungslos und lassen verrückte Strohhalme aufblitzen:

den Ponte Santa Trinità, die goldenen Wachtürme, ein geblümtes Täßchen, aus dem ich als kleines Mädchen trank. Und während ich einen Augenblick innehalte und trotz aller inneren Leere begreife, daß ich mich werde erheben müssen, berührt mich jenes »Nicht weinen!« eilends wie eine davonrollende Welle. Endlich hebe ich den Kopf, der schon Gedächtnis ist, und als solchem schenke ich dem Ausruf Gehör. Ich schweige entsetzt, als ich meines schmerzlichsten Verlustes gewahr werde.

Unter den Trümmern meines Hauses habe ich Artemisia verloren, meine Freundin aus dem 17. Jahrhundert, die ruhig atmete, von mir auf hundert Manuskriptseiten gebettet. Ich habe ihre Stimme wiedererkannt, und aus den verborgenen Wunden meiner Seele quellen synchrone Bilder hervor: Artemisia verbittert, verzweifelt und, ihrem Tode nahe, verkrampft wie ein getretener Hund. Reine, glasklare Bilder, die in einer Maiensonne glänzen: Artemisia als Kind, wie sie zwischen den Artischocken der Klosterbrüder auf dem Pincio, zwei Schritte von ihrem Haus entfernt, herumhüpft; Artemisia als junge Frau, in ihre Kammer gesperrt, das Taschentuch gegen den Mund gepreßt, damit man sie nicht weinen hört; Artemisia im Zorn, die Hand zur Verwünschung erhoben, die Brauen gerunzelt; Artemisia als junge Schönheit, auf dem geneigten Antlitz nur ein Lächeln andeutend, die in einem etwas streng geschnittenen, prächtigen Kleid durch diese Alleen wandelt – ja, durch diese Alleen, denn gleich wird die Großherzogin hier vorbeikommen. Unter der Asche der Explosionen spreche ich sie trockenen Auges an: Und das Fenster im Borgo San Jacopo, aus dem du auf den Arno geblickt hast? Das Porträt deiner Freundin, der Sängerin, die in Santa Felicita begraben ist? Ich erreiche sie nicht mehr; oder sie ist zu klein geworden, zu einem Säugling gar geschrumpft, wie die Säuglinge der Flüchtlinge, die unter den Säulengängen wieder vor Hunger zu brüllen beginnen. Mit mechanischer, spöttischer Behendigkeit fließen die Bilder weiter, die zerschmetterte Welt sondert sie ab wie in einem Ameisenhaufen; ich vermag sie nicht festzuhalten, noch kann ich sagen, welche mich am meisten bedrücken: Die Milch, die, in Flaschen abgefüllt, innerhalb von zwei Stunden an der Poliklinik verteilt wird, die Gesichter der Frauen, die sich beschweren – ein jedes mit seinem eigenen enttäuschten und entmutigten Ausdruck –, die beiden jammernden Bettlerinnen, der Epileptiker, der nach seinem unauffindbaren Betäubungsmittel verlangt, der Anginakranke mit seinem Anfall, die schwindsüchtige Bänkelsängerin und die fünf betrügerischen Kinder, die die doppelte Ration mitnehmen. Wie durch ein Wunder bringt Angelica, die kleine Gelähmte, die Bildfolge zum Stehen: Ich erinnere mich an ihre blauen, zauberhaften, treulosen Augen und daran, wie ihre Mutter, die Krämerin, sagt: »Sie ist ja so fromm.« Jene Augen haben mich in Versuchung geführt, eine neue Geschichte zu schreiben, als ich noch gar nicht wußte, daß ich Artemisia verlieren würde. Und während ich mich frage, ob Angelica wohl große Angst hatte, sehe ich in Höhe ihres Kopfes und so deutlich, wie es mir zuvor nie gelungen ist, das grünlich ungesunde Gesichtchen eines vernachlässigten Mädchens, ins Graue spielende Augen, fast blonde Haare und Züge von stolzer, mißhandelter Zartheit – Artemisia als Zehnjährige. Um mich besser anklagen zu können und sich selbst bedauern zu lassen, senkt sie die Lider, als wolle sie mir bedeuten, daß sie an etwas denke und es mir niemals sagen werde. Aber ich errate es: »Cecilia? Denkst du an Cecilia Nari?« Ich fühle, wie sie, das verzweifelte kleine Mädchen, mir die Knie drückt. Ich habe mich noch nicht erhoben, und meine Schluchzer gelten jetzt nur noch mir und ihr: ihr, die fünfzehnhundertachtundneunzig geboren wurde, alt ist inmitten des Todes, von dem wir umgeben sind, und nunmehr in meinem brüchigen Gedächtnis begraben. Ich hatte ihr eine Freundin geschenkt und muß sie beruhigen, auch wenn ich nicht glaube, daß ich sie ihr mit der vermeintlichen Allmacht der Erwachsenen ersetzen könnte. Und in dem Mitleid, das ich für sie empfinde, greife ich zu einer Entschuldigung für mich, einer Entschuldigung, über die ich keine Gewalt habe, ganz aus heutiger Sicht. Angelica hat Cecilias Augen und leidet auch an ihrer Krankheit, deshalb ist sie mir so lieb. Ich erinnere mich, ich erinnere mich sehr gut an das, was geschah.

Cecilia Nari, Tochter vornehmer Leute, die in der Via Paolina einen Palazzo besaßen, und Artemisia Gentileschi, Erstgeborene Orazios, des in Rom lebenden Malers aus Pisa, hatten miteinander Bekanntschaft gemacht. Das Fenster im Dachgeschoß, in dem sich Cecilias Zimmer befindet, ragt über einen steilen Abhang hinaus, zu dem Artemisia gelangt, wenn sie von der Trinità hinuntergeht, wo sie in einem Häuschen wohnt, das dieser selben Familie Nari gehört. Auf der niedrigen Erhebung am Rande des Abgrunds hält Artemisia inne; sie fürchtet sich nicht, den Arm über die Anhöhe zu strecken, um sich von der Fensterbank aus Travertin die Vespermahlzeit zu holen, die ihr das kranke junge Fräulein jeden Tag schenkt. Die kleine Dame lächelt – sie lächelt wie Angelica – und amüsiert sich darüber, daß sie befürchtet, Artemisia könne ausrutschen und stürzen, während sie ihren Schabernack treibt, tanzt und hüpft und zuerst das rechte Bein, dann das linke über den Abgrund streckt. »Hast du gesehen?« Unvermittelt kauert sie sich dann zwischen den Steinen und dem harten Gras nieder und ißt die Pizza oder die Brezeln; dabei starrt sie Cecilia an und sendet ihr stumme Grußzeichen zu, als würde sie auf einem Schiff davonsegeln. Danach beginnt das Gespräch.

»Meine Mutter ist ausgegangen«, sagt Cecilia mit schriller, spitzer Stimme und hebt die zarten Knöchelchen ihres Brustkastens; der Ruf der Schwalbe, die herabstürzt, um unter der Dachrinne ihr Nest zu suchen, gellt nicht anders. Artemisia hört sehr aufmerksam zu, wiegt aber kauend den Kopf, als denke sie an etwas ganz anderes. »Sie ist mit der Kutsche ausgefahren«, sagt Cecilia dann, »sie geht zur Pace-Kirche.« Es gibt so viele Feste in Rom und für die beiden Mädchen ebenso viele Gelegenheiten, gemeinsam von einer einsamen, traurig abenteuerlichen Freiheit zu kosten. Cecilia kann sich nicht bewegen. Und wer würde Artemisia auf einen Spaziergang ausführen? Es sind

Tage, an denen auch die Mägde, ja selbst die Nonnen zu den Festbeleuchtungen und den Jahrmärkten eilen, und der Palazzo der Familie Nari, vom Dach bis zum Keller menschenleer, gehört der ins Haus gesperrten Kleinen, so wie der ganze ländliche, staubige Pincio-Hügel der Streunerin gehört. Von den Grashalmen dringt das Schweigen bis in den wolkenlosen Himmel hinauf, das Knarren von Cecilias Lehnstuhl stört es kaum. »Und wie viele Kutschen hast du?« fragt Artemisia angriffslustig, aber mit zerstreutem Blick; zwischen Daumen und Mittelfinger zerdrückt sie die Beine eines verstohlen erhaschten Grashüpfers. Cecilia zuckt die Achseln wie zwei knorpelige Flügelchen: »Was weiß ich? Zwölf? Dreizehn ...?« – »Und nicht einmal heute kannst du gehen?« Als kleines Mädchen ist Artemisia auch grausam gewesen, und jetzt tut sie, als wolle sie den Grashüpfer auf ihre Freundin werfen: Ihr Gesicht verzerrt sich, weil sie eine Anstrengung und eine so grimmige Genugtuung vortäuscht, daß Cecilias schmachtender Schrei allein deswegen gerechtfertigt ist. »Nein! Nein!« – »Wie dumm du bist!« ruft Artemisia in unversehens heiterer, liebevoller Stimmung. Sie ist aufgestanden, hat das Insekt in den Abgrund geschleudert und krempelt die Ärmel ihres schlichten Kleidchens aus grobem Tuch zu den Schultern hoch. »Jetzt mach' ich einen Sprung und komm' zu dir.« Wieder ein schriller Schrei der Kranken, während Artemisia einen Schritt rückwärts macht, als wolle sie einen Anlauf nehmen. Wie ein kleiner Hügel aus Körper und Kleidern auf den Boden geworfen, lacht sie. So vergehen die Stunden.

Nur wenig wagt Cecilia zu fragen, der wenige antworten, höchstens die Amme, die stehenbleibt und ausruft: »Wenn die Madonna sie doch nur zu sich nähme!« Aber sie weiß, daß Artemisias Vater Heilige malt – wie ihre Tante, die Klosterfrau, nur noch größer. »So hoch und so breit!« erklärt Artemisia und streckt auf der kleinen Erhebung Arme und Beine übertrieben weit aus. »Jetzt einen heiligen Sebastian, ganz nackt, mit Pfeilen, Wunden und herabfließendem Blut. Ja! Mit echtem Blut!

setzt sie keck hinzu, gereizt vom Entsetzen in der blauen Iris. »Wer für den heiligen Sebastian Modell steht, muß die Wunden ertragen.« Wenn sie von ihrem Vater spricht, von seinen Bildern, seinen Erfolgen, verschluckt Artemisia zwischen kindlichen Erfindungen und nackten Wahrheiten rasch Sinn und Silben. »Da ist der Henker, der den Mund öffnet, die Zähne bleckt, das Schwert in der Hand, und man hört, wie der Hieb niedersaust. Da ist die heilige Magdalena, die Caterina aus der Wäscherei, schön, mit blonden Haaren, die müde wird, weil sie so lange knien muß. Vater will nicht, daß sie mit uns spricht. Und ich bin das Engelchen mit Flügeln.« – »Was, mit Flügeln?« fragt Cecilia, baß erstaunt. »Echte Flügel, ganz aus Federn. Der Vincenzo aus dem Nonnenkloster hat sie zusammengenäht. Ja, und eines Tages werde ich mit ihnen fliegen ...« Wie immer, wenn eine Erfindung unglaublich wird, verhärtet sich Artemisias Gesicht, sie blickt dahin und dorthin und äfft eine Frau nach, die sehr beschäftigt ist, eine Frau, die sich ihrer Sache und ihrer Worte sicher ist. Und Cecilia widerspricht nicht, doch ihre Augen erstarren zu Kristall, reglos, unempfindlich, als wären sie geschlossen. Sie zieht sich sichtlich in eine undurchdringliche, nachtgleiche Isolierung zurück, und Artemisia kann sehen, wie sie verschiedene kleine Gesten einer beunruhigten Verlassenen macht und versucht, sich mit den Gliedern ihres gelähmten Körpers selbst Gesellschaft zu leisten. Das Schweigen, von der Erde zum Himmel gestiegen, kehrt auf die Erde zurück und prallt zerberstend auf jenen Steilhang, der vor den Augen der Mädchen beginnt und hinter dem Palazzo Nari in einem Graben voller Scherben, Lumpen, toter Ratten und stinkendem Wasser endet. Wenn sie sich im Bild der jeweils anderen spiegeln, scheinen die Freundinnen sich nicht mehr zu kennen, so, als habe das Leben oder der Tod sie bereits voneinander getrennt. Da erhebt sich ein Murmeln: Es ist Artemisia, die laut nachdenkt, wie sie es zu tun pflegt, wenn sie, allein nach einem Lauf, zwischen den Büschen des Hügels stehenbleibt. »Menica will die Wolldecke wieder haben, und Cecco friert.« Oder:

»Noch ein Weihnachten, noch ein Ostern, dann bin ich zwölf und kann heiraten.« Oder, fast singend: »Papa ist der beste von allen. Das hat auch Gevatter Cosimo gesagt, der Furier. Jetzt malt er für die Mönche.«

Ich erinnere mich, daß die Sonne schon lange Schatten wirft und bald die dreiundzwanzigste Stunde schlagen wird. Draußen ist noch alles hell, aber unter dem Dach wird das Dunkel jede Minute dichter. Ersilia, die Amme, tritt herein, pustend, erhitzt vom Fest, ganz verschwitzt in ihrem Festtagsmieder, ungeduldig und hilfsbereit zugleich, eine Tasse Absud in der Hand und Klagen auf den Lippen. »Jesus Maria! Heiliger Himmel! Schau an, wer lebt, während Familienväter sterben müssen.« Sie hat für ihren Pflegling keine liebevolle Berührung übrig, zieht aber unter ihrer Taftschürze die Mitbringsel vom Jahrmarkt hervor: Mandelplätzchen, »Totenknochen«-Gebäck und eine geweihte Medaille. Offensichtlich hat sie Artemisia nicht bemerkt, doch sie legt die Süßigkeiten auf das Fensterbrett. Ich sehe die angestrengte, zitternde Geste, mit der Cecilia sie der Freundin zuschiebt, die glänzende Haut ihrer kleinen Hand. Wie Artemisia an sie herankommt, weiß ich nicht. Was ich auch sehe, ist die Gebärde heimlicher, fast feierlicher Müdigkeit, mit der Cecilia die violetten Lider über die blauen Augen senkt – Wimpern hat sie kaum –, und wie die schmächtigen Schultern auf das Kissen zurücksinken, während sie die Lippen zu einem kindlichen Schmollmund schürzt und dann zu einer erwachsenen Grimasse der Verachtung verzieht – unschuldiger Ausdruck eines zu schweren Leidens.

Vielleicht dieser durch den Hauch der Jugend verfeinerten und geadelten Grimasse wegen sagte Artemisia ein Jahr später Cecilia heimlich Lebewohl. Im Frühjahr sei sie »Frau geworden«, und sie gürtete sich unter dem kleinen Busen so fest wie die anderen Mädchen in der Nachbarschaft. Der Weg, den Artemisia zurücklegen mußte, um zu Cecilias hohem Fenster zu gelangen, war nun ein anderer: Wieder einmal war Orazio Gentileschi umgezogen, von Unruhe gepackt, seit er mit all seinen Kindern ohne Frau lebte (in zehn Jahren hatte er drei gehabt; die letzte, eine Rothaarige, war mit dem Koch des Monsignore durchgebrannt). Jetzt wohnte er in der Via della Croce und wachte mit argwöhnischen Blicken über seine heranwachsende Tochter, aus der er eine Nonne machen wollte; wehe, er traf sie, die noch klein war, untätig an! Er hatte keine Gesellen mehr. Vor sechs Monaten hatte er den letzten nach Hause geschickt, den Briten mit den weißen Augen und dem strohigen Haar, der abends vor der Tür des Häuschens brüllte: »Mischia, verdammtes Stück! Komm essen!« Ging er außer Haus, bat er – wenngleich mit verächtlichem Unterton – die Klatschbasen aus der Nachbarschaft, die Tür im Auge zu behalten, damit das Mädchen nicht das Haus verließ. Dann kehrte er erst in der Nacht zurück, um fünf, um sechs, und Artemisia und Francesco waren über dem Tisch, neben ihrem Teller mit der kalten Suppe, eingeschlafen. Inzwischen hatte Artemisia gelernt, sich an die Frauen und älteren Mädchen anzuschließen, die immer zwischen Kirchen, Klöstern und den Küchen irgendwelcher Herrschaften hin- und hereilten. Sie hatte auch gelernt, ein Kerzchen oder das Öl für die Laterne als Vorwand zu benutzen. Schon gab sie dem Klatsch Nahrung, weil sie sich hin und wieder von ihnen losriß und für ein Stündchen verschwand. Da sahen sie, wie Artemisia durch die Gemüsegärten davonlief, und zwinkerten einander zu; denn sie wußten nicht, daß sie zu Cecilia ging.

Aber sie ging selten dorthin. Das letzte Mal war es unter einer Oktobersonne, die wie eine goldene Medaille fest am Himmel hing, und die Luft war klar: der Duft des Moschusöls, das Artemisia sich heimlich in die Haare rieb, drang bis zu Cecilia hinauf. Im Sommer hätte den beiden Mädchen etwas zustoßen können, ohne daß sie es sich hätten erzählen können – so selten hatten sie sich gesehen. Und Artemisia erzählte, daß sie jetzt auch malen könne, beim Vater nehme sie die ersten Stunden, und Agostino Tasso, der Kavalier und große Maler, erkläre ihr sogar die Perspektive, so daß alle, auch Cosimo der Furier, der sich eine goldene Nase verdient habe, nicht umhinkönnten zu sagen ... In diesem Augenblick erschien Cecilias Mund, durch den ihr eigenen schmerzlichen Reflex verzerrt, der Freundin wie das anmutige Schnütchen einer gelangweilten Dame. Zwei leichte Locken waren hinter Cecilias Ohren hervorgesprungen; sie trug einen blauen Schleier um den Hals und einen schmalen Goldreif am rechten Ringfinger: Ihre im Schoß liegende Hand war von vornehmer, entrückter Leichtigkeit, und zum ersten Mal nahm Artemisia den Abgrund wahr, der sie unerbittlich von dieser Hand trennte. Groll, Schmerz und Eifersucht spürte sie und im verborgenen, stöhnend wie eine geheimnisvolle Schmach, unstillbare Bitternis. »Eine goldene Nase«, fuhr sie fort, geblendet von ätzendem toskanischem Zorn. »Und er schickt mir Tabletts voller süßer Sachen und Sorbets und spanischen Wein und goldene Kettchen ...« Die Lust am Erfinden öffnete einen tückischen Spalt, aus dem der leibhaftige Cosimo hervortrat, der feiste, bleiche päpstliche Furier, der die Hände immer am Gürtel seiner Beinkleider hielt: dieser nur vage als Gevatter Orazios bekannte Mann und vage Förderer notleidender Künstler, mit seiner Schar unehelicher Kinder, schmutzigem Silberzeug und abgeschabtem Samt. Das prahlerische »Und er gibt mir auch eine Aussteuer« – aus der Erinnerung an ein plumpes Gerede des Mannes gefischt, das in ihr zerstreutes Ohr gedrungen war – prallte zusammen mit der aufblitzenden Offenbarung eines Unbehagens, das jetzt wie ein schmutziger Hund an ihren Füßen leckte. Und es kam ihr nicht über die Lippen. »Frische kleine Pilze«, sang an der Ecke der Via Ferratina die weiche, müde Stimme des altvertrauten Bauern. Ohne ein Wort zu sagen, krümmt Cecilia aufseufzend den Rücken, und die Amme läuft beflissen herbei, ehrerbietig wie die Zofe einer Dame. »Lebe wohl, lebe wohl!« ruft Artemisia, dreht sich um und findet zur tollen Behendigkeit ihrer frühen Kindertage zurück, um, von Stein zu Stein hüpfend, zu verschwinden. Und sie weinte auf dem Weg durch die Gemüsegärten, während sie nach unten sprang, und die Weinbauern sahen ihr stumpfen Blickes nach. Sie streifte das Kleid ab, das sie eigens Cecilias wegen gewechselt hatte, und wollte es nicht mehr anziehen.

Beim Palazzo Pitti zirpen die menschlichen Zikaden; es ist schon Mittag, seit acht Stunden ist es hell, seit sechs sind die Südafrikaner da, und die Frauen haben sie geküßt, wie man aus den zerborstenen Fenstern der Galleria Palatina, unseres Zufluchtsorts, sehen konnte: Unter der glühenden Sonne ergriff jeden, der es mit ansah, unerbittliche Übelkeit. Mit unverzeihlicher Unduldsamkeit verscheuche ich die bestürzte Trauer um Artemisia; ich schäme mich der Beharrlichkeit, mit der ich mich, mitten im Krieg, den ganzen Vormittag lang an sie geklammert habe. Aber ich weiß, daß ich in meinen Wahn zurückfallen werde, und schon höre ich sie in meinen Wangen murren: »Das ist nicht wahr! Cosimo hat mich nicht angerührt.« Sie hält inne, entschlossen, von Cecilia Abschied zu nehmen, von dem, was Cecilia vielleicht geglaubt, gehört hat, von den boshaften Frauen im Haus, von dieser Amme, die mich gar nicht ansah.

Wenn ich an die vernichteten Seiten denke, an die bedächtige Willkür, mit der ich eine nunmehr so gegenwärtige Protagonistin bewegte, weiß ich nicht mehr, worum ich trauern soll. Mich kränkt das Ungestüm, mit dem ich über das hinausgehe, was die Erinnerung mir gestattet und was in der Geschichte erzählt wurde. Und doch muß ich schwören, daß Cecilia Nari sich nichts Schlechtes dabei dachte, als sie die Lippen schürzte: Es war nur der Schmerz, der ihr bereits zur zweiten Natur geworden war und der ihre Aufmerksamkeit immer weiter schärfte. Sie starb. Sie starb ein Jahr später. »Ganz genau: im April 1611«, bekräftige ich und schließe die Augen halb in der Sonne, die unter den Lidern rot tanzt wie die Flämmchen der Fackeln bei der kleinen Beerdigung. So klein war sie übrigens gar nicht. Angesichts ihrer Befreiung entfalteten die Nari große Pracht: Von der Via Paolina bis San Lorenzo ein einziger Zug von Jungfern – weißen und braunen, beigefarbenen und blauen. Die Freunde der Kinderzeit bleiben immer Kinder, Artemisia ist bestürzt, daß Cecilia gestorben ist. »Das hattest du mir nicht gesagt.« Dann, neben den Fackeln, findet sie das Grab ihrer Schande wieder, ein brennendes Grab. Von neuem beginne ich sie zu trösten. »Sie hat es nicht gewußt, sie wußte nichts von der Liebe, von Verlassenheit und Verrat: Ersilia hat ihr nur die Geschichte der Genoveva erzählt. Sie hielt dich für eine Art heilige Barbara mit kriegerischen Zügen. Aus ihrem Fenster erschienst du ihr hoch wie die Türme der Trinità.« In dem Eifer, Trostworte zu improvisieren, wird mir das, was ich geschrieben und verloren habe, als Urschrift unschätzbar, und mein Schmerz brennt um so heftiger, je mehr Artemisia sich beruhigt und ihre Würde zurückgewinnt. Aus einer erzählten, sinnerfüllten Zeit vertrieben, trägt sie jetzt an ihrer geheimnisvollen Person all ihre Lebensalter, und ich sehe, wie sie sich entfernt mit der Allüre einer Diana, die sie zwischen achtzehn und zwanzig hatte, als sie, in eine Notbehelfsehe gedrängt, keinen Mann wollte und einsam lebte.

Ich finde sie auf der Wiese wieder, auf der Höhe des Belvedere, wo die Leute sich auf dem warmen Gras ausstrecken und der Gefahr eines Maschinengewehrfeuers aussetzen. »Ich habe das Gerede der Leute, der ganzen Nachbarschaft von Santo Spirito und Sant' Onofrio, herausgefordert. Ich lief mit weit offenen Augen geradeaus, ohne irgend jemanden anzusehen. Ich ging allein aus, voller Verachtung.« Die Art, wie sie die Lippen schürzt, hat sie Cecilia abgeschaut, von der sie beleidigt wurde. »Von der sie beleidigt wurde.« So stand es auf einem Blatt geschrieben, ungefähr in der Mitte der Seite; ein Wassertropfen hatte die Zeile aufgelöst. So erliegt Artemisia – und nicht nur Artemisia – der Erinnerung. Stumm stöhnt sie wie eine Medusa zwischen den Schlangen, und wieder liegt sie ausgestreckt da, von einem vor Staub weißen Schlaf überwältigt, und sie dreht den Kopf zur Seite, als junge Tote, die nach dem letzten Atemzug ringt. Über uns die Abenddämmerung; gestern abend waren noch alle Steine von Florenz heil, und alles, was sie schützten, was unversehrt. Dort unten knicken die letzten Balken ein: Man sagt, zwischen den Trümmern schwelten geheimnisvolle Brände. Wieder bricht die verfluchte Nacht herein, aber zwischen den Fetzen meines bleiernen Schlafes, auf dem entsetzten Fußboden eines Palastes, will eine neue Präsenz um jeden Preis zufriedengestellt werden. Um ihr auszuweichen, frage ich Artemisia nicht ohne böse Ironie: »Und du hörst nicht auf zu trauern? Beweinst du denn auch den Serafino Spada, den Mann mit dem erdachten Namen, dessen Hand zitterte, als er das Protokoll abfaßte, während du gefoltert wurdest? Hatte er wirklich Sommersprossen und fahle, aber barmherzige Augen? War er aus Bergamo? Sechzehnhundertacht nach Rom gekommen? Als es im Palazzo Farnese brannte? Und schaute er von der Piazza aus zu, als die Reinigungsarbeiter von Sankt Peter sich die Eimer reichten, um den Brand zu löschen?« Im Dunkel, im brutalen Kriegsgetöse, erglüht unter meinen zusammengekniffenen Lidern Artemisias Gesicht als das einer streitsüchtigen Frau: Ich könnte es berühren, und ich erblicke mitten auf ihrer Stirn jene steile Falte, die sie seit ihrer Jugend hatte und die sich immer tiefer eingrub. Als zornige Schlafwandlerin beginnt sie mir ins Ohr zu schreien: Ihre Stimme ist heiser und ihre Sprache verstümmelt wie die einer Frau aus der Vorstadt – abgenutzte, aber unerschöpfliche Mittel der Verzweifelten, sich auszudrücken und sich zu rechtfertigen. Und was anderes hat Artemisia denn seit ihrem vierzehnten Lebensjahr getan, als sich zu rechtfertigen?

»Agostino kam jeden Tag, nicht wahr? Er hatte seine Grillen, kam bald wie ein Türke gekleidet, bald wie ein Ritter daher, mit der Kette auf der Brust. Er konnte ganz gut den Rugantino, den ungehobelten Burschen, spielen und brachte uns Kinder zum Lachen, was für einen, der sich selbst für einen bedeutenden Mann hielt, schon Leutseligkeit war. Vater malte und schwieg. Agostino blieb stehen und schaute, was ich auf dem

Tischchen zeichnete, und sagte: ›Willst du die Perspektive lernen?‹ Wir wohnten in der Via della Croce, hatten zwei Eingänge – ein Taubenschlag: Ich kümmerte mich um das Essen und auch um die Wäsche, und ich paßte auf die Kinder auf, nicht wahr? Die waren noch klein. Francesco war zehn, und Marco trug noch keine Hosen. In den Dachkammern mit den kleinen Balken war es im Winter kalt, im Sommer heiß; ich konnte das Fenster nicht öffnen, immer machte mir jemand obszöne Zeichen: So war es eben in Rom. Da war der mit dem langen Gewand, dem blonden Bart und dem roten Gesicht, der aussah, als sei ihm immer heiß, der kecke, dreiste, stets mit entblößtem Oberkörper umhergehende Pasquino und Luca der Schneider, der mir heimlich den grünen Kamelott schickte: Alle wollten hereinkommen, es war sinnlos, die Türen geschlossen zu halten. Vater wollte mich zu den Nonnen stecken, und dann kam Cosimo der Furier mit der Kutsche, und ab ging's mit allen ins Wirtshaus. Agostino setzte sich neben mich. Ich weinte, ich lachte, ich wollte heiraten. Gevatterin Tuzia kam herunter wegen des Wassers oder wegen des Feuers, sie verbrachte ganze Tage bei mir und redete unentwegt. Sie sagte: ›Machen wir eine Pizza, ich gebe Honig hinein.‹ Sie knetete den Teig, damit ich meine Hände schonte, und brachte ihren Kleinen, damit ich ihn zeichnete. Sie sagte, ich hätte es zu Hause nicht gut, mit all den Männern, die kämen, um Bilder zu kaufen, diesen Kavalieren und Kaufleuten. ›Die wollen dich ins Unglück stürzen! Hör auf eine, die deine Mutter sein könnte. Der Agostino ist unsterblich in dich verliebt, das hat Cosimo mir gesagt, frag ihn, ob er dich nicht heiratet. Gib auch auf Cosimo acht, halt ihn dir warm! Aber der ist so einer, der dir nachjagt, er hat mehr Frauen als Mohammed.‹ Sie schnitt die Pizza auf, gab den Kindern und biß in ihr Stück hinein. ›Es vergeht kein Jahr, und dann hast auch du einen. Heirate den Agostino, du Dummchen, in seiner Kutsche fährst du besser als in der von Cosimo.‹ Da tauchte von irgendwoher plötzlich Agostino auf und führte mich in die Stube, um mir Unterricht zu geben. Tuzia ging hinter uns her und schloß die Tür ... Ich war vierzehn.«

»Vierzehn«, fährt bei Tageslicht eine andere Artemisia in weinerlichem Singsang fort, eine junge, unglückliche, aber stolze Frau. Es stört sie nicht, daß ich mich von dem Kummer über ihren Verlust ablenken lasse, sie prahlt damit, außerhalb meiner zu existieren, und schickt sich beinahe an, mir mit lautlosem Schritt voranzugehen, als der besonnte Weg unter meinen Füßen in den Schatten rückt. Wege mit beschnittenem Buchsbaum und getrimmten Steineichen, so breit, daß ein Paar steifer Röcke bequem auf ihnen lustwandeln kann. Ihre Sprache ist weich, moduliert: das Ergebnis umfassender Erfahrungen, Erfahrungen aus einer ewigen Erzählung, die, einer Freundin gewidmet, vom Gequälten in pathetische Prahlerei wechseln kann. »Vierzehn Jahre! Ich wehrte mich, und es nutzte nichts. Er hatte versprochen, mich zu heiraten, er versprach es bis zuletzt, der Verräter, und ließ mir keine Möglichkeit, Rache zu nehmen. Er hatte mir einen Türkis geschenkt: ›Damit habe ich dich geheiratet‹, sagte er. Vor seinen Augen wurde ich gefoltert, er war leichenblaß und sagte kein Wort.« In Schönheit gebettete Vertraulichkeiten, der Sängerin Arcangela Paladini gewidmet: einer bleichen Brünetten mit spitzer Nase, die soeben das Gemach der greisen Großherzogin verläßt. Die beiden Virtuosinnen spazieren wie Damen und klimpern im Takt ihrer Schritte mit ihren billigen Halsketten: Schweigend überlegen sie, wie sie diese theatralische Freundschaft mit Würde fortsetzen können. Aber Arcangelas Schatten ist schütter, und die Flüchtlinge im Hof brüllen erbittert: Nichts ist einfacher, als an Arcangelas Stelle zu treten und Artemisia erneut zu schonungsloser Aufrichtigkeit zu zwingen. Schwankend folgt sie der wirren Erinnerung an das, was ich schrieb, was ich erraten oder der Genauigkeit der Geschichte opfern wollte. Hervor bricht der unverhältnismäßig dramatische Schrei aus so zartem Munde: »Das ist der Ring, den du mir gabst, das sind die Versprechen!« Serafino Spada, der junge Aushilfsschreiber bei Gericht, schreibt mit halbgeschlossenen Augen, voller Entsetzen. Artemisia gesteht mir: »Er war häßlich, der Agostino, vierschrötig und fahl, vor Schreck wurde sein Gesicht schwarz wie Ruß: Er gefiel mir nicht, er hatte mir nie gefallen. Um größere Wirkung zu erzielen, schleuderte ich den Ring – ich weiß nicht wie – dem Richter ins Gesicht. Er war ein dicker Mann in mittleren Jahren mit einer Warze auf der Stirn, und er sprach durch die Nase. Er wohnte in der Via dei Giubbonari, seine Frau hieß Orinzia. Als er sah, daß ich ihm den Ring hinwarf, wich er aus, riß die Augen auf und verzog den Mund: Ich glaube, er wollte mich ausschelten. Aber er sagte nichts, dachte wohl, die Frauen seien alle gleich, alle ...«

Jetzt deklamiert Artemisia ihre Lektion nur für mich allein; sie will mir beweisen, daß sie alles glaubt, was ich erfunden habe, und wird so fügsam, daß sich sogar die Farbe ihrer Haare ändert. Sie verfärben sich fast schwarz, und ihr Teint wird olivfarben: So hatte ich sie mir vorgestellt, als ich begann, die schimmelbedeckten Akten ihres Prozesses zu lesen. Ich schließe die Augen und duze sie zum ersten Mal. »Es ist unwichtig, Artemisia. Es ist unwichtig, sich an das zu erinnern, was der Richter von den Frauen dachte: Wenn ich etwas darüber schrieb, so war es nicht wahr.« Sie senkt den Kopf und nimmt wieder jenes stumpfe Blond der kränkelnden Mädchen mit dem sauren Schweiß an. Aber sie gibt nicht auf. »Vor dem Fenster der Corte Savella lohende Hitze, Winseln und Keifen der Bettler auf der Straße, die sich um die Suppenreste der Gefangenen balgten. Neben mir der üble Gestank der beiden Sbirren, die noch die Stricke und Marterwerkzeuge in der Hand halten. Einer hatte Mitleid, ein Auge schwamm in Tränen. Ich wußte, auch ohne Agostino anzusehen, daß ihm der Kiefer zitterte. Mir lag nichts daran, ihn zu heiraten; es machte mir nicht einmal etwas aus, ›entehrt‹ zu sein, wie sie es nannten. Da erzählte ich alles, was geschehen war, alles, haarklein ...« Ich muß ihr helfen, obwohl ich müder bin als sie. »Nicht beim zweiten, sondern schon beim ersten Verhör hast du alles erzählt. Dein Vater, der die

Anzeige im ersten Zorn erstattet hatte, fuhr nach Frascati; er wollte dich nicht sehen. Du warst in der Gewalt der Nachbarn, der lamentierenden Stiattesi, der Kupplerin Madonna Tuzia und des Furiers Cosimo. Der eine gab dir diesen Rat, der andere jenen; du wolltest es aber nach deinem Willen machen, wie bei der Beichte.« Sie trank die Worte von meinen Lippen, doch den Kopf hatte sie woanders. »Wir waren allein in der Stube. Madonna Tuzia rührte den Teig in der Küche. Ich sagte: Ich habe Fieber, laßt mich in Ruhe. Er sagte: Ich habe höheres Fieber als Ihr; und dann nahm er mich bei der Hand und wollte, daß wir auf und ab spazierten; meine Zimmertür stand offen. Während er mich mit Gewalt aufs Bett drückte, entdeckte ich auf dem Kasten Francescos Messerchen, streckte mich, packte es und schnitt mir von unten nach oben die Handfläche auf.« Die unglaubliche anatomische Präzision, mit der die junge Artemisia untersucht wurde, soll sich nicht zwischen uns beide drängen: Die Worte, die die Hebammen ihr nach der Untersuchung beibringen, sind wie Funken durch mein Gedächtnis gezuckt und haben nur traurige Asche hinterlassen. Und jetzt erinnert sich nicht einmal mehr die zarte Artemisia daran. Sie lehnt den Kopf gegen meine Schulter, ein Gewicht wie ein Spätzchen, und mit auflebender Stimme: »Danach blutete ich jedesmal, und Agostino sagte, ich sei von schwacher Konstitution.« Es bedarf nicht einmal mehr der geringschätzigen Grimasse; ihre großen Augen blicken verträumt, ohne Groll, und es sind die Augen einer Unschuldigen, die sich niemals vom Geheimnis des Lebens ins Verderben führen lassen wird.

In welchen Formen, auf welch vielgestaltige Weise der Schmerz über die geschändete Unberührtheit sich ausdrücken kann, zeigt mir der Umstand, daß Artemisias Leid darüber, vergebens ins Leben zurückgekehrt zu sein, sie – zur Betrübnis aller – als Opfer erscheinen läßt. Unsere armselige Freiheit verflicht sich mit der demütigen Freiheit einer Jungfrau im Jahre sechzehnhundertelf, die nur über die Freiheit des eigenen unberührten Leibes verfügt und in Ewigkeit nicht begreifen können wird, daß sie sie verloren hat. Ihr ganzes Leben lang sollte sie sich bemühen, sie durch eine andere Freiheit, eine höhere und stärkere, zu ersetzen, aber die Trauer um diese Freiheit blieb ihr. Ich hatte geglaubt, ihre Trauer mit jenen vollgeschriebenen Seiten gelindert zu haben. Doch jetzt kehrt sie zurück, mächtiger denn je, wie ein Wrack, das mit der Woge, die es heranspült, auftaucht und wieder verschwindet und zeitweilig vom klaren Wasser verschluckt zu sein scheint. Tausendmal von der Glut der Beleidigung verbrannt, tut Artemisia tausendmal einen Schritt zurück und holt Atem, um sich erneut ins Feuer zu stürzen. So machte sie es früher, so macht sie es heute mit mir.

»Der Spaziergang.« Es ist das kleine Mädchen, das am Ärmel zupft und um seine Lieblingsgeschichte bittet; es ist die Angeklagte, die nicht müde wird, ihren einzigen Entlastungszeugen zu bedrängen. Noch einmal will sie dem Unvermeidlichen ausweichen, den Strom hinaufschwimmen, das Geschehene durch eine Erklärung ungeschehen machen: Und sie erlaubt mir auch nicht, meine Worte zu ordnen. »Du warst blaß, nachdem du einen Winter eingesperrt warst, und am Abend, wenn der Vater vom Monte Cavallo, dem Quirinal, zurückkam und die Tür nur ein wenig offen ließ, trat sofort Tuzia herein und sagte: ›Eure Tochter da, Signor Orazio, hat kein gesundes Gesicht. Ich spreche aus Verantwortungsgefühl, denn bei den Zoccolette wollen sie nur gesunde Mädchen haben, und die Oberin wird sie Euch nach Hause schicken. Ich sage immer: Gute Luft und frommes Tun erhalten die Gesundheit.‹ Der Vater sah dich ungläubig und angeekelt an und sagte schnell, ja, sie, die Madonna Tuzia solle dich am frühen Morgen ruhig spazierenführen. Der Sommermorgen war verschleiert und matt; oben auf dem steilen Abhang der Trinità dei Monti konnte man das geschlossene Fenster von Cecilia Nari sehen. Die Sonne verhüllte sich, als ihr in die nach San Giovanni führende Hauptstraße einbogt, ein Strom aus schwerem Staub, den die Kutschen aufwirbelten und bis zum Himmel schleuderten. ›Man sollte eine zur Verfügung haben‹, seufzte Tuzia. Sie hatte ihre ganze Brut dabei: die bucklige Tochter, die vier Buben, den wimmernden Säugling, und auch Francesco hatte mitkommen wollen, aber er setzte sich, wie schmollend, von ihnen ab. Hinter Santa Maria Maggiore standen zwei unter einer Steineiche; es waren Agostino und Cosimo der Furier. ›Wohin sind die Gevatterinnen in aller Frühe unterwegs?‹ fragte Cosimo und versetzte Agostino einen Rippenstoß. Indessen kommt Francesco heran. ›Deine Schwester muß müde sein, und hier ist doch der Weinberg eines Freundes‹, sagt Agostino zu ihm, als wäre er ein großer Herr, schiebt ihm aber zugleich ein halbes Dutzend gezuckerter Kringel auf den Arm. Du bist weitergelaufen und hast alle hinter dir gelassen. Tuzia redete unentwegt und schrie und lachte; schon hast du nicht mehr verstanden, was sie sagte. Dann spürtest du ihren schweren Atem im Rücken, sie lief und kaute Pastillen. ›Willst du welche? Sie sind süß und gut gegen den Durst.‹ Du gabst keine Antwort, gingst wütend weiter, hattest Lust zu weinen und verspürtest einen seltsamen, schamhaften Stolz. Auch Francesco, der seine Kringel kaute, holte dich ein und bot dir welche an. Vielleicht waren Agostino und Cosimo stehengeblieben, vielleicht folgten sie dir; du wolltest dich nicht umdrehen.«

Artemisia ist nicht zufrieden: Ob es vielleicht ein Verdienst sei, daß sie sich nicht umgedreht habe? Sie erwartete mehr, vor allem die logische Entfaltung einer ruhig dahinfließenden Erzählung, eine wohldurchdachte Interpretation ihrer Gesten, genau das, was ich ihr nicht mehr geben kann, seit ich sie so nahe bei mir habe. Seit sie sich mir an die Fersen geheftet hat, bringt sie meine Bilder und Erinnerungen durcheinander. Jetzt erzählt sie mir, sie habe – auch als sie schon längst keine Jungfrau mehr war – jedesmal, wenn sie nach San Paolo ging, geglaubt, vergewaltigt zu werden.

»Ich bin mit der Kutsche hingefahren, wir wohnten nun bei San Spirito; die Nachbarn wußten alles, und einmal drohte mir

Agostino, und ein andermal sagte er zu mir: ›Warum erhörst du nicht den mit dem langen Gewand?‹ Er sah aus, als meine er es ernst, und dann drohte er mir, mich umzubringen. Ich hatte mir in den Kopf gesetzt, nach San Paolo zu gehen, um mir Vaters Altarbild anzuschauen, das ich noch nicht an seinem Platz gesehen hatte, und ich meinte, es würde mir guttun. Der Wind wehte, ich wollte dennoch gehen, aber Tuzia wollte es wegen Agostinos Drohungen nicht. Ich sagte, ich wolle allein gehen: Damals meinte ich, daß ich nach meiner Schande wenigstens das Recht hätte, frei wie ein Mann zu sein. Auch vor den Kindern ekelte mich, wenn ich daran dachte, wie sie zur Welt kamen, aber Tuzia heftete sich mir mit ihrer ganzen Brut an die Fersen, und ich brauchte nur zu sehen, wie sie, kaum auf der Straße, ihr Kopftuch zuband und sich schneuzte, um zu wissen, daß wir nicht allein bleiben würden. Am Anfang der Straße, die am Fluß entlangführt, stand eine Kutsche, die aussah, als sei sie vom Staub zerfressen; und ein Mann im Mantel hielt die Hand am Wagenschlag. Ich wandte mich um, um nach Hause zurückzukehren, weil ich Agostinos krumme Waden erkannt hatte, aber der Wind klebte mir die Haare auf die Augen, und als ich sie wieder öffnete, stand Agostino da und bedeutete mir einzusteigen, und er lächelte, als wären wir uns einig. Diese Kutsche war wie ein Tal, wir paßten alle hinein, und drinnen saß der alte Stiattesi, sagte den Rosenkranz auf und seufzte. ›Wolltest du nach San Paolo gehen?‹ fragte Agostino, sobald er den Schlag geschlossen hatte, und fletschte seine schlechten Zähne. ›Du kommst mit mir. Los, Kutscher!‹ Als ich spürte, wie ich gezogen wurde, verrauchte mein Zorn, ich beruhigte mich und war fast glücklich; mit der Kutsche zu fahren, hat mir immer gefallen. Er wollte zu den Wiesen hinunter. Tuzia sagte, daß ihr das Kreuz weh tue und daß die Kinder sich in den Gräben verirren würden, weil sie solche Wildfänge seien. Nur mein Francesco wollte mit uns aussteigen, aber Agostino warnte ihn davor, uns zu folgen. Da hob er nur einen Stein hoch, ließ ihn ganz langsam fallen und blickte uns nach. Das Gras war hart, die Erde weich, und ich bekam nasse Füße. Der Wind hatte sich gelegt, und ich wollte mir vorstellen, ich wäre allein und hätte mich verirrt, ich verschloß die Ohren vor Agostinos Stimme und seinen Schritten, aber unsere Schatten waren schon eins. So machte er auch dieses Mal, was er wollte. Mich verdroß die Eile, mit der ich damals von der Unlust zur Einwilligung wechselte, und doch war ich im Grunde meines Herzens nach wie vor und bis zum Schluß verzweifelt. An jenem Tag gab mir Agostino den Ring und tat einen großen Schwur, mich zu heiraten, sobald die Trauringe kämen; seine Frau sei eine Metze gewesen und gewiß in Lucca gestorben. Ich hielt den Mund, antwortete dann aber so plötzlich, als flüsterte mir jemand Worte ein, die nicht die meinen waren. Als wir an jenem Tag an der Kirche anlangten, wo die anderen auf uns warteten, glaubte ich, mich für immer verändert zu haben; ich fühlte mich wie eine Braut und schämte mich dessen nicht einmal. Tuzia gab mir einen scherzhaften Knuff, wie sie es immer tat, und die Verzweiflung strömte in mich zurück, so daß ich sie hätte schlagen mögen. Es war nun an mir, einzutreten, das Kreuzzeichen zu machen, das Bild meines Vaters zu betrachten und zu hören, was der Doktor sagte: Dieses ist nicht gut gezeichnet, hier ist zu wenig Licht, da ist die Farbe stumpf. Francesco sagte laut: ›Ich bin müde.‹«

Das Schweigen nach dieser ungestümen Erzählung, von krampfhafter Eile gedrängt, liegt an mir. Ich beschließe, Artemisia nicht mehr reden zu lassen und nicht mehr für sie zu reden; in meiner Gegenwart ist kein Platz mehr für die Vergangenheit oder die Zukunft. Aber während ich mit den staubbedeckten Lebenden spreche, wiederholt ein frisches, unverdrossenes, quengelndes Stimmchen seine Frage: »Sage ich etwas Falsches?« Es erinnert an die Ungeschicklichkeit töricht fragender Frauen: Und Artemisia war doch eine große Frau. Einem erzürnten Ehemann gleich, gehe ich zur Offensive über: »Als glaubtest du, was ich geschrieben habe! Als würde mein Verlust dir wirklich etwas ausmachen!« Ich suche einen sauberen Stein, um mich darauf zu setzen. Ein weiterer Kriegstag geht zu Ende, ich bin müde, und die Alleen des Boboli-Gartens sind eine einzige riesige Latrine. Am dürftig sprudelnden Springbrunnen, der Laune eines hochgeborenen Herrn zu verdanken, zanken sich zehn Frauen um das Wasser, aber ich nehme sie gar nicht wahr: Ich bin eine anmaßende Büßerin, die Abbitte tut: Und nun verfolgt mich Artemisias dritter Spaziergang.

Man brachte ihr eine Botschaft aus der Corte Savella: Überbringer war ein mit falschen Schwären bedeckter Bettler, der dumpfen Schrittes die Treppe erklomm. »Die Signora Artemisia wird gebeten, nach dreiundzwanzig Uhr zu kommen. Der Signor Agostino wünscht, mit ihr zu sprechen.« Der Mann drückte sich umständlich aus, er war aus Sizilien; wieder unten angelangt, kroch er in die häßliche Kammer der Stiattesi und kam nicht mehr heraus. Später stieg der alte Stiattesi, die Füße nachziehend, die Treppe hoch; er weinte und packte Artemisia bald an der Hand, bald am Arm und bald am Kleid, um seinen Worten Nachdruck zu verleihen und sie zu überreden. »Ich schlafe und esse nicht, solange diese Schmach andauert. Ihr müßt heiraten, wie es Gott befiehlt! Zur Corte Savella begleite ich Euch. Wir werden Orazio sagen, daß wir zur vierzigstündigen Ausstellung und Anbetung des Allerheiligsten gehen. Auch die Grazia kommt mit; sie wird für Euch an Mutterstelle treten. Sie wird eigens deswegen vom Krankenlager aufstehen.« Er küßte den Boden, hob das Kruzifix zum Himmel und hielt es sich dann an die Brust.

Es war schon Nacht. Grazia, vom Fieber ermattet, war nicht imstande zu gehen, und ihr Mann befahl ihr, sich im Dunkeln auf eine Stufe zu setzen und dort zu warten, denn sie war schon alt, und keiner würde sie beachten. Sie überquerten den Ponte Sisto und gingen dann nach links, statt in Richtung San Carlo. »Sagt es niemandem!« flüsterte der Alte. »Sagt weder Tuzia noch Clementina, daß ich Euch hierher geführt habe. Vertraut mir allein und hütet das Geheimnis! Daß nur um Gottes willen

Euer Vater nichts erfährt! Er ist so ein jähzorniger Mensch.« In der Wachstube war die Laterne gerade erst angezündet worden; sie schwankte noch hin und her. Der Stiattesi sagte: »Wartet hier auf mich!« Dann ging er zu einem Tisch, an dem zwei Sbirren mit einem Dritten spielten, der ihm den Rücken zugewandt hatte und sich jetzt umdrehte. Es war Agostino. Der Alte nahm seine Mütze ab und blieb ehrerbietig wie vor einem hohen Herrn vor ihm stehen. Sie redeten und redeten; Agostino machte hin und wieder eine ungeduldige Bewegung. Er tat, als habe er nicht bemerkt, daß Artemisia neben der Tür stand, und es schien, als gebe er auch hier drinnen den Ton an. Schließlich wandte der Alte sich von ihm ab und sagte laut: »Kommt her, Signora Artemisia, Euer Bräutigam will Euch sprechen.« Aus den dunklen Ecken erhob sich ob seines schulmeisterlichen, salbungsvollen Tons höhnisches Gekicher, und ein Soldat stimmte ein, deutete eine Verbeugung vor dem Mädchen an, nahm Haltung an und grinste. Einige sagten: Hochverehrte Dame! Andere ahmten Hühnergegacker nach, und einer trällerte frech: »Mein Schätzchen, du!« – Männer eben, die mit solchen anmaßenden Spötteleien ihre unsichtbare Gegenwart, durchtränkt von Leder- und Schweißgestank, bestätigen. »Ein versöhnliches Angebot eines Kavaliers, dem an seinem guten Ruf gelegen ist«, fährt Stiattesi fort, blickt in die Runde und lächelt, als wäre all dies Gespött nur harmloses Kindergeplapper. »Ihr sagt, daß er nicht der erste war, die Anzeige wird gegenstandslos, Ihr holt ihn aus dem Gefängnis, und er heiratet Euch auf der Stelle. Wenn es die Wahrheit ist, tut Ihr heilige Buße, wenn es eine Lüge ist, so opfert Ihr sie den armen Seelen im Fegefeuer. Ich rate Euch ...«

Nichts regte sich, aber ein gewaltiges Tosen erfüllte Artemisias Ohren und all ihre Sinne, ihr Blut wurde schwer wie Blei, ihr Gesicht verfärbte sich, und hätte sich jemand darum bemüht, hätte er gesehen, daß ihre Röte an violette Blutergüsse erinnerte. Im Licht der Laterne, dessen Schatten wie eine Fledermaus unablässig auf dem Boden flattert, ist Agostino ein dunkler Gegenstand, der sie anblickt, und es ist unmöglich, in ihm das Wesen eines Menschen, geschweige denn das eines Freundes oder Liebhabers wiederzufinden. Vielleicht hat er sie begrüßt, vielleicht hat er etwas gesagt, aber nun bricht es aus dem Furier Cosimo Quorli hervor: »Nur Mut, schöne Jungfer! Deinen Namen kannst du doch schreiben, hier ist das Papier, und da ist der Bräutigam.« Und die Rettung lag in derselben Bewegung, die sie aus einem ganz anderen Impuls heraus von Cecilia getrennt hatte: den Rücken kehren und fliehen. Sie lief in das stickige Dunkel hinaus, das nicht dicht genug war, um die Erinnerung an die rote Laterne und das wirre Geschrei der Wachleute und der Gefangenen, die ihre Flucht überrascht hatte, zu überdecken. Vielleicht folgte ihr der Stiattesi, doch sie konnte Gott sei Dank laufen, ohne zu stolpern, und die Straße war leicht und zuverlässig unter ihren flinken Füßen. Sie hatte keine Angst vor finsteren Begegnungen, und als sie bemerkte, daß keiner ihr nachlief, verfiel sie rasch wieder in ihren ruhigen, unbeschwerten Atem, und als wäre es Tag, rief sie der armen Grazia, die zitternd auf der Stufe saß, zu: »Los, fort von hier!« Stark wie ein Pferd, war sie bereit, sie hochzuheben und auf den Armen zu tragen. Und alles ging wundersam gut: Kein Mensch auf den Straßen, am Tor, auf der Treppe: Niemand sah sie hinaufsteigen und die Tür schließen. Nur wer von der Scham verzehrt wird, nennt solche Kleinigkeiten glückliche Zufälle. Tuzia war nicht da, Orazio noch nicht zurück. Ganz leise streckte sie sich zwischen den Laken aus, ohne auch nur einen Blick auf die Brüder zu werfen, die bereits schliefen, die Ärmsten. Ihr Blut hatte sich geballt wie eine Gewitterwolke, und nun begann es allmählich wieder zu fließen, unterbrochen von zu hastigen Sätzen, die verzweifelt gehetzt waren für einen so jungen Menschen. »Wenn das Dunkel doch ewig anhielte! Niemand würde mich als Frau erkennen – die Hölle für mich, ein Übel für die anderen«, so lautete einer, der nicht der einzige war.

In jener Nacht dachte sie nicht daran, die Erinnerung an ihre alte Unschuld zu bewahren, sich mit ihr zu befassen – so wenig konnte sie glauben, was geschehen war, so überzeugt war sie, die Beleidigte, von ihrem Recht auf Entschädigung: vielleicht sogar von einem Triumph des Opfers. Sie hatte nicht die Kraft, den gewalttätigen und niederträchtigen Liebhaber, die Kuppler und die falschen Zeugen – Cosimo, Tuzia und all die Knechte, Wäscherinnen, Modelle, Barbiere und die schmarotzenden Maler – zu verabscheuen: Es waren Menschen, die sie als Kind kaum beachtet hatten und die ihr jetzt, vor dem Richter, fortwährend vieldeutige Gesten und Handlungen andichteten. Heute fühlt sie sich schuldig, schuldig wie jeder es erwarten würde, schuldig, seit sie die Erdbeeren aus dem Garten der Mönche stahl und der Blick der bleichen Cecilia auf sie fiel. Wenn sie sie so behandeln, müssen sie recht haben; immer schon hatte ihr in aller Augen ein Makel angehaftet; Tuzia hatte recht gehabt, als sie Orazio antwortete: »Paßt nur gut auf Euer Hürchen auf!« Die Nachbarinnen sind im Recht, wenn sie sich, wie Katzen auf den Fensterbänken des kleinen Hofes sitzend, jeden Tag lauthals die neuesten Nachrichten über ihren Fall zurufen, rücksichtslos. Eine dumpfe Kälte weist ihr die einsame, resignierte Zukunft einer Verruchten; diese aber wird wenigstens ihr Reich sein, so, wie dieses Dunkel ihr gehört, dieses Bett, in dem sie sich versteckt hat, und der Schlaf, den vorzutäuschen ihr niemand verwehren kann, sollte ein Licht ihn stören wollen. Sie wird die Herrin über ihre Klagen bleiben und so denken, wie es nicht erlaubt ist – anders als die Rechtschaffenen, aber auch anders als die Ruchlosen. Sie wird ihre Berechnungen anstellen können, wie ein Bettler seine Münzen zählt, über die jeder Bescheid wissen will. Sie wird die Zeit zum Begleiter haben und sie auf ihre Weise füllen – mit Tränen, Gleichgültigkeit und Freuden, in die niemand eindringen kann und die ihren geschändeten Stolz heimlich speisen werden. Als sie sich endlich auf die rechte Seite dreht, um wirklich einzuschlafen, sagt sie sich: »Sie werden Artemisia noch kennenlernen.« Dann kommt die mädchenhafte, leicht prahlerische Überheblichkeit ihres Wesens, um sie zu trösten – ein schwarzer, knabenhafter Engel, unschuldig und stark, der zurückkehrt, um sie zu beschützen. Er kennt die Demut, die Sanftheit, den vorsichtigen, scheuen Zweifel des Frauseins nicht; nichts hält den Wind von seinen Flügeln ab. Nur eine zärtliche Unterwerfung kann ihn festhalten, wenn Artemisia Gentileschi an ihren Vater denkt. Aber die schwierige Liebe Orazios hat sich von ihr abgewandt; ihr hoher Wert ist jeder Schwäche ein Henkersschwert; wenn sie dieses Bild heraufbeschwört, fühlt sie sich sogleich wie durchbohrt. Wer nicht vor Schmerz sterben will, muß sich solcher Liebe entwöhnen.

Artemisias dritter Spaziergang hat mich auf einen Weg zurückgeführt, der weder Ziel noch Zweck hat, während die Tage sich verändern, nicht aber die Dinge und die Ereignisse um mich herum. Es wandelt sich auch nicht das beharrliche Wirken des Gedächtnisses, sondern das der Bilder, die sich vom Gedächtnis nähren. Die, die mich tröstete und bedauerte, die bei mir lebte, und zwar begeistert lebte, beschäftigt mich als eine Gestalt, die niemand ignorieren kann, als Berühmtheit und bedeutungsvolles Vorbild: eine Gestalt, deren Biographie Jahr um Jahr offenliegt und die wiederzuerwecken sich Stunde für Stunde lohnt, gerade an jenen Tagen, an denen ihre Geschichte schweigt. Keine einzige beschriebene Seite erhebt sich aus den Trümmern, sondern die Erinnerung an eine Art von Text, von bebildertem Lehrbuch. Agostino, freigesprochen und freigelassen infolge der Intrigen des Furiers Cosimo und der käuflichen Dienste Giambattista Stiattesis; Orazio Gentileschi, durch seine Ekelgefühle kaum gestört, in seine intellektuelle Unerschütterlichkeit zurückgeschlüpft; Artemisia, durch kurzzeitige skandalöse Berühmtheit in eine starrsinnige, prekäre Einsamkeit gedrängt – das sind Tatsachen, die mir – und ich weiß nicht, ob ich darüber erröten soll oder nicht – einen zweiten Punischen Krieg wert wären. Man kann unschwer erraten, was die afrikanischen Elefanten in Italien fraßen; man kann sich unschwer vorstellen, wie Artemisia im Sommer des Jahres sechzehnhundertfünfzehn ihre Abende verbrachte. Sie ist siebzehn Jahre alt. Sie ist nicht umgezogen; Orazio schert sich nicht um das Gedächtnis des Nachbarn, sobald seine eigene Erinnerung ausgelöscht ist, und es bedrückt ihn nicht, daß seine Tochter tagtäglich Leuten begegnet, die mit dem Finger auf sie zeigen können. Im Mai sechzehnhundertzwölf sagte der Schneider Luca Ponti, der zugunsten von Agostino aussagte, frech zum Richter: »Es ist bekannt, daß man in Rom unter Freunden nur vom F... und vom Streiten redet.« An diesen Sitten hat sich nichts geändert, und Artemisia schließt am hellichten Tag und trotz der Hitze das stoffbezogene Fenster, damit niemand sie sieht. Ihre Brüder arbeiten, Marco in der Gerberei, Giulio im Atelier, Francesco als Stukkateur: Sie sind frei wie Erwachsene und essen am Abend in der Trattoria, im Kühlen. Um jene Stunde spielt die Blässe der eingesperrten Artemisia ins Grünliche, die Haare hängen ihr wie Stränge stumpfer Seide über die Wangen herab. Sie sitzt da und zeichnet bis zum Anbruch der Dunkelheit, und dann zündet sie, ohne das Fenster zu öffnen, die Laterne an. Die Modelle, bekleidete Puppen und kleine Statuen, stammen aus dem Atelier des Vaters, der außerhalb der Stadt arbeitet, ißt und schläft, auf dem Monte Cavallo. Sie drapiert Bänder und Seiden aus ihrer ärmlichen Aussteuer einer schönen Tochter um die Gegenstände und gibt Blumen, Früchte und einen Totenschädel dazu. Sobald die Aufmerksamkeit ihrer Augen nachläßt, jagen ihr jene feierlichen, stillen Szenen manchmal Angst ein. Dann steht sie auf und macht einen Rundgang durch das Zimmer, das zugleich die Küche ist; das Haus hat keinen eigentlichen Wohnraum. Sie bleibt vor dem Fenster stehen, öffnet es aber nicht, und lauscht sehnsuchtsvoll dem großen Lärm im Hof, von dem sie jeden Ton erkennt: Clementina schlägt die Eier für den Pfannkuchen und bittet die neue Mieterin um Basilikum. Lucia ruft von der Terrasse aus ihre Freundinnen zusammen, um für den Abend einen Ausflug nach Sant'Onofrio vorzuschlagen, weil es dort kühl ist. Meister Pasquales Söhne, von der Arbeit heimgekehrt, verlangen laut fluchend nach Wasser, um sich waschen zu können. Und aus dem Erdgeschoß, wo die Stiattesi noch wohnen, dringt ein unbekannter zweistimmiger Singsang: »Sag mir, mein Liebchen, sag mir, was macht ...«, der mehr als alles andere den Wunsch wachkitzelt, sich hinauszulehnen, zu horchen, zu fragen, zu schauen. Aber es genügt das schleppende Gerede Tuzias, die vom ersten in den zweiten Stock gestiegen ist (»Gleich lasse ich Euch den Kringel hinunter, er duftet ja so ...«), um sie die Hand von der Klinke zurückziehen zu lassen. Noch eine Runde und ein paar sinnlose Gesten; sie trägt den Topf vom Backtrog zum Spülstein, schenkt sich ein Glas Wasser ein, und dann sitzt das Mädchen wieder da, den Bleistifthalter zwischen den Fingern. Das Licht der Laterne, dem die Abenddämmerung immer weniger entgegenzusetzen hat, vervielfacht das Spiel der Schatten in den Drapierungen und belebt ihr Interesse an den Studien neu, und wieder beginnt sie mit einem weißen Blatt.

Spät in der Nacht kommen die Brüder nach Hause, und obwohl jetzt niemand sie sehen könnte, hat es sich Artemisia noch nicht gegönnt, das Fenster zu öffnen und durchzuatmen. Sie zeichnet mit einer weisen Hingabe, die fast die Zeichen der Müdigkeit, die kleinen Augen und die blaubeschatteten Augenhöhlen, Lügen straft. Giulio und Marco verkriechen sich ins Bett, aber Francesco bleibt, schlendert durch die Küche, streichelt die Katze, schneuzt den Docht der Kerze und findet immer Mittel und Wege, um für eine Sekunde hinter dem Rücken seiner Schwester stehenzubleiben – eine Sekunde und nicht länger, weil er genau weiß, daß Artemisia es nicht mag, wenn man ihr bei der Arbeit zusieht. Schließlich kann er der Versuchung nicht mehr widerstehen, zieht einen Schemel heran und setzt sich ebenfalls hin, vor sich ein Blatt, in der Hand einen Kohlestift. Er begnügt sich mit einem Eckchen des Tisches und dem Teil des Modells, der von seinem Platz aus zu sehen ist. Seine Hand, spröde von der körperlichen Arbeit, lockert sich allmählich, und auch das nächtliche Schweigen scheint sich in jener Tätigkeit aufzulockern, die für die Gentileschi wie ein Gespräch ist. Mit einsilbigen Worten und kurzen Sätzen bahnt sich das wirkliche Gespräch an, und nun zeichnet Francesco langsam und zerstreut weiter; sein Blick löst sich oft vom Blatt und vom Modell, um sich auf Artemisias Hand, ihre Arbeit zu heften. Jetzt fürchtet er nicht mehr, ihr lästig zu fallen, wenn er der Bewegung ihres Bleistiftes folgt und wenn er sich zu ihr beugt und innehält, um ihre Zeichnung zu betrachten. Die Absicht der kleinen, mageren, mit Sommersprossen besprenkelten Hand gilt für zwei. Sie ist so heimlich und doch so offen, daß der Jüngling sie schließlich anspornt und ihr großzügig Beifall spendet. Manchmal entschlüpft ihm ein Vorschlag: »Rechts mehr Licht«, und es wandelt ihn an, am Modell eine Unebenheit zu glätten – Schlüsse einer Interpretation, die nie in die Irre geht. Eine Stunde schlägt nach der anderen, endlich gähnt Artemisia, und Francesco schwenkt mit seiner Aufmerksamkeit von ihrer Zeichnung zu ihrem Gesicht. Er sagt nicht: »Schluß für heute!«, sondern beginnt, die Ellbogen auf den Tisch gestützt, den Kopf zwischen den Händen vergraben, in einer Haltung also, die Erholung suggeriert, von Carlo Veneziano zu erzählen, dem mit der schönen Farbgebung, von Borgianni und seiner Zeit in Spanien, vom Franzosen Valentino, der gekränkt war wie Caravaggio, von den Bildern, die Signor Giustiniani bestellt hat, von den Malern, die aus Madrid oder vom König von Frankreich angefordert werden. »Sie haben das Bild des Anteveduto an seinen Platz gehängt.« – »Baglionis heiliger Laurentius findet keinen Anklang.« Ohne es selbst wahrzunehmen, hat Artemisia aufgehört zu arbeiten; sie hört zu und stellt Fragen. Bis sie lächelt, mit ihren blassen, aufgesprungenen Lippen, bis sie zu scherzen beginnt. So lange Zeit ist sie nicht mehr draußen gewesen und spazierengegangen, hat sie die Freunde ihres Vaters nicht gesehen, ihren Plaudereien nicht beigewohnt. Und oft hält Francesco die Überraschung, den Freudenfunken, bis zuletzt zurück: »In der Werkstatt des Bildhauers Angelo hat der Maler aus Modena gesagt: Ich möchte malen können wie jene junge Frau, die in San Spirito wohnt, die Tochter des Gentileschi.« Nicht einmal Francesco fällt es leicht, die Rührung auf Artemisias Gesicht zu entschlüsseln: Sie entzieht es ihm, indem sie sich hinabbeugt, um die Papiere einzusammeln und den Bleistift aufzuheben, der auf den Boden gefallen ist; aber der Gleichklang der Gesten, mit denen die beiden Geschwister den Tisch aufräumen und die Lampe löschen, kommt einem Händedruck, einem Dank gleich. Ehe er hinter dem grünen Vorhang verschwindet, der sein Strohlager verbirgt, hat der Jüngling das Fenster geöffnet, und die kühle Nachtluft ist wie ein Geschenk, das er Artemisia zurückläßt. Diese bleibt stehen, um durchzuatmen, bevor sie zu Bett geht; ihr ist etwas schwindelig, und sie erschrickt beinahe angesichts des großen, hohen, fernen Himmels, vor dem die Riesenglocke von Sankt Peter zu schlagen scheint. Dort oben ordnen sich die Sterne zu ihren Bildern, als wären sie durch ein leuchtendes Sieb gestäubt worden, das nun eines gigantischen Pinsels harrt. Die heißen Handflächen an dem kalten Marmor, die Knie auf dem Schemel, legt Artemisia den Kopf auf das Fensterbrett, und es scheint ihr, als segele sie ihrem Glück entgegen.

Und manchmal träumt sie, daß ein Schritt die Treppe heraufkommt und vor der Tür haltmacht, daß ein Schlüssel sich im Schloß dreht. Sie träumt nicht, es ist tatsächlich der Vater, Orazio, der heute nacht nach Hause kommt, und schon tritt er in die Küche ein. Welche Angst und welch unterdrückte Freude! Bange, wie versteinert erlebt das Mädchen eine Umwälzung: In ihren Gedanken formulieren sich blitzschnell die dumpfen Vermutungen Orazios, der sie nachts, am Fenster stehend, antrifft. Ein Abgrund öffnet sich zu Füßen der ewig Schuldigen; wenn der Vater den Mund auftut, wird sie nicht wissen, was sie antworten soll, und jäh in diesen Abgrund stürzen. Nur ein Augenblick – aber ihr lange genug, um wie eine Verzweifelte die Kleider zu verehren, die in der nächtlichen Brise feucht geworden sind, die Hand, die den ganzen Tag fern von ihren Augen gemalt, das Glas umfaßt und das Brot gebrochen hat, die strenge Stirn und den Blick, der ungewollt tötet und der sich sogleich nach innen richtet, geheimnisvoller Genugtuung entgegen. Schweigend macht Orazio müde, zerstreute Gesten, und nun zittert sie und beginnt stockend zu reden. Die Wahrheit ist einfach und ehrenhaft, aber Artemisia kann sie ebensowenig ertragen, wie sie das Schweigen aushält: So ergeht es einem angeschlagenen Gefäß, das das reine Wasser nicht mehr hält. Um seinen Erwartungen gerecht zu werden, würde sie eine Schuld, einen neuen Liebhaber erfinden: Das wäre, so scheint ihr, glaubhafter als dieses unschuldige Verweilen am geöffneten Fenster. Und doch ist das, was verlegen ihren Lippen entschlüpft – »Ich war hier, mir war warm, und ich bin eingeschlummert« – die Wahrheit, aber sie klingt so verstört, verwirrt und erregt, daß niemand sie als solche erkennen würde. Tatsächlich erwidert Orazio nichts, vielleicht hört er nicht einmal zu, des Argwohns und der Empörung überdrüssig: Ein Umstand, den die Tochter scharfsichtig durchschaut und den sie ändern möchte, indem sie sich in Selbsterniedrigung auf der Erde wälzt und die Farbe ihres gedemütigten Blutes zur Schau stellt – vergebliche Phantasien. Und vergeblich ist auch der Zauber ihrer Träumerei, sie könnte seine Rechte küssen, die das Feuer schlägt, sich der Vaterbrust nähern und sich an sie lehnen. Unterdessen fährt die Stimme, losgelöst, durch törichten Verteidigungswillen angetrieben, fort, Worte zu wiederholen, die dem Vorwand, der Lüge nahekommen, und sie verfällt in den Ton des ertappten, wehklagenden, wankelmütigen Weibchens. Nun hat Orazio seine Lampe angezündet und macht sich, kalt und finster, auf den Weg in die Kammer. »Gute Nacht!« sagt er, ehe er verschwindet, und Artemisia stockt der Atem angesichts des leeren Himmels, der leer ist wie sie selbst, sogar von Verzweiflung. Erst später, fast schon gegen Morgengrauen, löst sich der Tränenknoten, und sie kann auf ihrem Bett einschlafen.

Doch eines Abends, Ende August, kam Orazio unerwartet schon zur einundzwanzigsten Stunde nach Hause, als die Nachbarinnen noch gar nicht zu Abend gegessen hatten. Das Gewirr von Plaudereien und Neckereien hinter den stoffbespannten Rahmen des geschlossenen Fensters betonte die einsame Emsigkeit Artemisias, die, nachlässig gekleidet, bei ihrer Arbeit saß, neben den Zeichenblättern eine Tasse Milch. Obwohl sie überzeugt war, beargwöhnt und scheel angesehen zu werden, konnte Artemisia dieses Mal nicht umhin, sich in ihrer Unschuld zu spiegeln. Als Modell diente ihr ein grauer Taubenflügel, von geduldiger Hand genäht und verklebt, der als Engelsflügel dargestellt werden sollte, und über der Gliederpuppe hing ein Stückchen blauen Brokats. In den hellen Augen des Mädchens, die den eintretenden Vater anblickten, spiegelte sich dieses Blau wider: Gedankenverloren und rein erschien sie ihm wie damals, als er sie als Kind malte und sie stillhielt, um ihm bei der Arbeit zuzusehen. Anfangs fiel kein Wort, aber in Orazios Blick spielte jenes heitere Licht, das leuchtete, wenn er von Malerei sprach oder man ihm etwas Gemaltes zeigte – Widerschein einer besessenen und glücklichen Tätigkeit. Seit Jahren hatte die Tochter dieses Licht nicht wiedergefunden, und es war ein Sonnenstrahl, der ihr die den Bleistift umklammernde Hand entspannte, das Blatt beleuchtete, die gedemütigten Glieder befreite. Als er sich über sie beugte, sah sie aus dem Augenwinkel die wohlwollende Kontraktion von Fältchen, das Vorspiel eines Lächelns, ein Zeichen seiner Zufriedenheit: Mit der Daumenbeere verrieb er vorsichtig die etwas zu scharfe Spur des Kohlestifts am Gewand des Engels. Er richtete sich wieder auf, und auch sie erhob sich, verschüchtert zwar, aber nicht mehr unbeholfen. Orazio sagte: »Schluß für heute!« und ging in die Kammer. Nach einer Minute hörte sie ihn beim Waschen pfeifen.

An jenem Abend gab es bei den Gentileschi wie in jedem anderen Haus der Umgebung Suppe und Eierkuchen, und Vater und Tochter saßen während des Essens gegenüber: Orazio hatte das Fenster geöffnet, die Schwalben flogen daran vorbei, und der Lärm des Hofes – auch Tuzias Stimme fehlte nicht – blieb draußen, als wären die Läden geschlossen. Als Orazio sich das letzte Glas einschenkte, begann er zu reden, und Artemisia war so glücklich, daß die Worte an ihr vorbeirauschten und sie nur seine Stimme hörte. Sie klang gedämpft und tief, fast lustlos, besonders dann, wenn er Neuigkeiten mitzuteilen hatte, die mit Interesse oder Erstaunen aufzunehmen waren. »Auf dem Monte Cavallo bin ich fertig. Ich will nicht mehr in Rom arbeiten: Ich muß reisen. Jetzt wird nach Florenz gereist, der Großherzog hat mich eingeladen, die Bedingungen sind günstig. Es ist auch eine Fahrt nach Pisa eingeschlossen.« Nachdem er sein Glas geleert hat, steht Orazio vom Tisch auf, sein dürrer Rücken zeichnet sich gegen das fahle Licht des Fensters ab. Seine Tochter ist zwischen dem Tongeschirr sitzen geblieben, das sie abwaschen muß, sprachlos, zwischen Furcht und Hoffnung. »Jetzt wird gereist?« Wen hat der Vater gemeint? Vielleicht will er Francesco mitnehmen, vielleicht auch alle Brüder, und sie wird allein in Rom zurückbleiben. Doch jetzt drehte sich Orazio um, sah sie einen Augenblick lang an und starrte dann angestrengt auf den Spülstein: »Wenn du mitkommen willst, nehme ich dich mit, und du wirst mit mir arbeiten. Aber vorher mußt du heiraten.«

Ich werde mich nicht mehr von Artemisia befreien können; diese Gläubigerin ist ein eigensinniges und beharrliches Gewissen, an das ich mich ebenso gewöhne wie daran, auf dem Boden zu schlafen. Was mich verpflichtet, ist nicht mehr das Zwiegespräch der ersten Tage, sondern eine Art ordnungsgemäß geschlossener Vertrag zwischen Notar und Erblasser, an den ich mich halten muß. Unterdessen kann ich mich ablenken, einige Kunstgriffe anwenden bei einer Erinnerung, die ich jetzt nur noch vortäusche. Orazio sagte: »Du mußt heiraten.« Aber ich schleppe Artemisia schon auf einen Spaziergang durch den übel zugerichteten und nach dem Abzug der Flüchtlinge verödeten Boboli-Garten und zwinge sie, sich zusammen mit den wenigen Zurückgebliebenen, den traurigen Herrschern über einen weiten, verseuchten Raum, zu bewegen, Huren und rohen Soldaten zu begegnen und im herbstlichen Regen naß zu werden. Der Rhythmus ihrer Geschichte hatte eine

Moral und einen Sinn, die vielleicht zusammen mit meinen letzten Hoffnungen erloschen sind. Ich spekuliere mit ihnen: Artemisia soll sich mit dem begnügen, was kommt. Heute ist es die Gruppe ihrer Florentiner Freundinnen auf dem etwas rauhen Kies der breiten, ansteigenden Allee; jede von ihnen hat ihren Namen – die Witwe Violante, Giovanna Sorri, die beiden Schwägerinnen Torrigiani, die alte Jungfer Caterina –, und jede trägt einen hohen, steifen Spitzenkragen, der sich hinten in den Nackenhaaren verfängt. Sie sind etwas außer Atem, weil sie rasch emporsteigen, und jede verliert mehr von ihrer Würde, als ihr lieb ist. Nicht ganz freiwillig befindet sich die Gentileschi in ihrer Begleitung, hin- und hergerissen zwischen Geselligkeit und Zurückhaltung: Die Damen erweisen mir die Ehre, aber wenn sie wüßten, wer ich bin! Eine Meisterin der Malerei, nicht eine der üblichen kleinen Sängerinnen. Als an der Biegung der große, kalte Bau des Palastes auftaucht, stößt mir die Ungerechtigkeit meiner Willkür bitter auf und drängt mich, das römische Oktobergold wie einen verlorenen Gegenstand aufzugreifen. Von ihm umflossen, beugt Artemisia sich über die Kiste, um sie mit Kleidern, Geschirr und dem, was ihr in dieser Welt am Herzen liegt, vollzustopfen; den Rest wird sie in den Tiber werfen, denn nach Rom wird sie nicht mehr zurückkehren. Sachte, sachte, damit die Stiattesi nichts hören, damit sie keinen Argwohn schöpfen – schließlich ist ihr Mann ein Stiattesi. Aber wenn sie bedenkt, daß sie mit ihrem Vater weggeht, daß der große Gentileschi sie mitnimmt, erscheinen ihr solche Rücksichten lächerlich, und während sie ihre Hausarbeiten erledigt, tritt sie fest mit den Absätzen auf. Papierkram, alte Bänder, Briefe, ja die vier Briefe Agostinos, die sie bis jetzt aufbewahrt hatte – alles zum Fenster hinaus, in den Wind hinein, soll sie doch sehen, wer will! Sie lehnt sich hinaus und bietet sich ohne Scheu der reinen Luft dar – sie hat das Gefühl, bereits in der Kutsche zu sitzen –, da bemerkt sie die Füße Giambattistas, der vor der Haustür hockt: Seine gichtigen Füße suchen die Sonne, lang und dürr wie die seines Sohnes Antonio, der am

Tag ihrer Hochzeit verschwand. Die junge Frau bemerkt nicht, daß sie einen Augenblick geistesabwesend ist, mit hartem finsterem Ausdruck auf der Stirn, herabhängenden Armen und Haaren, die in der Brise spielen –, so, als erwarte sie etwas, höre sie etwas. »Und die Taschentücher«, rüttelt sie sich auf und läuft in die Stube, um sie zu suchen.

Aber eine tückische Angst wollte nicht von ihr lassen und zitterte ihr bis zuletzt in den Händen und in der Kehle bei dem unnatürlichen Schweigen, das Orazio beharrlich einhielt, seit sein Entschluß feststand, fast so, als ginge es nur darum, wie gewohnt zu Hause zu bleiben. Der Reihe nach waren die Brüder fortgegangen, Giulio nach Velletri, Marco zu seinem Meister, und Francesco war in der Strada Pia untergekommen, in einem Kloster, das ihm die Gelegenheit zum Studium bot. Er wollte seine eigene Werkstatt eröffnen, sagte er, aber kaum waren ihm die Worte über die Lippen gekommen, schien es, als hätten sie ein Loch in seine hagere Brust gegraben. Er redete zuviel: Wenn die Gentileschi zufrieden sind, machen sie keine Worte. Und daß der Ort wunderschön sei, ein Glück, und im Sommer residierte der Papst auf dem Monte Cavallo, gleich nebenan die Weinberge der reichen Herrschaften – und unter den Ackerknechten genügend Modelle, kostenlos. Er versuchte, sich zielstrebig und gewitzt zu geben, wie ein routinierter Künstler, aber in der Strada Pia schien er einstweilen kaum zu tun zu haben, denn du sahst ihn ständig in San Spirito, wie er bald den feinen Pinsel, bald die feine Kreide brachte, wenn er zufällig Skizzen machte, weil es in Florenz keine von solcher Qualität gab, oder den Alkohol gegen die Herzbeschwerden, den seine Nonnen destilliert hatten. Er setzte sich, ließ sich zerstreut eine Mahlzeit auftragen, und wenn Artemisia in der Stube zu tun hatte, blieb er dort, mit starrem Blick. Endlich hörte auch die Schwester auf umherzugehen, das Gepäck war geschnürt, und auch sie setzte sich nieder, mit unbeweglichem, finsterem Blick. Seit einem Monat hatte Orazio nicht mehr von der Reise gesprochen. Vielleicht hatte er den Plan oder die Einladung vergessen, und sie hatte keine Gelegenheit, seine Absichten zu ergründen, weil er seine Sachen nicht im Hause hatte. Es lag kein Bleistift mehr herum und auch kein Stück Leinwand, nur einige alte, aus dem Leim gegangene Rahmen hingen am Nagel. Die Katze miaute. In solchen Augenblicken pochte Artemisias Angst wie eine Vene. »In einem Monat«, sagte Francesco, »bist du in Florenz, hast dich schon eingerichtet. Paß auf, daß die Fenster richtig gelegen sind. In Florenz ist das Licht weiß und trügerisch: Das untere Stockwerk ist besser als das obere.« Denn Francesco kannte sich immer aus in Dingen, die er nicht gesehen hatte, und wußte um die Vorteile, die ihm selbst nicht zugute kamen.

Im Morgengrauen des zweiundzwanzigsten Oktober reiste Artemisia ab. Die Wahrheit liegt nicht in dieser genauen Zeitangabe, sondern in den ewig gleichen Worten, die sie festlegten. Aber so ein Datum ist notwendig, es ist notwendig, um das Herz einer jungen Frau zum Hüpfen zu bringen, die sich ihrer Scham wegen nie aus dem Haus bewegt hat. Die Lastenträger trugen die Kisten hinaus und stießen mit einer Ecke der schwersten gegen die Treppenhauswand. Die Nachbarn wunderten sich; Giambattista Stiattesi, der ehrlose Schwiegervater, hob viele Tage nacheinander die Hände zum Himmel. Unterdessen reiste das blonde Mädchen ab, saß zwischen dem Vater und einem dicken Klosterbruder aus der Romagna, der, wie er sogleich sagte, nach Bologna zurückkehrte. Nach einer Nacht, die sie angekleidet auf ihrem Sitz zugebracht hatte, vermittelte ihr die prekäre Unbeweglichkeit des ersten Augenblicks der Reise einen Schwindel von Ewigkeit. Pferdehüter und Postkutscher gingen mit Laternen umher, als wäre es noch Nacht; durch die stoffbespannten Fenster der Gasthäuser drang schwaches Licht. Ein Bettler, auf einer Steinbank ausgestreckt, sah aus wie ein Toter. Ein Kavalier, der einen imposanten Schnurrbart nach spanischer Mode trug, brachte sein Reitpferd dazu, sich aufzubäumen, und schalt einen hinkenden Reitknecht aus. Die Glocke von Santa Maria del Popolo läutete, und Artemisia schoß der unheilvoll absurde Einfall durch den Kopf, auszusteigen, in die Kirche zu gehen und die Messe zu hören. Sie war müde. Wäre sie eingeschlafen, hätte sie sich vielleicht gegen die Schulter des Vaters gelehnt: endlose, süße Ruhe. Aber als die große Kutsche einen Ruck machte, (»Zum Teufel!« und »Unglückstag!« schrien zwei Stimmen fast unisono), sahen ihre bereits geschlossenen Augen Francescos gekrümmten Rücken vor sich; die Schlüssel in der Hand, sagte er: »Diesen Winter.« Eine Erinnerung von gestern, schon so fern.

Ich entdecke, daß Artemisia an einem mondbeschienenen Abend beim Anblick des Meeres in Neapel sagte: »Auch ich habe die Erinnerungen an meine erste Reise aufgeschrieben.« Sie sprach mit Tommaso Guaragna, den sie sechs Stunden zuvor kennengelernt hatte. Sie war sechsunddreißig Jahre alt und log. Sie log in einer Art guten Glaubens, indem sie ihrem Gedächtnis das Bild eines weißen, mit schönen Lettern beschriebenen Blattes lieh – das geringste, was sie tun konnte, denn sie kostete die Aale aus dem Bolsenasee, fühlte das harte Bett von San Quirico und hörte die Stimme des Postkutschers, der sagte: »Von hier bis Radicofani ist es eine einzige morastige Ödnis«. Aber die Wahrheit jener Woche war nur die Vergeltung für die Kindheit, eine geborstene Kindheit, die jetzt zu heilen begann, denn weder die Ausblicke noch die Begegnungen und Überraschungen, ja nicht einmal die Ängste zählten mehr angesichts der wiedergefundenen Zukunft. Alles ruhte auf der göttlichen Gewißheit, daß Orazio an ihrer Seite war und sie hundertmal einschlafen und aufwachen konnte und ihn immer wieder sehen würde. Sie bewunderte seine lässige Haltung, die weder die eines Künstlers noch die eines Händlers war, die Art, wie er ein Gespräch aufnahm und sich daraus zurückzog, die fürstliche Großzügigkeit im Umgang mit Geld, die Aufrichtigkeit, mit der er scherzte und lachte. Ohne Makel erschienen ihr sein etwas steif geschnittener Anzug aus feinem Tuch und der graumelierte, dünne Bart. Dieses Kavaliers Tochter zu sein, ihm anmutig die Hand auf den Ärmel zu legen, nur einsilbig zu sprechen wie ein Edelfräulein, dies genügte ihr, um sich von jeder Erinnerung, jeder Verpflichtung befreit zu fühlen. Je länger sie schwieg, desto ungestümer hoffte sie. Und wer konnte behaupten, daß jene Ehe vom Abend bis zum Morgen etwas anderes war als die Fiktion einer Sühne, eine Komödie, die Orazio eingefädelt hatte, um sie vor den Gefahren zu schützen, denen eine entehrte alte Jungfer ausgesetzt ist? In Florenz wartete vielleicht, gestiefelt und gespornt, ein vornehmer Gemahl auf sie, den der Vater unter der Hand für sie ausgesucht hatte. Im Herbst würde sie dann in eine Villa ziehen, in eines dieser Schlößchen mit Obst- und Gemüsegarten; wie ein wohlerzogenenes Edelfräulein würde sie den Gatten erst dann kennenlernen, wenn es soweit war, die Malerei vergessen und ihre Familie umsorgen. Diese Träume hebt und senkt Artemisia wie eine am Kamin sitzende Frau ihre Stickarbeit; das Lied des Feuers, das ist für sie dieser Platz in der Kutsche: Seit ihrer Geburt hatte sie kein besseres Heim. Ein Rad brach, und man mußte in Buonconvento übernachten. Dort begann sich Orazios Stirn zu umwölken; die Tochter las hinter ihr unerschütterliche, ihren zusammenhanglosen Träumen völlig verschlossene Absichten. Er hatte es eilig. Warum hatte er es so eilig? Und sie fing an, sich einsam zu fühlen.

Der erste Herbstwind bläst, der erste kalte Regen fällt wie feine Fäden. Und im Regen ziehen Gentileschi und seine Tochter durch Siena, er vorneweg, sie hinterdrein, ein wenig außer Atem, die Röcke nachlässig geschürzt, um sich nicht mit Straßenkot zu beschmutzen. Sie suchen die Kirchen ab nach modernen Gemälden, vor allem nach Werken eines gewissen Rutilio, eines jungen und, wie es hieß, hoffnungsvollen Malers. Aber in Siena gibt es nur den spitzigen alten Plunder, und Orazio kehrt in die Osteria zurück und trinkt aus Ärger und Langeweile. Er trank zuviel und stritt wegen der Zeche: schlechte Vorzeichen. Dann erfuhr er, daß um ein Uhr nachts eine Kutsche abfuhr; er wollte sofort Plätze reservieren und sagte zur Tochter: »Wenn du bleiben und übernachten willst, bleib. Ich muß morgen abend in Florenz sein.« Das schöne Wetter war vorbei. Die steinigen Abhänge hinab war es ein Gepolter, und es herrschte solcher Nebel, daß man die Straße nicht sah. Der Schlag war kaputt, die eiskalte Luft drang herein; Orazio schwieg, geistesabwesend. Und Artemisia erinnerte sich des ungeschliffenen Mannes, den sie als Notlösung geheiratet hatte.

»Ich war allein« (die Erinnerung verdrängt oft die dritte Person), »ich war allein, in Florenz, fast den ganzen Tag allein. Das Fenster der Osteria blickte auf einen kleinen Hof ohne gutes, aber auch ohne schlechtes Licht. Ich wagte nicht auszupacken, die Wirtin brachte mir das Essen auf das Zimmer, Vater kam in der Nacht zurück: Ich hörte, wie er sich lachend von seinen Freunden verabschiedete, er war wieder in die toskanische Mundart verfallen. ›Du wirst noch genug Zeit haben‹, sagte er mir, ›dir die Stadt anzusehen.‹ Und eines Abends sagte er zu mir: ›Ich bin mit Buonarroti einig geworden. Wenn du Lust hast, malst du ihm die Decke eines kleinen Saales aus. Ich gebe dir Brot und etwas dazu. Wenn du arbeiten willst, arbeite. Wenn nicht ...‹. Er begann, häßlich daherzureden wie damals zur Zeit des Skandals: Die Ungerechtigkeit ist ein Wein, der sowohl den Richter als auch das Opfer trunken macht, und ich wußte, wie dieser Wein schmeckt. Ich begriff, daß er nach verflogenem Rausch versuchte, sich durch eine willkürliche und grausame Entscheidung Erleichterung zu verschaffen: So hatte er es immer gemacht. Und nach einem Tag sagte er: ›Ich gehe nach Pisa zum meinem Bruder, er will mich sehen. Dich mitzunehmen, schäme ich mich nach allem, was geschehen ist. Und ich will niemandem irgend etwas erklären, verstanden?‹ Er wurde wieder wütend. Ich schwieg und spielte die Schmerzensreiche. Nach der Reise widerstrebte es mir, allein zu leben.

Und so blieb ich wirklich allein, in der Obhut eines alten Weibes, das mich für eine Witwe hielt. Sie wohnte jenseits des Arno, vor der ›Sardegna‹. Es stank dort sehr, aber das Licht war gut, nur zu kalt. Die Alte war intrigant. Beim geringsten Menschenauflauf wollte sie mich zum Fenster zerren: Das ist der und der, und das ist der Sowieso. Als ich zur Staffelei trat, ereiferte sie sich: ›Ihr braucht etwas ganz anderes als Madonnenbildchen. Oder worauf wartet Ihr?‹ Sie wollte, daß ich wieder heiratete, und erkundigte sich nach meiner Mitgift. Sie hoffte, die Heiratsvermittlerin spielen zu können. Doch als sie das erste fertige Bild gesehen hatte, gab sie auf, wenn auch mißmutig. Sie schlief den ganzen Tag, ging nicht einmal hinunter, um ihre Abfälle wegzuwerfen, und sie kochte auch nicht. Mit einem gewissen Vergnügen betrug ich mich wie eine Witwe, kleidete mich schwarz und ging jeden Tag zur Messe – nur daß Witwen Männer lieben und ich sie haßte. Auf dem Markt, in der Via Larga, begegnete ich den Freunden meines Vaters, die ich flüchtig gesehen hatte. Ich merkte, daß sie von mir sprachen, mich musterten und einen Gruß nur andeuteten. Ich aber grüßte keinen: Ich dachte an ihr schmutziges Gerede und wurde wahnsinnig vor Keuschheit. Verglichen mit mir, war eine Nonne nicht besser als eine Hure. Der Buonarroti war bedient, zahlte aber nicht. Ich kannte ihn kaum. Meine erste Käuferin fand ich selber.

Es war Giovanna. Ich lernte sie in der Kirche kennen, wo sie hinging, um mit ihrer Aussteuer zu protzen – ein Mädchen vom Lande, verheiratet bei Hofe. Sie tat wie eine Dame, hatte Geld und Schmuck, führte ihre naschhafte Schwägerin mit Zuckerplätzchen am Gängelband. Sie war in den Luxus vernarrt: Auch wenn es nur ein paar Schritte waren, wollte sie mich mit der Kutsche nach Hause begleiten. Sie kam mir die Treppe nach, um herumzuschnüffeln, und trat sogar in meine Stube. Ich kam mir klug vor wie eine Matrone und ließ sie gewähren. Sie schnupperte an der Terpentinessenz, bekleckerte sich mit Rot und Gelb, und als sie die Lucrezia sah, die ich gerade malte, sagte sie, sie sähe ihr ähnlich, und ich sagte nicht nein. Sie wollte das Bild haben, sofort, sie würde es im Lauf des Tages abholen. Ich versah sie mit einer Lilienmilchhaut und einer Prinzessinnenhand; in den Hintergrund malte ich einen Brokatvorhang, daneben den Geldschrank, den Pagen und das Hündchen. Ich gab ihr eine Clorinda zur Seite, die ihr

Gesicht hatte und einen Helm auf dem Kopf trug. Sie redete unentwegt und immer in fragendem Ton. Es war nicht schwer, ihr ausweichende, rätselhafte Antworten zu geben und ihr zu gefallen. Ich lernte viel durch den Umgang mit ihr.

Sie hatte schrecklich neugierige und interessierte Freundinnen: Alle brachte sie mit in die Wohnung, die ich für mich gefunden hatte. Es war eine Wohnung mit großem und reich ausgestattetem Saal im Erdgeschoß, direkt am Arno gelegen: Nachts hörte ich den Fluß dahinwirbeln, und die Kinder des Silberhändlers aus dem Warenlager nebenan fischten vom Fenster aus nach kleinen Fischen. Damals ließ mich die junge Großherzogin rufen: Weil sie meinen Vater kannte, sagte sie. Sie empfing mich im Garten, schlürfte ständig Sorbets, sprach Toskanisch und dann Deutsch mit ihren Damen. Als sie mich fragte, ob ich malte, erwiderte ich in ganz sachlichem Ton: ›Aus Liebhaberei, Durchlaucht.‹ Man sah, daß sie zerstreut war. Der Leibarzt brachte ihr ein Fläschchen mit dem Urin des Großherzogs; sie hielt es gegen das Licht, betrachtete es und spielte die Ärztin. Die Hofdamen nahmen mich, eine nach der anderen, beiseite und stellten dümmliche, indiskrete Fragen. So fragten sie mich, ob ich stehend oder sitzend malte und ob mein Beichtvater nichts gegen meine Tätigkeit einzuwenden habe. Stets standen vor meiner Tür Kutschen und Sänften. Männer empfing ich nicht.«

Der Augenblick ist heikel: in Fragmenten schleppe ich Artemisia mit mir herum; es spielt kaum eine Rolle, wo ich mich befinde: Heute bin ich ihr Gefährtin auf den Trümmerhaufen, die einmal gesehen zu haben genügt. Hier stand ihr Haus – es steht seit Tagen nicht mehr –, in dem ich sie mühelos untergebracht hatte und ihre Beichte ablegen ließ; jetzt muß sie es mit mir wiederfinden, zusammen mit ihren Handlungen. Diesen Schmerz erspare ich ihr nicht.

»Vertraut wurden mir Giovanna, die alte Jungfer Caterina Macci, die Witwe Violante Astorri und die beiden Schwägerinnen Torrigiani. Frauen können nur zu zweit Freundinnen sein; ich wußte wohl, daß sie zusammen über mich tuschelten und auch allerhand Ausflüchte erfanden, um mich allein anzutreffen und sich mir mit den seltsamsten Reden anzuvertrauen. Mein unentwegtes Schweigen kitzelte sie genauso wie die Gefahr, in die sie sich begaben, wenn sie sich mir eröffneten. Sie wußten selbst nicht, ob sie dumm oder klug waren: Alle flehten mich an, ihnen das Malen und Zeichnen beizubringen, aber heimlich. Gegen die Regeln verstoßend, insistierte Giovanna; der Ehrgeiz brannte in ihren kleinen Augen, während sie sich auf ihre bleichen, dünnen Lippen biß. Sie schüttete mir Bänder, Borten, billige Taschentücher, Käselaibe und angeschimmelte kandierte Früchte in den Schoß, denn sie war auch geizig. Sie kaufte auf gut Glück Zeichenpapier und Bleistifthalter und wünschte, unverzüglich anzufangen; niemand durfte es wissen, und nach einem Monat wollte sie Staunen erregen. Die wissende Violante, eine Schmeichlerin, die sich geschmeichelt fühlen wollte, zeigte mir einige ihrer kleinen Zeichenversuche aus dem Kloster, ein paar fromme Heiligenbildchen – sie, die sich über alles lustig machte: Sie heuchelte ihre Bescheidenheit, nur um gelobt zu werden. Der Umgang mit dieser raffinierten Frau war schwierig, ich durchschaute ihre Absichten nicht. Immer zu zweit kamen die Torrigiani, die sich gegenseitig überwachten. Als Frauen, die mit zwei Brüdern verheiratet waren, führten sie, stets von Liebenswürdigkeit erhitzt, hinter der Maske der Harmonie in der Familie Krieg gegeneinander. Mit giftigem Lächeln redeten sie über ihre Männer, als wollten sie sie, die armen Männer, verteidigen. Zu zweit wollten sie lernen, aber sobald sich die eine umdrehte, begann die andere, wilde Grimassen zu schneiden, die ich nicht zu deuten wußte. Einzig und allein Caterina unternahm einen ernsthaften Versuch. Sie hatte eine befangene, aber eindringliche Art, mich zu bitten, mit ihrem rundlichen Gesicht einer Gefangenen und der Verlegenheit einer Stummen, die zwischen all dem munteren Geplauder verblüffte. Sie war frei, eine reiche Erbin, ließ sich aber von allen herumkommandieren: von ihrer Amme, vom Kutscher, von der Patin, vom Pächter. Ihre prächtigen Kleider trug sie mit einer Steifheit, der es an jeglicher Fröhlichkeit gebrach. Beim Zeichnen war sie von Anfang an sehr geschickt; sie arbeitete stundenlang mit dem Fleiß einer Arbeiterin, eingeschlossen in ein Kämmerchen hinter meinem Wohnzimmer, und beschwor mich, daß niemand sie bei dieser Tätigkeit ertappen dürfe. Sie zeichnete nach der Phantasie, ohne den Kohlestift vom Blatt zu heben; ich brachte ihr nur wenig bei, aber an dem Tag, an dem Giovanna sie entdeckte, schrie sie wie am Spieß, wurde kreidebleich, zitterte und war außerstande weiterzuzeichnen. Schließlich kamen sie alle, Tag für Tag, und trafen sich alle jeden Tag wieder. Zu jener Zeit malte ich den Holofernes.«

Mir scheint, daß ich auf unsägliche Weise recht habe, wenn ich diese Worte auf Artemisias Lippen forme. Wenigstens einmal wird sie sie wohl ausgesprochen haben, mit jenem spanischen Hochmut, in den sie mit über dreißig Jahren in Neapel hineinwuchs. Sie hob das strenge Kinn einer trotzigen Blondine und entledigte sich mit toskanischer Hast dieser geschmeidigen Silben: Holofernes. Silben, die erst heute, entzaubert durch seltsame, weit zurückliegende Vorkommnisse, die Essenz eines sonderbaren – schüchternen und zugleich unverschämten – Lächelns freisetzen, eben den Urgrund ihres Charakters und ihrer Moral. »Habt Ihr Lust, Signora Artemisia, diese große Leinwand für die Serenissima zu bemalen? Ein heroisches Thema nach Eurer Wahl?« Vielleicht war es der ironische Vorschlag eines spöttischen Mannes gegenüber einer stolzen Frau. Und schon sah Artemisia das fertige Bild vor sich: Holofernes, Judith und Holofernes. Der Kopf in ein Tuch gewickelt. Nein, der Kopf unbedeckt und blutüberströmt. Und warum nicht auch der Körper, der mächtige Körper des Tyrannen? Sollen sie doch sehen, diese Toskaner, ob ich malen kann!

Gewiß sagte Artemisia zu ihren Freundinnen: Ich habe einen wichtigen Auftrag für die Serenissima. Aber schon wußten es alle und nutzten jeden Vorwand und traten gebieterisch, schmeichlerisch oder unbesonnen bei ihr ein, um herumzuschnüffeln. Sie trafen die Malerin in ihrem Arbeitskittel an, das Haar herabwallend, das Gesicht vor Anstrengung verzerrt: Sie stand oder saß auf einem hohen Gestell vor der großen Leinwand. Sprachlos und untätig blieben sie angesichts von Gesten, die ihnen unbekannt waren, während sie sie ihrer Gier überließ und vergaß, sich zu beherrschen und so zu erscheinen, wie sie in ihren Augen wirken wollte: bald unglücklich, von der Arbeit fast erdrückt, bald majestätisch, tollkühn. Sie hätten nicht gewußt, was tun, wenn sie nicht neben dem Fenster, bäuchlings und mit nacktem Oberkörper auf einer Bettdecke ruhend, Anastasio erkannt hätten, den griechischen Riesen, einen Lastenträger vom Markt, der zwei Jahre zuvor Florenz mit seiner Größe belustigt hatte, sich jetzt aber durchschlug, ohne daß sich jemand noch über ihn gewundert hätte. Sie musterten diesen Riesenkörper, rückten mit den Stühlen und beugten sich vor, um einen Vorwand zu haben, sich ihm zu nähern. Mehr als die Verschiedenartigkeit der Pinsel und die Farbe der Erden, die Artemisia verdünnte und mischte, mehr als das Spiel mit der Palette, die ewige Lust der Frauen, schienen sie die Gelenke jenes starken, halbnackten Mannes anzulocken, der nicht in den Fesseln der Dienstbarkeit lag, sondern einer höheren Notwendigkeit gehorchte und nicht nur einem Brauch. Giovanna prustete los: »Was für eine große Perücke du ihm aufgesetzt hast! Wo hast du die denn gefunden, Artemisia?« Die Torrigiani rümpften die Nase: »Nein, was für ein übler Geruch!« Und Violante, ganz Expertin: »Sag ihm, er soll die Hüfte beugen, dann sieht man die Muskeln besser.« Artemisia nahm von diesen Scherzen wenig wahr, selten antwortete sie. Sie, die so scheu war, wenn ihr Bruder eine Zeichnung von ihr betrachtete, hatte sich mit einer Gleichgültigkeit, die sie nicht einmal mehr erstaunte, an die Bemerkungen dieser Frauen und an ihre Indiskretion gewöhnt. Und manchmal, wenn sie wütend aufstand und entschlossenen Schrittes zu ihrem Modell ging, um es für ihre Zwecke zurechtzurücken, kam es vor, daß sie auf den Saum eines Kleides trat oder gegen eine runde Schulter stieß und sich nicht entschuldigte, so wenig bedeuteten ihr diese Zuschauerinnen. Sie unterbrachen ihr Geplauder, folgten ihr mit den Blicken und mit angehaltenem Atem, und aus jenen unfreiwilligen Berührungen, aus jener Art von Erwartung erwuchsen ihr das Unbehagen einer heimlichen Gefahr und ein Widerwille, das Fleisch des Mannes und seine armseligen Kleider anzufassen. Zahm und gefügig wie alle erstklassigen Modelle ließ sich Anastasio hin- und herrücken und plazieren, aber ein paarmal schien es ihr, als würde sie in jenen Gliedern eine neue Stärke, in jenen demütigen Riesenaugen eine unstet flackernde Scham erkennen. Und zweimal entließ sie das Modell, ohne Erklärungen.

Obwohl die Freundinnen die Belagerung in der gleichen Art fortsetzten, unterhielten sie sich schon wieder miteinander mit einer Ungezwungenheit, die Artemisia oben auf ihrem Gestell beruhigte und sie fast für abwesend erklärte. Aber ob von Handschuhen die Rede war oder von Parfums – es gab keinen Tag, an dem man sich nicht dem stets wiederkehrenden Thema der häuslichen Pflichten zuwandte und das Gespräch auf die eigenen oder fremde Männer brachte: Und sogleich redete man sich in Hitze. Man fing vielleicht ganz oben an. Beim jetzigen Großherzog, beim seligen Großherzog, bei den ausländischen Fürsten und bei den unseren: Jeder von ihnen aus scharfen und umsichtigen Augen betrachtet, nicht draußen in der Welt, bewaffnet und hoch zu Roß, sondern innerhalb der eigenen vier Wände sitzend, beim Trinken, beim Essen; vor allem dann, wenn sie in Wut gerieten: Und die Beispiele führten sie wieder zurück in ihr eigenes Haus. Der eine brüllt, der andere flucht. Was für Augen macht Tommaso! Was für eine Miene Vieri aufsetzt! Die erstickten und erregten Stimmen der beiden Torrigiani übertönten die anderen, sie sagten am Ende mehr, als sie wollten, und nachdem der Pfeil einmal abgeschossen war, waren sie bereit, hinter dem Schild ehelicher Liebe in Deckung zu gehen. Doch schon hatte jede den Namen des Mannes der anderen genannt, und sie hatten sich entweder gegenseitig beleidigt oder einander einen Dienst erwiesen. Zum offenen Spott ging Violante über, die freieste, unvergleichlich in der Darstellung männlicher Brutalität, die gepaart ist mit der Torheit und der Fähigkeit, die Mißtrauischen und Zornigen mühelos zu beschwichtigen – durch Arglist, mit Zärtlichkeiten, durch Ängstigung. Und nachdem alle gelacht hatten – als letzte die arme Caterina –, zitierte Violante mit etwas schriller Stimme: »Auch Orsini, der seine Frau umbrachte, hatte Angst.« Auf den Spott folgten Erzählungen im dunkeln gebliebener und weithin bekannter Mißhandlungen. Da war von den Gespenstern eingesperrter oder vergifteter Ehefrauen die Rede, solcher, die man spurlos hatte verschwinden lassen, und von Gespenstern, die sich in die Schar der Lebenden einzureihen schienen und dort einen Rachetrieb weckten, der die Nüstern reizte, verstärkt durch den Terpentingeruch. Hin und wieder streiften blitzschnelle, schneidende Blicke das Modell und gingen funkelnd über es hinweg. Dann wandten die Frauen ihm den Rücken zu und ließen erkennen, daß sie sich plötzlich liebevoll der Malerin und ihres Gemäldes erinnerten; sie drängten sich zusammen, um seine Fortschritte festzustellen und es auf ihre Weise zu bewundern: »Wie aus Seide das Laken: War Holofernes ein Fürst?« – »Das Blut aus der Kehle ist dunkler.« – »So wird ein Dolch gehalten?« – »Ich könnte nicht zustechen.« – »Ich schon.« – »Ich möchte es einmal versuchen.« – »Dieses ganze Blut ...« Sie kamen immer wieder auf das Blut zurück, das Artemisia malte, ein Blutbad gleich einem Gewebe, Rinnsal für Rinnsal, wie Stickerei auf dem weißen Leinen. Das Licht schwand dahin, die Dämmerung senkte sich über den Arno herab, eine grüne Dämmerung, und Artemisia reckte und streckte die Arme, als sei sie allein. In die Probleme ihres Bildes vertieft, die den Frauen nicht mitzuteilen waren, teilte sie dennoch mit ihnen ein ungezwungenes Benehmen, nicht aufgrund von Vertrautheit, sondern als Folge der sporadisch, zerstreut, aber nicht ohne ein seltsames Gefühl der Komplizenschaft mitgehörten Gespräche. Die törichten Damen bemerkten nicht, von wem der grausame Ausdruck stammte, den die Judith auf der Leinwand zu verraten begonnen hatte: Früh am Morgen und allein hatte Artemisia die Gesichtszüge der Heldin im Spiegel gesucht, und es hatte ihr eine Grimasse geantwortet, inspiriert von nunmehr alten Motiven – von nicht edleren, nicht reineren Motiven als jenen, die die Witwe Violante hegte und pflegte, und den Grund kannte nur sie allein. Agostino, der Dolch, die unglückselige Szene auf dem Säulenbett hatten einen Weg gefunden, sich nicht durch Worte oder innere Trauer auszudrücken, sondern mit Mitteln, die der Verstand hätte zurückhalten und unversehrt bewahren sollen.

Deshalb fühlt sich Artemisia schuldiger als die Torrigiani und als Violante, und als sie Anastasio entläßt, gebärdet sie sich schroff und ausweichend. Indessen schwellt ihr ein gewaltiger Stolz die Brust, der schreckliche Stolz einer gerächten Frau, an dem trotz der Schande auch die Befriedigung der Künstlerin teilhat, die alle künstlerischen Probleme gemeistert hat und die Sprache ihres Vaters, die Sprache der Reinen, der Erwählten spricht. Aber ihr Vater kehrt nicht aus Pisa zurück; fern ist ihr Bruder und Freund, und mit jenen Herren aus der Via Larga, den geschwätzigen Florentiner Malern, würde sich die reine Sprache der Verständigung in einen galanten, schmeichlerischen Diener verwandeln. Nur mit sich selber, nur auf der Leinwand, kann sie diese Sprache sprechen, und ihr erwidert, gemeinsam mit der Künstlerin, die junge, nach Rechtfertigung, Rache und Herrschaft dürstende Artemisia. Herrschaft zumindest über diese Frauen; den eigenen Groll auf sie zu übertragen ist eine große Versuchung, und der leichte Erfolg ist immer ein Triumph. Ein einsamer Triumph: Obwohl sie so viele Freundinnen hat und bei Hofe eingeführt ist, verbringt Artemisia die langen Juniabende allein, auf dem Balkon, der fast den Fluß berührt, verzaubert vom grünen Wasser, von den Brücken, auf denen die Leute gehen und plaudern, und von den vielen

Glocken. Sie gähnt, schöpft Atem, seufzt. Vor einem Jahr noch hatte sie in San Spirito nicht gewagt, das Fenster zu öffnen, und heute zeichnet sich hinter Judith und Holofernes die Gestalt einer außergewöhnlichen, von Angst freien Frau ab – weder Ehefrau noch Mädchen –, einer Frau, in der sie sich mit Wohlgefallen wiedererkennt, die sie liebkost und anfeuert. Seit allzu langer Zeit hatte ihr dieser wesentliche Lebensgrund, diese Selbstzufriedenheit gefehlt: vielleicht schon seit jenen Tagen, da Cecilia Nari sie vom Gestrüpp des Pincio bis unter ihr Fenster hüpfen sah.

Es war bereits später Vormittag, als sie die letzten Pinselstriche an dem großen Bild tat: Dieses Mal waren die Freundinnen herbeigeeilt, um die Vollendung des Werkes zu feiern, das in wenigen Tagen dem Herrscherpaar überreicht werden sollte. Noch prächtiger gekleidet als sonst, hielten sie keine Minute still, so daß ihre bestickten Mieder, ihre steifen Stickereien, die Metallhäkchen und die Gaze wie Fühler ruheloser Insekten bebten. Das helle, goldene Licht und die zitternden Spiegelungen des Wassers auf dem Fußboden schienen die Bosheiten, die Hintergedanken aufzutauen und forderten zu einem offenen Spiel auf. Die weiße Leinwand, bemalt, erinnerte an frische Wäsche, und das Blut bildete nur harmlos fröhliche Purpurbänder: Da trat Anastasio ein. Er kam zur letzten Sitzung und streckte sich still in der üblichen erschöpften Pose auf dem Lager aus: Er tat das mit so großer Diskretion, daß die Frauen ihn plötzlich wie einen Auferstandenen wahrnahmen, fast so, als sei er durch einen Zauber an seinen Platz gelangt. Ein Schweigen senkte sich herab, und der Stillstand der Bewegungen kam dem gespannten Verharren der Flügeldecke vor dem Abflug gleich: Die Fröhlichkeit war unterbrochen, während ein Gefühl von Leere und Gefahr Artemisia an den Schultern packte und sie zwang, sich umzudrehen. Schon stand Violante am Fenster neben dem Mann: Dergleichen hatte sie noch nie gewagt.

»Dahin muß man treffen«, sagte sie mit einer Stimme, deren soeben verhalltes Lachen nur das Zittern eines bösen Omens zuließ, und sie deutete mit einem marmornen, knorrigen Finger mit quadratischem Nagel auf die Kehle des Mannes, der bäuchlings, in seiner üblichen Pose, dalag und sich plötzlich mit ungeschlachter Anstrengung aufrichtete. Diese schwerfällige Bewegung ließ Violante einen Schritt zurückweichen, aber die anderen Damen traten näher. Die groben, unordentlichen Kleider und die bräunliche Haut, unter der die Muskulatur unproportioniert, ja fast lächerlich wirkte, bestätigten in instinktiver Abwehr ein beunruhigendes Recht auf Herrschaft. »Männer waschen sich nie, nicht einmal die Kavaliere«, kläffte eine der beiden Torrigiani, und Giovanna lachte. »All diese Haare! Man sollte sie zu Löckchen aufdrehen und mit Bändern und Perlen schmücken!« – »Setz ihm die Perücke ab, wir wollen ihn ordentlich herrichten.« – »Wer ist die Judith?« Auf grauenvolle Weise fasziniert, sieht Artemisia vom hinteren Teil des Zimmers aus über dem Kreis der Frauen eine scharfe Klinge aufblitzen. Caterina war es, die sie festhielt mit der Hand einer Toten, schlafend das weiche Gesicht, auf der niederen Stirn eine Spannung ohne Falten. »Zieh dich wieder an, Anastasio!« schrie die Malerin. Der Riese, der zu einem einfältigen, kriecherischen Lächeln Zuflucht zu suchen schien, gewann den Gebrauch seiner Glieder zurück, und es genügte die Geste, mit der er seinen Kittel aufhob und in ihn hineinschlüpfte, um den mythischen Angriff dahinschmelzen zu lassen wie Schnee an der Sonne. Der Dolch verschwand, die Damen faßten sich wieder und wechselten ohne Übergang, fast ohne Erinnerung, zu der unverfrorenen Ungezwungenheit in flagranti ertappter Zöglinge, die sich bereits wie ein Porträt zu benehmen wußten. Und Lucrezia Torrigiani hatte dasselbe starre Auge und dieselbe leere Stirn wie eine ihrer Vorfahrinnen auf Bronzinos Bild, während der herben Violante der Witwenschleier über die Wangen herabfiel, ohne daß sie eine Geste zu machen brauchte. Die einen standen, die anderen saßen, mit harmonisch fließenden Gewändern. Nur Caterina, den Busen über den Schoß gebeugt, hörte nicht auf, ihre verschwitzten Hände an dem spitzengesäumten Taschentüchlein abzuwischen. Das nur flüchtig geschlossene Fenster war aufgesprungen, und mit der Brise wehte ein leichter, dumpfer Geruch nach saurem Frauenschweiß durch das Zimmer.

»Ich eile davon, es ist schon spät«, sagte Giovanna verlegen und sich windend in ihrem Bemühen, eine allgemeine Unruhe rasch zu dämpfen. Obwohl die anderen sie wegen ihrer plumpen Manieren verachteten, ergriffen sie befriedigt die Gelegenheit, erhoben sich und gingen nacheinander, aber mit gekünstelter Langsamkeit, hinaus: Es schien, als hätten sie noch nie so viel Gefallen am Rauschen ihres Brokats gefunden. Nachdem sie durch die Luft den Schatten von Artemisias Wange geküßt hatten, gingen sie. Und wieder einmal war Artemisia allein.

Die Rache war vollzogen, bezahlt die lange währende Schmach von Rom. Die Männer wurden wieder Männer, obgleich ferne, unbegreifliche Gespenster. Vater, Ehemann, Liebhaber – wenig mehr als Namen, aber der erste vergebens geliebt und ersehnt, der letzte wie ein Leichnam in der Erde aufgelöst. Daraus erwuchs bereits eine Neigung zur Wehmut, über die nicht mehr gesprochen werden mußte, die sich aber mit heimlicher Sympathie die Worte anderer zunutze machte. Nachdem sie die Judith überreicht und dafür Lohn und Lob des Hofes entgegengenommen hatte, fiel die Hitze über den Arno her und brachte seinen Lauf zum Versiegen; stinkend stand er nun zwischen den Walkmühlen. Der Fürstenhof weilte in der Villa auf dem Lande, die Damen ebenfalls, und es hatte den Anschein, als wollte von der Judith, die man in ihrem neuen Rahmen im Palazzo zurückgelassen hatte, niemand mehr sprechen. Der Wunsch nach Erfolg und Ruhm schien aufgezehrt und verbraucht, ja, es kam nicht einmal der Gedanke an ein langes Leben, an neue, großartige Möglichkeiten auf, der einen solchen Wunsch hätte hervorkitzeln können. Aus ihrem schlummernden Dasein im Dunkeln, im feuchten Erdgeschoß, lauschte Artemisia den Akkorden Arcangelas, der Hofvirtuosin, die im Hause nebenan am Virginal übte. Bei Einbruch der Dunkelheit kam Arcangela herunter, die beiden jungen Frauen beugten sich hinaus, um dem Fluß einen Hauch Frische abzutrotzen, und die Sängerin sprach von ihrer Liebe. Es war eine Liebe ohne Gesicht, ohne Zweck und ohne Hoffnungen, bebildert mit Nebel und Schnee, einem großen Fluß, mit Schiffen voller Musikanten und Tänzen im Grünen. In Gedanken wurde der Name dieser Liebe wie zufällig mit jeder männlichen und menschlichen Tugend – Tapferkeit, Mäßigung, Achtung, Güte – verknüpft. »Es ist eine Erfindung«, dachte Artemisia, die niemals müde wurde, der bleichen Mantuanerin mit der feinen Nase zuzuhören, der Frau, deren Stimme so oft heiser war und die darauf wartete, wieder gesund zu werden. »Ich werde das Geheimrezept der alten Großherzogin ausprobieren; bestimmt kommt dann meine Stimme wieder, und Ostern werde ich in Sant' Andrea das *Magnificat* singen.« Und Artemisia hielt im Dunkeln die Augen fest geschlossen, unter einem Tränenschleier, in der Hoffnung, daß das Mittel wirken möge, daß die geheilte Arcangela wieder auf dem Fluß, umgeben von lauter ehrenhaften, strahlenden und großherzigen Kavalieren, singen möge. Dort oben bedurfte es keiner Dolche noch des Fluches, eine Frau zu sein, noch einer Beherrschung des animalischen Zusammenlebens von Frauen. Denn dort herrscht die Freundschaft ohne Sünde und ohne Hintergedanken, und man kann lange und mit Wonne darüber reden, so, wie Arcangela es zwischen zwei Hustenanfällen tut.

In der Nacht, größtenteils durchwacht in Erwartung einer Witterung, die ihr den Schlaf ermöglichen würde, war die Luft – unten und oben – erfüllt von Geflüster, nahen und fernen Stimmen und manchen Anklängen an einen leisen Gesang: Ein unsichtbarer Bienenstock, arme Leinenweber und Arbeiter aus der elenden Hütte wachten, genau wie die beiden jungen Frauen, an den mit verdorrtem Gras bedeckten Ufern, auf den Altanen und auf kleinen Schiffchen, die ab und zu über einen schläfrigen Ruderschlag hinwegglitten. Einfache, unbekannte

Leute. Und auch das war ein Labsal, ein Segen: zumindest das körperliche Unbehagen mit Männern und Frauen zu teilen, die, ohne sich gegenseitig etwas anzutun, die spärliche Feuchte des Arno atmeten. Sie, Artemisia, lauschte und verzieh. Jeder Groll war erloschen, und es schien ihr, als streckte sie, stark und unbewaffnet, der reuigen Gewalt die Hand entgegen, und die Männer, diese verhängnisvollen Feinde, forderten sie nicht mehr auf, sich zu rechtfertigen und auf der Hut zu sein. Sie waren ihr gleich, ja beinahe noch freundlicher, mit feinfühligen Gesten der Ehrerbietung wie dieser Luca Scotti, von dem Arcangela sprach – sanftmütig und unerschrocken, rein und treu. Bei Anbruch des Tages, nachdem die Mantuanerin nach Hause gegangen war, überkam sie der endlich genossene Schlaf mit seinen übersteigert luziden Gedankengängen, die sich wie aus einem unerschöpflich reichen Seidenkokon entspannen. Mitleiderfüllte Gedankengänge, die die natürlichen Grenzen des Alters überschritten und die Weisheit einer abgeklärten Greisin erreichten. Arm die Männer, auch sie: gequält von Anmaßung und Autorität, seit Jahrtausenden gezwungen, zu beherrschen und giftige Pilze zu sammeln, und diese Frauen, die vorgeben, an ihrer Seite zu schlafen, und doch zwischen den seidigen Wimpern über der samtenen Wange heimliche Vorwürfe, verborgene Gelüste und geheime Pläne hegen. Das Gefühl diffuser Duldsamkeit, fröhlich wie ein Flug, ließ sie im Schlaf lächeln. Und das Lächeln im Schlaf ist fast so schwierig wie das Weinen, und man muß sich seiner entledigen. »Aber ich male«, entdeckt Artemisia, als sie erwacht, und ist gerettet.

In großer Eile schafft der Bauer im wäßrig matten Septembersonnenschein den mit Erde bedeckten und von Motten zerfressenen Drusch beiseite; in Eile pflückt und preßt er die wenigen Trauben. Nie hat die Erde so runzelig und knollig gewirkt – eine alte, undankbare Erde, auf die die müde Hand einer göttlichen Gleichgültigkeit plötzliche, rauhe Liebkosungen fallen läßt. Und der Regen fällt und spiegelt blind vor, er wasche und reinige, und ist dabei ein teuflisches Werkzeug, das

Schlamm und Lumpen, winzige knochengleiche Holzstückchen, verborgene Metalle und Glasscherben einweicht: die Schichten der Ruinen, über die schon Pfade hinwegführen und den gedächtnislosen Menschen den täglichen Weg weisen. Das Spiel der Zeit ist aufgedeckt, wir sind Teil des Mechanismus, eines ungeschlachten, angerosteten und unzerstörbaren Apparates, dessen Zauber nun aber gebrochen ist. Überflüssig das Brot, die Lampe, um zu Bett zu gehen – genau wie das Papier, die Feder und ein alter Pinsel und die kleine Hand, die ihn hielt, außen sommersprossig, innen trocken: Symbole ohne höheren Adel, Samen, den die Erde nicht zurückgibt.

Ich sehe sehr wohl, wie mein Körper sich bewegt und ernährt: Er ist ein tätiger, beharrlicher Herr, ein gnadenloser Herr, dem man nicht entgeht und dessen Ziele ich nicht begreife. Er glaubt an nichts als an das eigene Fortleben und hegt eine törichte Hoffnung auf gewöhnliche Unsterblichkeit. Aber du wirst sterben, unterstellt der gefangene Geist, der so boshaft geworden ist, daß er sich an dem Schauder ergötzt, der ihn durchzuckt – denn er weilt nunmehr bei den Toten und nichts ist ihm so zuwider wie die Mühe, an morgen zu denken und für morgen vorzusorgen. Ein Testament als Botschaft an die Zukunft respektiert er nicht, und das Testament, das Artemisia mir diktiert, ist ungültig. Ich könnte neben mir, auf dem vom Kanonendonner noch dröhnenden Rasen das verlorene Manuskript sehen, mit all seinen Flecken und Wundmalen: Es würde mich langweilen, auch nur eine Zeile durchzugehen. Aber ein Gefangener muß sich irgendwie die Zeit vertreiben, und meine Möglichkeiten zum Zeitvertreib sind rar, ich habe nur eine Puppe, die ich an- und ausziehen kann: vor allem ausziehen, bis der Nagel sichtbar wird, der mitten in ihrer Brust steckt, und jene anderen Nägel zum Vorschein kommen, die ihr die Haare an den Schläfen festhalten. Wäre Artemisia noch ein Gespenst und nicht ein belastender, anspruchsvoller Name, würde sie sich über meine respektlosen Abschweifungen erregen.

Artemisias Mann handelte schon als kleines Kind mit Nüssen und geweihten Zinnmedaillen, mit Kitt zum Flicken von Kochtöpfen, mit Wunder wirkenden Wachsstatuetten und allerhand sonstigem Kram. Alles breitete er auf der Stufe des Hauseingangs aus, und Artemisia, noch ein kleines Mädchen und schon seine Nachbarin, spuckte vom Fenster aus darauf. Vor ihr fürchtete er sich wie vor dem Teufel, und wenn er nach oben blickte und sie sah, raffte er eilends all seine Schätze zusammen und versteckte sie in dem Sack, den er immer neben sich liegen hatte, und seine Nasenflügel zuckten vor Unruhe. Kamen die gleichaltrigen Raufbolde vorbei, verkaufte er nicht, sondern tat nur zitternd so, als verkaufe er, oder er tauschte. Diese Tauschgeschäfte zahlten sich irgendwann in barer Münze aus und waren der Zeitvertreib der Gassenburschen. Pater Agatone, ein Kapuziner, nahm ihn unter seine Obhut; danach kam er zu den Kamillianern, zu den Philippinern, lang gewandet in zerlumpten Kutten und mit schmuddeligen Halskrausen, und blieb schließlich mehr als zwei Jahre in der Scuola Pia. Man lehrte ihn das Rechnen, und sein Vater begann mit ihm zu prahlen, während er zuvor, wenn man ihm zutrug, daß sein Sohn der Schule fernblieb oder tagelang herumstreunte, diesen, ohne mit der Wimper zu zucken, verflucht hatte. So schlugen sich die Stiattesi durch, die den Gentileschi bei jedem ihrer Umzüge hinterherzogen: immer aus Barmherzigkeit untergebracht – bald unter dem Dach, bald im Keller, bald in ärmlichen Verschlägen irgendwo im Gemüsegarten. Vier Kinder, und Artemisia konnte sie nicht einmal auseinanderhalten, bis auf Antonio, der zu einem bleichen Jüngling heranwuchs: Daran gewöhnt, sie zu verspotten und sie spotten zu hören, pflegte sie keinen Umgang mit ihnen, doch in ihrer Vorstellung waren sie so etwas wie ehrlose Verwandte, aber immerhin Verwandte, auch wenn sie nie erfahren hatte, wie und in welchem Grad sie miteinander verwandt waren. In San Spirito hatten sie sich nach dem Skandal gehenlassen, waren in ein häßliches Zimmer im Erdgeschoß gezogen, heute Tuzias Freunde, morgen ihre

Feinde, allesamt Wächter der Schamlosen, wie sie im Verein mit den anderen Artemisia zu nennen pflegten. Dort waren diese Lausbuben immer vor oder hinter der kleinen Tür, spielten und schrien und schmierten mit Kohle Schweinereien an die Wand; ihr Vater gab vor, hinter dem Haus Gemüse anzubauen, doch in Wahrheit verbrachte er die meiste Zeit bei den Priestern. Ihre Mutter hustete; Antonio war zu jener Zeit verschwunden.

Aber als Orazio zu seiner Tochter gesagt hatte: Du mußt heiraten, tauchte er eines Morgens bei dir auf, frisch gekämmt, mit neuem Rock, und er spazierte unter den Fenstern umher, als warte er. Alles war vorbereitet in Santa Maria in Aquiro, einer etwas abgelegenen Pfarrei, wo niemand sie kannte. »Zieh dich festlich an!« rief Orazio seiner Tochter zu, die gerade das Feuer anzündete, und sie, die seit längerem in schwarzen Kleidern Zuflucht und Schutz suchte, zog sich schwarz an, weil sie nicht wußte, daß sie heiraten sollte. So selten ging sie ins Freie, daß sie auf der Schwelle der Widerschein des Pflasters blendete, und durch die bebenden Wimpern sah sie Antonio, hochaufgeschossen und abgezehrt, und die ganze Familie Stiattesi, neu eingekleidet, bis auf Grazia, die bettlägerig war. Sie machten sich auf den Weg. Vielleicht wußten die Nachbarn etwas, man hörte ein Flüstern im angespannten Schweigen, und einige zuklappende Fensterläden ließen ein verstohlenes Hinausschauen vermuten. Sie gingen raschen Schrittes, in versprengten Grüppchen; als sie an der Brücke angelangt waren, wo niemand sie mehr sehen konnte, versammelten sie sich schweigend.

Antonio sagte nichts. Zerstreut ging er voran, weil er lange Beine hatte. Die neue Jacke war zwar prächtig, paßte ihm aber nicht; sie hing ihm über die Schultern, während sie über den Hüften steif abstand. Er ging bloßen Hauptes und hielt den Hut in der Hand, einen breiten Filzhut mit weißgrauer Feder, die den Boden fegte. Eine Mähne stumpfer blonder Haare stand von seinem Schädel ab, und als der Wind in sie hineinfuhr, zerfiel sie in borstige Büschel.

An den Stiefeln trug er klirrende Sporen. Hin und wieder blieb er stehen, um auf die Gruppe zu warten, und wandte ein wenig den Kopf, aber ohne zu schauen: Dann sah man ein Stück seiner schlaffen Wange und die kurze Nase. Er blieb stehen, als sich Gervasio und Protasio, die Zwillinge, auf einen Pfefferkuchen kaprizierten, den ein Händler feilbot; und als der Vater einem Wohltäter begegnete (und den Kopf gesenkt hielt, die Hand vor der Brust, wie ein Bild), neigte er den Kopf zur rechten Schulter und machte eine resignierte Miene: Er erinnerte an ein Pferd, das vor dem Einschlafen ein Bein ausstreckt. Orazio blickte mit halbgeschlossenen Augen zum Palazzo Farnese hinüber, die Kinder maulten, und Artemisia wischte sich mit dem Taschentuch über die Stirn.

Lächelte Antonio in der Sakristei oder nicht, während der Pfarrer gesucht wurde und die Brautleute allein waren und sich von Angesicht zu Angesicht gegenüberstanden? Das Licht fiel schräg durch ein kühn angebrachtes Fenster, und sein Gesicht kräuselte sich wie stehendes Wasser: Schauder über der Braue, an den Mundwinkeln, durch die Nüstern: als Knaben hatte man ihn »das Kaninchen« genannt. Dann legte sich der kleine Sturm, seine Züge wurden wieder undurchsichtig, leicht, eine leere Maske. Am Altar, auf den Stufen kniend, berührte die Braut eine kalte, feuchte Hand und erhielt aus dieser das Silberringchen, das ihr mit beflissener Ungeschicklichkeit angesteckt wurde, während Antonios langer Rücken sich krümmte und der Brustkorb sich wie bei einer großen Anstrengung zusammenzog. Doch ohne sich nach vorne zu neigen und mit freier Hand setzte er rasch seinen Namenszug ins Kirchenbuch: Antonius Stiattesi. Und darüber streute er den Sand, den Artemisia unter der Feder fand, als sie an die Reihe kam. Sie traten durch eine kleine Tür ins Freie, ohne noch einmal durch die Kirche zu gehen, und sofort setzte sich Orazio von der Gruppe ab, ohne Erklärungen. Beim Pantheon verloren sich die Zwillinge hinter einem Bänkelsänger; bei Sant' Eustachio umarmte Fabrizio einen, der wie ein Soldat aussah, und blieb bei ihm zurück. Antonio ging immer weiter voran, mit seinen langen Beinen, und Artemisia, eingeengter denn je in ihren schwarzen Kleidern, lief hinterher, vom Schwiegervater abgewandt, der Schleim auswarf und spuckte. Es zog eine Totenbahre mit Fackeln vorüber. An der Ecke der Universität prügelten sich zwei Weiber, weiter unten führte ein Gaukler abgerichtete Vögel vor. Ohne sich dessen gewahr zu werden, verlangsamte Artemisia ihre Schritte und ließ sich ein wenig verzaubern, und als sie sich wieder aufrüttelte, waren weder der Mantel des Schwiegervaters noch die grüne Jacke ihres Mannes zu sehen. Sie fand den Alten in Banchi wieder, wo er gerade mit einem Pilger tuschelte. Antonio aber sollte sie einige Jahre lang nicht wiedersehen.

Doch zwei Jahre lebten sie zusammen. War das von 22 bis 24? Oder von 25 bis 27? So mochte sich Artemisia als Greisin ohne Gedächtnis fragen und den Blick zur Decke heben – wenn sie überhaupt das Greisenalter erreichte. Aber gewiß erinnerte sie sich besser daran, daß sie, als ihr Vater endlich nach Florenz zurückgekehrt war, nicht einmal den Reisekoffer auspackte: Nur widerstrebend schlief er in dem Haus am Arno, das die Tochter ihm zeigte voller Stolz auf das Geschick, mit dem sie es sich von ihren Gönnerinnen beschafft hatte. Es genügte das kalte Licht seiner stechenden Augen, der spitze Schnitt seines Bartes und die Art, wie er ihn trug, um die Selbstachtung eines Jahres reinen Lebens und sogar die stolze Einfalt der Gedanken zu Eitelkeiten, vielleicht zu Hohn gerinnen zu lassen. Nachdem Orazio die Judith betrachtet hatte, sagte er: »Gut« und blickte seine Tochter mit einer Aufmerksamkeit an, die ihr als nicht ausgesprochener Vorwurf erschien, so daß sie darüber fast verzweifelte. Sie suchte in sich nach Artemisia Gentileschi, der Malerin in der Toskana, sie fand sie nicht mehr, sie konnte sich nicht mehr leiden neben diesem schwierigen, schweigsamen Vater. Immer schweigsamer und wie geringschätzig: Sie war noch immer nicht davon überzeugt, daß Orazio so war, seit er frei sein wollte und sich gebunden fühlte. Sie begriff es, akzeptierte es aber nicht; sie suchte eine Erklärung, die ewige Bestätigung ihrer Sünden und ihrer Nichtsnutzigkeit. Aufs neue fühlte sie sich unsicher, ungeschickt, unzuverlässig – Befreiung fordernd und zugleich fürchtend: Sie kam, trostlos wohltuend, wie das Wasser vom Himmel und der verhaltene Donner über den Bergen. »Ich fahre weit fort, mein Kind« (er schnitt eine Scheibe Brot ab, wobei er sich wie eine Frau den Brotlaib gegen die Brust drückte), »ich habe dieses italienische Gesindel satt und gehe an den Hof von England. Ob wir uns wiedersehen oder nicht, ist einerlei; Gentileschi hat keine Angst vor der Hölle. Du bist ein Maler«, und er seufzte: wie es ihm selten widerfuhr, in einer Pause des Geistes, die der müde Körper sich zunutze machte, um seine Erschöpfung auszuhauchen. »Du bist ein Maler, aber in Rom hast du einen Ehemann. Geh nach Rom zurück, mein Kind, auch mit den Stiattesi wirst du leben können, da du die Kunst zur Hand hast. Ich hatte geglaubt, daß es übel mit dir enden würde, aber ... Ich reise morgen ab, man muß Geduld haben.« Er trank ein Glas Wasser und kaute noch eine Weile an seiner Brotscheibe, ohne die Suppe anzurühren, die vor ihm stand. Es gab weder etwas zu erklären noch etwas zu diskutieren oder zu erbitten: Und Artemisia hatte es nie verstanden, unter dem Blick des Vaters zu weinen. Man mußte einfache, unvermeidliche und unerträgliche Dinge vorhersehen, diesen ganzen Staub an der Porta a Prato, wo die Wagen sich in einer erstickenden weißen Wolke drehten und die Reisenden ein- und ausstiegen, beinahe schon von den Nebeln der Ferne verhüllt und bereits unerkennbar in einem Gewirr fremdländischer Sprachen und toskanischer Schreie: und Fliegen auf den schweißbedeckten Rössern und das Rollen von Waren und Gepäck; und die Füße der Leute, die dort standen, um zu schauen und zu grüßen, wußten nicht, wo sie sich befanden. Zuletzt schmolz Artemisias ganzer Schmerz auf die Angst zusammen, der Vater werde ihr abschlagen, ihn dorthin zu begleiten, und auf die Sorge, ihre Beklemmung zu verbergen. Aber er war großzügig und umarmte sie, leicht und flüchtig: Seine nach Terpentinöl riechenden Kleider schienen keine Glieder zu umhüllen, und schon stützte er sich auf das Geländer, schon war er eingestiegen, unbekümmert, als fahre er nur aufs Land hinaus. Er setzte sich, deutete jemandem gegenüber eine knappe Verneigung an, knöpfte sich den Kragen auf und schien sie bereits vergessen zu haben, als er sich rasch umdrehte; die erhobene Hand schien weniger zu winken, als etwas in der Luft anzuhalten – einen Ton, ein Wort, ein Versprechen. So sah Artemisia ihn zum letzten Mal in Italien.

Mochten in der ganzen Welt Kutschen rollen, keine war einen Atemzug wert, denn die Kutsche Orazios war abgefahren und nicht mehr einzuholen. Und wenn man von Artemisia sagt: Sie kehrte nach Rom zurück, so heißt das, es mit ihren Worten zu erzählen, ihrem Lebensgefühl jener Tage entgegenzukommen, sie zu schonen. Unter ihren Füßen drehten sich die Räder, in ihrem Kopf schlief das Gehirn, zwischen ihre geschlossenen Lider drängte sich kein Bild. Der Schmerz ist manchmal leicht und flüchtig und schützt, besser als Vorsicht, vor Anfechtungen und Gefahren. Und wenn ihr Blick manches Mal über die Landschaft schweifte, war die Unduldsamkeit, mit der sie auf die Begegnung mit einem anderen Blick reagierte, von solchem Stolz erfüllt, daß dies selbst einen gewalttätigen Mann in Verlegenheit gebracht hätte. So stieg sie eines Morgens an der Piazza del Popolo aus: Eine andere Frau als die, die von dort aufgebrochen war.

Eine Frau – genau das, was zu werden ein Mädchen keine Lust hat, was ihm auch widerfahren mag. Aber es gibt kaum einen Ausweg, und noch weniger gab es ihn im Jahre sechzehnhundertzweiundzwanzig oder -fünfundzwanzig in Rom. Also rüttelte Artemisia sich auf und verschaffte sich einen Überblick über ihre Habseligkeiten: schönes Gesicht, schöne Hand, schöne Gestalt, Begabung, vier Kisten, zweihundert Dukaten, ein Ehemann, lebend oder tot: ein Erbe, das das sterbende, sorglose Mädchen ihr hinterlassen hatte und das anzutreten sie sich nun beeilte. Blitzartig begriff sie, daß das größte dieser Güter der

Ehemann war, die Voraussetzung dafür, daß die anderen Früchte trugen: Unterdessen schützte sie sich instinktiv gegen Mißgunst und Neugierde, indem sie die toskanischen Damen, die sich so erfolgreich Achtung zu verschaffen wußten, zu deren Erstaunen nachahmte. Nachdem sie sich ihres Standes endgültig bewußt und von einer jähen Lust zu leben und zu blühen erfaßt war, die den kleinen Mädchen unbekannt ist, opferte sie zum erstenmal mit freiem Sinn der Schläue, jener Göttin der Armen, die nicht sterben wollen. Die Kutsche stand, die Lastenträger waren ehrerbietig, das Gepäck war sofort ausgeladen, die Auskünfte waren richtig. Innerhalb einer Stunde erfuhr sie, wo die Stiattesi jetzt wohnten, ohne selbst erkannt worden zu sein, noch ohne jemandem zu gestehen, daß sie selbst diesen Bettlernamen trug. Der Gefallen, den sie an ihrem heimlichen und dreisten Vorgehen fand, gab ihr die rechten Gesten und Worte ein und führte sie an der Hand: Sie fühlte, daß sie ein finsteres Bündnis geschlossen hatte, eine Art Pakt mit sich selber, auf der Grundlage eines soeben entdeckten Gesetzes, das fast eine zweite Natur war: Und sie ergötzte sich an dem breiten Fächer belangloser Betätigungen.

Die Stiattesi waren, ihrer Gewohnheit entsprechend, an der Ripagrande nicht anständig behaust, sondern lebten in ein paar heruntergekommenen, schlecht verputzten Räumen, zwischen den Küchen und den Stallungen eines Marchese, der sich überstürzt einen Palazzo eingerichtet hatte. Als Artemisia dem alten Giambattista auf der Schwelle der stets offenen Tür gegenüberstand, hatte er noch immer denselben Mantel an wie bei der Hochzeit und hielt auch den wohlvertrauten Rosenkranz in der Hand. An seine Kleider klammerten sich glucksend zwei kleine Dickerchen, in Samtlumpen gehüllt, die Gesichtchen mit Krusten bedeckt. Er spielte den Entrüsteten, reckte die Hände zum Himmel und trat zwei Schritte zurück. Doch da wurden die Gepäckstücke hereingetragen, und er bemerkte, daß sie schwer waren: Schon weinte er, schon rief er: »Meine Tochter!«, begann zu zittern und zu straucheln und hob den Zeigefinger an die Augen, als wolle er sagen, daß er nichts sehe. Er schrie hinein: »Gervasio! Mariuccia!« Das armselige Zimmer wirkte unbewohnt.

Und Artemisia wunderte sich, daß sie mit diesem Mann umgehen konnte, den sie in ihrer Jugend wie ein schmutziges schändliches Tier verabscheut hatte und in den letzten Jahren wie das Schreckgespenst eines Kindes aus ihren Gedanken verbannt hatte. Jetzt erschien er ihr auf den ersten Blick wie entblößt, und der letzte Rest der alten Abneigung flackerte auf in der Fühllosigkeit, mit der sie seine Lumpen, sein graues, von Lügen verzehrtes Gesicht betrachtete. Es bereitete ihr Vergnügen, ihn im Florentiner Akzent, den sie sonst nie benutzte, zu fragen: »Und wer ist das alles?« Sich windend und die benetzten Lider trocknend, antwortete er, nachdem er eine Bank abgeräumt hatte: »Kinder ... Mariuccias Kinder. Gott weiß ...« Schwungvoll trat eine Frau mit nackten Füßen und einem Brokatkleid ein: Ihr barfüßiger Schritt war heftiger als jeder Fußtritt. »Du bist noch da!« schrie sie und verzog den geschwollenen Mund zu einer ordinären Grimasse: Und sie sperrte ihre rissigen Lippen auf, weil sie die Fremde erkannt hatte. Mariuccia also. Tuzias älteste Tochter, die zimperliche Jungfrau aus dem Kloster, die die Mutter schon zur Heiligen erklärt hatte und die der Stiattesi sonntags herausholte, und die Schleier aus Zindeltaft waren nie groß genug, um ihre Augen und ihren Mund zu bedecken. »Gott weiß ...«, fuhr Giambattista fort und suchte nach dem ehrwürdigsten Gesichtsausdruck, dem, mit dem er er für den heiligen Paulus den Einsiedler und den heiligen Petrus am Kreuze posiert hatte: Artemisia streifte sich mit gekünstelter Grazie einen Handschuh ab. »Gott weiß, daß ich diesen Unschuldigen ein Herzensvater bin.« Und nachdem er Artemisia, die sich stolz nicht wehrte, an den Schultern gepackt hatte, führte er sie in eine Ecke, um dort blinzelnd und mit gesenkter Stimme auf irgendeinen »großen Herrn« anzuspielen, auf die »arme Sitzengelassene«, auf die Barmherzigkeit und die Unterwerfung unter Gottes Willen. »Um sie den Gefahren zu entreißen, habe ich sie geheiratet, als Grazia starb«, seufzte schließlich der Alte und behielt unverwandt die Kisten im Blick, die inzwischen alle ausgeladen waren. Die Lastenträger waren beim Hinausgehen über einen lahmen Bettler gestolpert, der sogleich, verstohlen um sich blickend, die Krücke und den Buckel ablegte. Mariuccia, verdrießlich und angriffslustig, setzte eine betont heitere und aufreizende Miene auf, richtete sich das Haar und befeuchtete sich die Lippen. »Die da drüben sind fertig«, sagte sie und deutete auf die Tür, durch die sie eingetreten war. Und als der Bettler zögerte, fragte sie ihn, die Malerin verstohlen anblickend: »Bist du taub?«, und schon entbrannte ein Zorn, der Tuzias bäurischer Sprache freien Lauf ließ. Da wandte Artemisia den Blick ab und erkundigte sich, während sie sich auf die Bank setzte, nach ihrem Mann.

»Eine Perle, dieser Sohn«, begann Giambattista, froh, in leichte Gewässer zu segeln, mit Feuer im mittlerweile trockenen Blick, der schon Intrigen zu spinnen begann: Seine Lider zuckten unaufhörlich. »Ein Sohn, der uns alle am Leben erhält, mich, einen armen alten Mann, seine unglücklichen Brüder und diese armen Kindlein.« Er steckte den Kopf durch den schweren Vorhang: »Gervasio, Kind Gottes, sag Antonio Bescheid, daß seine Artemisia da ist! Er hat dich jeden Tag erwartet: ein Bissen und ein Seufzer. Aber du weißt ja, wie gewissenhaft er ist, und heute ist Markt auf der Piazza Navona.« Trällernd halb in knotigem Baß, halb knabenhaft hell, trat hinter dem Vorhang ein Jüngling hervor, einst der kleine Gervasio, inzwischen zu einem jungen Mann herangewachsen: Und während er lustlos die Beine bewegte, las er in einem Büchlein, die Nase zwischen die Seiten gesteckt. Die Mahnungen des Vaters, sich zu beeilen, schien er nicht gehört zu haben, aber er ging dennoch: Und ehe er auf die Straße hinaustrat, warf er zwischen den zusammengekniffenen Lidern rasch einen scharfen Blick auf Artemisia, und er erinnerte ganz und gar an Antonio, als dieser jünger war.

Auf der Bank wartete die Gentileschi, unschlüssig und traumverloren im Inneren, aber nach außen hin gefaßt und entschlossen wie eine Reisende, die nur auf den Wechsel der Pferde wartet. Die Bank war morsch, eine alte Kirchenbank, die im Lager lange zwischen Bahren, Leuchtern und Kirchenfahnen vor sich hin gedämmert hatte: Von dort war sie, auf welchen Wegen auch immer, zu den Stiattesi gelangt. Die Wand, gegen die sie von Zeit zu Zeit ihre Schultern lehnte, war ungetüncht, und nur mühsam erkannte man zwischen den groben Tuffsteinblöcken Spuren von Kalk. Aber von dem Abscheu vor dieser nackten Schäbigkeit wurde Artemisia durch das Kommen und Gehen der verschiedenen seltsamen Leute, die durch diese Spelunke zogen, zur Genüge abgelenkt, so daß sie ganz darauf bedacht war, zu schauen und nur zu schauen. Drei auf unterschiedliche Art Gelähmte, alle mit Doppelsäcken; ein Bettelmönch, zwei Pferdehüter, beladen mit Zaumzeug und Geschirr, zwei Soldaten, die schwerbepackt hereinkamen und erleichtert wieder auf die Straße traten. Dann Frauen und Weiber, die meisten alt und verunstaltet, eine jede mit Ballen und Bündeln beladen. Eine Tür auf der einen Seite, mit nur einem Flügel, auf der anderen jener schwere Filzvorhang, hinter dem Gervasio hervorgekommen war, teilten diesen Raum von den anderen ab, welche die Familie bewohnte und in die die Besucher eintraten. Diese hielten sich geraume Zeit dort auf und stritten sich oft, bald mit drohender, bald mit klagender Stimme, aber alle wurden von Mariuccia übertönt, die einen Augenblick lang wieder erschien, ein Notizbuch in der Hand. Die Bluse war ihr von der rechten, braunen, rundlichen Schulter gerutscht.

»Man schlägt sich durch«, sagte der alte Stiattesi, der dageblieben war, um seine Schwiegertochter zu beaufsichtigen, und er machte sich scheinbar zu schaffen, indem er Schemel beiseite räumte, ein schmutziges Tischtuch glattstrich und zusammenfaltete und Becher vom Tisch einsammelte, während die beiden Kinder mit einem ausgelassenen Bastardwelpen auf dem Boden herumtollten. Ein Auge hatte er zusammengekniffen, als würde er blinzeln, und schon strafte er sich Lügen und stammelte Stoßgebete. Zwischen den Kisten hin und her gehend, stieß er bald eine hervorstehende Ecke nach hinten, bald hob er ein Hälmchen aus einer Fuge: Seine Finger zitterten, und es schien, als würde seine ganze Geschäftigkeit immer größer, je länger Artemisias Unbeweglichkeit und ihr ruhiger, geduldiger Blick währten. Schließlich trat, prächtig ausstaffiert, mit besticktem Wams, auch Fabrizio herein, der Soldat geworden war, und er tobte los, weil er etwas zu essen haben wollte. Die Kinder verkrochen sich, Mariuccias Stimme drüben wurde weicher. Und auch Giambattista war verschwunden. Der Soldat lief auf und ab, stolperte über die Kisten, fuchtelte mit dem Degen herum und versetzte dem Hündchen Fußtritte. Er rief: »Kommt nun jemand oder nicht?«, und jedes Mal, nach jedem dumpfen Schlag, blickte er seine Schwägerin an, ohne sie zu begrüßen. Sie bewegte sich nicht von der Stelle, nahm aber eine bequemere Haltung ein, indem sie sich mit einem anmaßenden Blick zurückwarf, und lachte in sich hinein. Sie lachte bei einem Gedanken, der manchmal ein Gewissensbiß gewesen war: all das Blut des Holofernes, das sich auf der Leinwand im Pitti staute. »Ich habe es gemalt, es ist, als hätte ich einen Gewalttäter umgebracht.« Sie trug einen kleinen Dolch in der Tasche; mit dem Daumennagel umspielte sie seine Gestalt, während Fabrizio sich die Beinkleider hochzog wie Cosimo der Furier. Cosimo der Furier, dieser zweite Holofernes! Der Stachel ihres alten Hasses war so scharf, daß Artemisia aufstand, und sie kam sich wie ein Riese vor.

Aber ein Riese war sie nicht: Sie war eine kleine Frau, blond obendrein, und Fabrizios Riesenkörper war so stark zwischen Bank und Tisch, daß ihr nichts anderes übrigblieb, als ihn anzusehen und zu hoffen, daß ihr Blick wie eine Peitsche wirkte. Es wurde Abend, die Sonne stand tief, matte Stimmen drangen vom Fluß herauf, wie erschöpft, ein Singsang von Gefangenen. In diesem Augenblick erschien Antonio.

Sie hatte ihn als hager und blaß in Erinnerung, und das war er immer noch, aber mit einer neuen Stärke in den Gliedmaßen, mit einer Erfahrung mühevoller Bewegungen, die ihn reif und so gemacht hatten, wie er jetzt war: akzeptabel. Die Kleider, die er trug, schien sie seit jeher zu kennen, aber sie saßen wie angegossen, und es waren nicht die allerbilligsten. Er hatte einen Sack über der Schulter hängen und lud ihn sofort mit ungezwungener Leichtigkeit ab. Seinem Bruder ging er aus dem Weg, aber ohne Hast und ohne Zögern, so, als wäre er über ein Möbelstück gestolpert. Er bückte sich, um eine Schnur aufzuheben, und öffnete ein Schubfach. Endlich blickte er Artemisia an.

Und Artemisia lächelte ihn an. Fast als wäre sie soeben geboren, lächelte sie und erinnerte sich überhaupt nicht mehr daran, daß sie sich sechs Stunden zuvor die Vorteile ausgerechnet hatte, die ein Ehemann einer alleinlebenden Frau zu bieten vermag. Sie erinnerte sich auch nicht an Francesco, den ihr ergebenen Bruder, dem sie nach ihrer Ankunft das vorgezogen hatte, was sie für ihr Recht hielt – diese obskure Familie und diesen Mann. Sie lächelte auf unerklärliche Weise befreit und glücklich und ohne die Absicht, klein beizugeben. In jener Bude, zwischen ihren diebischen und kupplerischen Verwandten, ohne Bett, fühlte sie, daß sie seit zwei Jahren verheiratet, seit zwei Jahren geschützt war. Die Eheleute gaben sich nicht die Hand, aber sie kümmerten sich gemeinsam um das Gepäck und um das Zimmer, in dem sie wohnen würden. Den ganzen Abend lang sprachen sie leise miteinander und einigten sich: Und im Kreise der Verwandten ergriff der eine das Wort für die andere, ganz unvermittelt. Einmal blinzelte Antonio und warnte seine Frau vor einem Trick Mariuccias, und bevor es Nacht wurde, schüttelte Artemisia Antonio, der mit dem Ärmel die Wand gestreift hatte, zweimal den Staub ab.

Sie richteten sich in einem großen Zimmer ein, einem ehemaligen Lagerraum, in dem noch Getreide vor sich hin faulte, was deutlich zu riechen war. Das Bett bestand aus einem Strohsack auf dem Backsteinfußboden, man mußte es nicht erklimmen, und war man müde, so war es eine Wonne, sich hineinfallen zu lassen. Neben dem Kopfende stand Artemisias Gepäck, verschlossen und unangetastet, und am unteren Ende des Bettes waren von einer Wand zur anderen zwei Leinen gespannt; darüber hingen die Sachen Antonios, der sich als Kurzwarenhändler und Lumpensammler betätigte. Seit dem frühen Abend richtete er alles auf diese Weise her: Oft schloß er zwischen dieser und jener Verrichtung die Augen, fast so, als wolle er sich ausruhen; er hatte schwache, ungeschickte Hände; es schien, als ziehe er seine großen Säcke mit den Fingernägeln herum. Artemisia stand da, vor Müdigkeit bleich, und sah ihm zu, und plötzlich begann sie leise zu seufzen (bei wem sonst hätte sie das gewagt?), daß sie nicht mehr könne und sich hinlegen wolle. Als die Tür geschlossen war, und zwar geschlossen hinter Antonio, der hinausgegangen war, begann sie nicht, sich zu entkleiden, sondern heftig, fast schon gierig zu weinen. Sie war auch aus diesem Grund verheiratet, um heimlich zu weinen: Wenn man allein ist, verschafft Weinen keine Genugtuung. Zweimal klopfte Antonio an die Tür: Mit Stuhl und Tischchen das erste Mal und dann mit einer dampfenden Tasse Schokolade. Die Wand des Gefäßes war so zart, daß es in diesem trostlosen Loch unwirklich erschien. Sie bekam auch einen Kringel und eine Handvoll goldener Trauben. Langsam kauend, ließ Artemisia ihre Tränen dem Hunger weichen. Antonio ging mit den langen, schwankenden Schritten eines zu groß geratenen Jünglings im Zimmer umher und setzte sich dann auf die Stufe unter dem Fenster, um rasch etwas in eine Kladde einzutragen. Unbegreiflich, wie er bei diesem Dämmerlicht etwas sehen konnte; Artemisia, die eine Laterne auf den Boden gestellt hatte, sagte zu ihm, er solle näher kommen, die Lampe könne ihren Dienst auch für zwei tun. Sie sagte es in dem gespielt verärgerten Tonfall gewisser alter, liebevoll besorgter Ehefrauen, und Antonio gehorchte ihr, kauerte sich neben sie auf den Strohsack und schrieb dann auf den Knien weiter. Ab und zu hob er den Kopf, sah ihr zerstreut beim Essen zu und dachte an seine Zahlen, aber Artemisia schien es, als wäre ihm jeder Bissen, den sie hinunterschluckte, eine Genugtuung, und sie schwieg unter diesem

Blick, ernst wie ein kleines genesendes Mädchen, das beweist, daß es ihm wieder besser geht. Eine große Ruhe war über sie gekommen: Die geschlossene Tür und der schweigsame Gefährte vermittelten ihr ein Behagen, eine Wärme, die sie noch nie empfunden hatte, weder allein noch in Gesellschaft, ja nicht einmal in Gegenwart ihres Vaters. Sie hatte vergessen, daß sie die Gentileschi war, Malerin und Tochter eines Malers, und trieb alte Forderungen ein – nach Zuneigung, nach Achtung in der Familie. Sie besaß – und dieses Wort erfüllte nach wie vor ihr Denken –, sie *besaß* einen Ehemann.

Antonio pflegte frühmorgens aus dem Haus zu gehen. Oft bemerkte sie es nicht einmal, so leicht und rücksichtsvoll war sein Schritt. Sobald sie die Augen öffnete, wurde sie sich seiner Abwesenheit bewußt, aber nicht so sehr, weil mehr Platz im Bett war, sondern weil die Kleiderreihe auf der Leine fehlte; denn Antonio schlief wie ein Vogel, ein kleines, eingerolltes Bündel, ohne Gewicht. Es tat ihr nicht leid, allein gelassen zu sein, nicht einmal am ersten Tag: Unwillkürlich sprang sie frisch und munter auf die Füße, erregt bei dem Gedanken, in den Sachen herumkramen zu können, mit denen Antonio Handel trieb, die er kaufte und verkaufte. Es war die alte Lust, die bis in die gemeinsame Kindheit zurückreichte, als alle Kinder vom Pincio am liebsten die Hände in seinen Sack gesteckt hätten.

Manchmal blieb er drei, vier Tage weg, weil er auch auf die weiter entfernten Jahrmärkte ging. Er ließ ihr nach stillschweigender Übereinkunft volle Unabhängigkeit und auf dem Tischchen bald zehn, bald zwanzig Paoli zurück. Artemisia konnte ausgehen, den ganzen Tag fortbleiben und treffen, wen sie wollte. Von den Kleidern, die auf den Leinen hängen geblieben waren, bediente sie sich nach Herzenslust; oft zog sie sie den eigenen vor, und einmal verkleidete sie sich sogar als Page: wie es die Damen in Frankreich zu tun pflegten – so hatte zumindest Violante in Florenz behauptet. Meistens nahm sie eine Kutsche, fuhr in die Strada Pia zu ihrem Bruder, der sie immer fragte, ob sie male und warum sie sich nicht eine eigene Wohnung, fern von diesen Stiattesi, einrichte. »Eine Frau wie du!« sagte er immer. Artemisia zuckte die Achseln, ohne zu antworten: Es war schwer, ihm zu erklären, daß sie sich jetzt wohl fühlte, in den Höhlen an der Ripagrande, als Frau des Altkleiderhändlers Antonio und vom Gesindel im Hause, über das sie sich amüsierte, geduldet. Aber gern lauschte sie den neuesten Nachrichten über das, was in Rom gerade gemalt wurde, über die neuen und die alten Maler. Das Kinn in die Hand gestützt, die Augen starr blickend, hing sie vagen Träumen nach, eine Ausstellung zu machen, berühmt zu werden, und grübelte über den Plan, ihren alten Platz wieder einzunehmen, zu arbeiten und zu reisen, denn sie würde nicht in Rom bleiben, dessen war sie sich sicher. Aber sie hatte Zeit, das Leben war lang. Die Spatzen im Klosterwäldchen neben Francescos Werkstatt bereiteten sich mit ohrenbetäubendem Lärm, der sich über den klaren Himmel ausbreitete, auf ihre Nachtruhe vor. Barfuß lief der kleine Sohn des Gemüsegärtners über das herbstliche Laub des Gartens, denn er mußte die Glocken für das Ave Maria läuten: Die Abendglocken begannen einander zu antworten. »Und der Vater?« fragte Artemisia. Er hatte nur zweimal geschrieben, ehe er nach Frankreich reiste. Danach hatten sie nichts mehr gehört. Es war noch gar nicht lange her, da hatte Artemisia geglaubt, ohne ihn wie tot zu sein. Doch der Schmerz war von ihr abgeglitten, ohne sie zu benetzen, und hatte sie stärker und vor allem erfahrener gemacht: Sie hatte sich selbst kennengelernt und wußte nun, wie man auf dieser Welt lebt. In dieser Jahreszeit schwand das Licht rasch dahin; um die dreiundzwanzigste Stunde war die Nacht schon nahe, aber sie hatte keine Angst, allein nach Hause zu fahren, mit der Kutsche, durch die finsteren Straßen Roms. In der letzten halben Stunde war das Gespräch am kurzweiligsten. »Es ist ein französischer Maler da, der für Cassiano Dal Pozzo große Landschaftsbilder malt.« – »Mannozzi malt in der Kirche zu den Santi Quattro Coronati und hat etwas über deinen Holofernes erzählt.« Artemisia lächelt heimlich: Ihre Augen bleiben ernst. Landschaftsbilder, Holofernes. Auch Agostino malte Landschaften: Sie sieht ihn noch vor sich, wie er, die Pinsel in der Hand, auf dem Gerüst im Monte-Cavallo-Palast flötete und lauerte, ob sie ihm von unten zusah. Sie haßt ihn nicht mehr; es ist, als wäre er nicht geboren; sich seiner zu erinnern ist nichts als schale Neugier. »Gute Nacht, Francesco«, sagt sie, erhebt sich und legt sich die schöne spanische Mantille, die Antonio ihr geschenkt hat, über den Schultern zurecht. Mit abenteuerlicher Behendigkeit springt sie in die Kutsche – eine Dame, eine unbekannte, unerkannte Dame. In dem gemieteten Wagen, der über Steine und Löcher hüpft, reißt sie die Augen auf: Finsternis, steil bergab in rasender Fahrt, dann immer öfter Fackeln und Reitknechte, Lämpchen vor den Bildstöcken, Laternen vorsichtiger Wanderer. Aber sie fühlt sich sicher, und als sie am Tor des Marchese absteigt (zehn Schritte vor der Stelle, an der sich der Eingang zur Höhle öffnet), ist sie fröhlich wie eine Gestalt aus der Commedia dell'arte, und es bereitet ihr Vergnügen, mit dem Schritt einer Königin das große Zimmer der Stiattesi zu durchmessen, wo geschlafen, gesungen, gegessen und geprahlt wird – zu zehnt, zu fünfzehnt. Soll die Mariuccia doch sagen: Da ist ja diese H... Artemisia! Sobald die Tür zu ihrem Zimmer geschlossen ist, stört sie nichts mehr. Ist Antonio zurückgekehrt, ist es gut; ist er nicht zurückgekehrt, ist es auch gut. Allein, entkleidet sie sich trällernd, manchmal mit possenhaften, theatralischen Gebärden. Sie dreht den Schlüssel im Schloß, nascht Brot und Nüsse, Mandelgebäck und getrocknete Maronen. Dann, wenn es still ist, wenn die Kommentare nebenan verstummt sind, öffnet sie ihre Reisekiste und zieht Papier und Kohlestift hervor. Wie einst zeichnet sie beim Licht der Laterne, aber verjüngt und unbekümmerter; von Zeit zu Zeit steht sie auf, um in eine getrocknete Feige hineinzubeißen und aus dem hohen Fenster zu blicken, das auf den Hof des Marchese geht. Die Pferde, die mit den Hufen klappern und sich kerzengerade aufbäumen, streifen, ehe sie durch das Tor gehen, mit ihrem ungeheuerlichen Maul ihr Eisengitter: Die Lakaien schreien, die Fackeln rauchen, und im Schatten, am Fuße der breiten Treppe, funkeln das rote Gewand und das rotwangige Gesicht eines Kardinals wie Kohlenpfannen: Schon stürzt das Gefolge herbei, um seine Schleppe zu tragen. Und Artemisia wirft sich auf ihr ebenerdiges Bett, um sich auszuruhen.

Als Antonio zurückkommt, ist es ein Genuß zuzusehen, wie er nach und nach alles hervorzieht, was er von seiner Tour mitgebracht hat: kleine Schmuckstücke, Filigranarbeiten, Miniaturbildstöcke aus Elfenbein, kostbare Rosenkränze; denn nicht immer verkauft er gegen Geld, und die Lust am Tauschen besiegt in ihm die Lust am Gewinn. Antonio läßt seine Frau gewähren, wenn sie mit den neuen Gegenständen und altmodischen Gewändern, die sie zum Lachen reizen, herumhantiert. Am Ende kommt das Geld zum Vorschein, aus einem schmuddeligen Säckchen gezogen, aber da entfernt sich Artemisia und gibt vor, beschäftigt zu sein, und er bleibt allein, um, vom Heller bis zum Dukaten, sein Geld zu zählen, das seine Frau nicht sehen will. Für sie gibt es immer unerwartete, kindliche Geschenke: frische Erdbeeren, von denen man nicht weiß, wie sie im Doppelsack so unversehrt bleiben konnten, sowie Ketten aus Walnüssen und Haselnüssen und Marzipan. Um ihm einen Gefallen zu tun, muß sie sie sofort essen, unter seinem ungeduldigen Blick, den er oft finster zur Tür richtet, als fürchte er, jemand könne eintreten. Die Reste ließ sie blitzschnell verschwinden: Kerne, Schalen, Krümel. Er hatte immer schon vorher gegessen: Nie teilte Artemisia mit ihm Teller und Tafel. Und dann begann er zu fragen: »Gehst du nicht zu Bett?«, als wenn es ihm unerträglich wäre, daß sie dastand oder dasaß, während er seine Waren ordnete. Nur das eine Mal, als er ihr einen Türkisring schenkte, aber nicht wagte, ihn ihr an den Finger zu stecken (es war der gleiche Türkisring wie der von Agostino, und das versetzte ihrem Herzen einen Stich), schien er sich nicht mehr um sie zu kümmern und wickelte Kämmchen, Spiegelchen, Schminke und Puder rasch und mit verdrießlicher Miene ein und wieder aus. Aber an jenem Abend beeilte Artemisia sich auch, schlafen zu gehen; ja sie vergrub den Kopf im Kissen und tat, als würde sie sofort einschlafen, spreizte aber den kleinen Finger, an dem der Ring steckte, so ab, daß er gut sichtbar blieb. Nach ein paar Minuten hörte sie die auf der Leine hängenden Kleider rascheln, und dann vernahm sie einen seltsamen Laut, als singe in der Ferne eine dünne Stimme. Tatsächlich sang Antonio ein Kirchenlied aus ihrer gemeinsamen Kindheit, das die Mönche von Santa Trinità dei Monti den herumstreunenden Kindern damals beigebracht hatten.

Erst als Antonio seine Frau eingeschlafen wähnte, ging er auf Zehenspitzen zur Tür, hielt, ehe er den Türknauf drehte, einen Augenblick inne, lauschte und trat dann in den Gemeinschaftsraum. Der Versuchung, die Augen geschlossen zu halten und so zu tun, als schlafe sie, konnte Artemisia nicht widerstehen, obwohl diese Verstellung sie nie so weit führte, über einen boshaften Trick nachzusinnen oder eine Falle zu stellen. Und als die Tür wieder geschlossen war, riß sie, hellwach, die Augen weit auf, fast so, als wolle sie auf diese Weise die Stimmen und das Gelächter besser wahrnehmen, mit dem Antonios Erscheinen drüben quittiert wurde. Es waren Spötteleien und dumme Redensarten in verschiedenen Dialekten, manchmal auch in verschiedenen Sprachen, und sie begriff nicht, wie Antonio sich all dem aussetzen konnte. Aber sie war sich sicher, daß er einen Grund haben mußte, einen wohlerwogenen Grund, einen der Gründe, die ihr Mann ihr ständig deutlich machte, ohne ein Wort zu gebrauchen. Lange wach zu bleiben, beim Schein der Laterne, die bald zu flackern anfing und die über der Leine hängenden Gewänder zu bizarren Schatten an der Wand verzerrte, mißfiel der jungen Frau. Der Genuß einer frei gewählten Einsamkeit konnte sich in die Bitterkeit einer aufgezwungenen Einsamkeit verwandeln und sie denselben Gefahren aussetzen wie damals, als sie in San Spirito die lästernden Nachbarinnen lärmen hörte und sich schweigend danach sehnte, um jeden Preis dabeizusein. Um sich nicht nach Gesellschaft – nach jener Gesellschaft – zu sehnen, tauschte sie eine quälerische Ruhe gegen einen Akt kindlicher Willkür und erhob sich. Barfuß ging sie umher, näherte sich der Tür, lauschte und suchte eine Ritze, um zu sehen, ohne gesehen zu werden. Sie fand sie an einem regnerischen Abend, an dem sie sich, um nicht zu frieren, in einen Pilgermantel mit Kapuze hüllte, den sie zwischen den abgelegten Kleidern gefunden hatte. Nie hatte sie sich köstlicher amüsiert, ein solches Vergnügen empfunden, das irgendwo zwischen der Wonne des kindlichen Spiels und dem neuen, prickelnden Genuß der erwachsenen Frau lag, die heimlich spioniert. In dem großen Raum, der nicht mehr durch den zugezogenen Vorhang in zwei Teile geteilt war, kamen die Betten der Stiattesi zum Vorschein, große und kleine Lager, im Vergleich zu denen ihr Bett geradezu hochherrschaftlich wirkte. Mit langsamen, trägen Bewegungen rückte Mariuccia ihren Läusen zuleibe, zog sich ein neues Mieder an, kämmte sich mit nach unten gebeugtem Kopf und richtete dann ein zwischen den Haaren rotglühendes Gesicht auf, das vom spärlichen Licht verdüstert wurde. Der Alte schrieb unentwegt auf Papierfetzen und stand hin und wieder auf, um die Feder zu spitzen, denn er konnte nie ein scharfes Messer finden. Die Kinder surrten wie Winterfliegen zwischen aller Beine herum, fielen urplötzlich in ein Schläfchen, balgten sich und heulten. Zwei hohe Sakristeikandelaber beleuchteten den Tisch, an dem Fabrizio Würfel spielte, bewacht und bewundert von einigen Burschen, die neben und hinter ihm standen; der andere Spieler sah finster und ausgezehrt aus, kratzte sich den Bart und gähnte. Einem anderen Spiel, aber auf dem Fußboden, widmeten sich die Zwillinge mit ein paar alten und jungen Müßiggängern, und zu ihrem Spiel gehörten Lärm und Krach ebenso wie argwöhnische Reglosigkeit zu dem, das am Tisch gespielt wurde. Ein schwachsinniger Knabe, den der Hund unablässig anknurrte, wollte auch spielen, erhielt aber nur Fußtritte und Ohrfeigen und brüllte, während Mariuccia mit endlich zugeschnürtem Mieder, mit Schuhen an den Füßen und einer Rose am Busen heraustrat, ohne daß einer sie grüßte oder auch nur den Kopf hob. Aber bald darauf hoben alle den Kopf, immer häufiger, und blickten zu einer Art Luke, die sich in der Wand gegenüber oben öffnete: Und da staunte Artemisia, als sie außer einem Gewirr von Kesseln und Bestecken den Geruch von Braten und Tunken wahrnahm. Jenseits der Wand war eine Küche, wirklich und wahrhaftig die Küche des Marchese, und der Rauch der Herdfeuer senkte sich zusammen mit dem Dampf aus den Kesseln herab, um sich mit dem Atem der Stiattesi zu mischen, so daß der Raum bald vernebelt war wie eine Uferpromenade. »Micio«, begann von ferne eine heisere, spöttische Stimme, »Dorante, Mustafà, Risotto, Cortacoda.« Niemand im Zimmer sagte ein Wort, die Burschen hatten ihr Spiel unterbrochen, die Kinder waren aufgewacht, der Alte aufgestanden: Nur Fabrizio würfelte ungerührt weiter, während Antonio, der abseits und wie ein Zuschauer auf einem Ballen sitzen geblieben war, den Blick nicht vom Boden hob. Und schließlich sauste ein schweres, glänzendes Etwas wie ein Riesenvogel aus der Luke zum Boden, und dort, wo es liegen blieb, kam es zu einem schweigenden Gerangel. Der Hund winselte, und der Reihe nach flogen die Fäuste, aber der Alte hatte mit einer Autorität, die ihm gar nicht zustand, die Beute gepackt und verkündete feierlich: »Gebratene Wildschweinkeule!«, und alle machten ihm Platz. So also regnete das Abendessen auf die Stiattesi herab – durch die Vermittlung eines langfingrigen, mit ihnen befreundeten Küchenjungen: So mutmaßte Artemisia, und sie konnte mit den Augen nicht rasch genug dem Ungestüm folgen, mit dem jeder der Anwesenden Brot und Zinnbecher aus seinem Sack zog, seine Portion forderte und sich niederließ, um sich zu laben. Dieses Mahl, erschlichen durch Intrigen, halb Diebstahl, halb Almosen, erregte die Zecher wie eine gewonnene Schlacht: Auch Fabrizio erhob sich, nachdem er die gewonnenen Geldstücke eingesammelt und in seinem Säckchen verstaut hatte, und schlenderte sporenklirrend zum

Tisch, wo der Braten aufgeteilt wurde, und ohne sich hinzusetzen, schnappte er sich einen Bissen, aß und wischte sich die Finger in Gervasios lockigem Haar. Dann ging er, sich breitbeinig wiegend, die Schultern rollend und sich in die Kleider hüllend, zur Tür, die auf die Straße führte, gefolgt von seinem hungrig gebliebenen Trupp, zu dem auch der ausgezehrte Spieler gehörte, der gegen ihn verloren hatte. Sie gingen hinaus, und noch eine Weile hörte man sie reden und klirren, während die drinnen sich mit verstärkter Aufmerksamkeit ihrem Mahl widmeten. Sie aßen gierig und reizbar, jeder für sich, zur Wand gedreht, auf einer Sprosse der Leiter sitzend oder am Tisch, bewehrt mit irgendeinem persönlichen Gegenstand – einer Schüssel, einem Glas, einem kleinen Messer. Jene Gäste, die nicht eingeladen waren, an dem Geschenk teilzuhaben, hatten die Näpfe der Mönche herausgezogen und sich auf das Essen gestürzt. Jetzt kauten alle schweigend, während der zunehmende Lärm in der Küche des Marchese, der Widerschein des Feuers und der Rauch wie ein Wechsel von Wolken und Schönwetter waren, wie die Launen eines Himmels, unter dem man sich zufällig befand. Der Schwachsinnige bekam beschmiertes Brot wie der Hund, und die Kinder waren, den Knochen unter der Wange, schon wieder eingeschlafen. Antonio, der nichts gegessen hatte, erhob sich. Er hatte sich gegen die Wand gedrückt, als Fabrizio und seine Freunde das Haus verließen, und ging jetzt umher, mit seiner krummen und traumverlorenen Haltung von einst, über der, wie aus einem Glückssamen, eine friedliche Besonnenheit aufgekeimt und emporgesprossen war. Er brachte die Kinder zu Bett, verschloß die Papiere des Vaters in der Kassette, zog ihm die Korbflasche von der Seite weg, und als er im Vorübergehen die Zwillinge streifte, schien es, als legte er wie zufällig dem blonden Gervasio, der ein wenig bucklig war, die Hand auf die Schulter: und so, als ziehe er sie nur schweren Herzens zurück. Er trat auf die Straße hinaus, kehrte mit gerunzelter Stirn, wie in einen lästigen Gedanken vertieft, zurück (Artemisia betrachtete ihren Mann sehr eingehend) und sagte, daß er den Vorhang zuziehen wolle, weil es schon spät sei: ob die, die unterwegs waren, heimgekehrt seien oder nicht. Doch da bewegte der stillste, der unauffälligste der Gäste, ein fast schon alter Mann, der, mit dem Rücken an die Wand gelehnt, auf dem Boden saß, den rechten Arm, und dabei öffnete sich sein Mantel. Man sah, flach über seinen Knien, ein Saiteninstrument, das die linke Hand berührte, und eine Stimme, summend und tief wie eine zermarterte Reminiszenz an Gesang, rückte in den Mittelpunkt dieser Abendgesellschaft. Ohne etwas zu sagen, fast so, als erinnerte er sich ganz für sich allein, spielte der Spanier gedämpft, einem eintönigen, gleichmäßigen Rhythmus folgend, der eine Begleitung war: Und das Lied gefror ihm auf der mürrischen, versiegelten Lippe. Dann, plötzlich, spielte die Hand verrückt und tollte mit solcher Geschwindigkeit durch die Saiten, daß die Finger darin verschwanden; und aus dem Klanggemisch des entfesselten Ritornells tauchten Stimmen und Instrumente auf, Trommeln sogar, ein Fest voller Glut. Der Spieler – düster, undurchdringlich, mit violetten Lippen und fahlen Wangen – schien sich nicht einmal selber zuzuhören; manche der anderen hoben im Schlaf den Kopf; andere änderten ihre Lage und unterdrückten ein Gähnen. Stehend wartete Antonio, ausdauernde Geduld in der Miene. Aber Artemisia jenseits der Wand genügten diese wenigen Klänge, damit sie sich darauf besann, daß es noch andere Dinge gab, andere Länder, nach denen man sich sehnte, daß ihr Vater weit fort war, beinahe verloren, und daß sie sich ihren Namen erst noch verdienen mußte, diesen anspruchsvollen Namen, den man ihr gegeben hatte und der wunderwirksam werden mußte. Die Neugierde und der boshaft brennende Eifer, die sie beim Spähen wachgehalten hatten, wichen von ihr. Sie ging zum Bett, den Mantel wie ein Hofgewand hinter sich schleifend. Sie brauchte niemanden mehr, nur sich selbst. Langsam, fast feierlich streckte sie sich aus und untermalte mit ihren Bewegungen die summenden Baßtöne, die noch immer, wenn auch ganz schwach, zu ihr drangen. »Morgen werde ich Francesco sagen ... Sie werden noch merken, wer Artemisia ist.« Und so schlummerte sie ein.

Aber später, in der Hellhörigkeit des ersten Schlafes, vernahm sie, wie Antonio die Tür anlehnte, schloß, sich näherte und sein Lämpchen anzündete: Ohne Licht konnte er nicht schlafen. Er entkleidete sich behutsam, unter manchem Seufzer; er atmete schwer, als er den Kopf senkte, um sich die Schuhe aufzubinden, und in kaum gelichteten Schlaf war Artemisia aufs neue überwältigt vom Zauber dieser diskreten, schlichten, treuen Zweisamkeit. Aufs neue war sie Ehefrau, und als sie mit geschlossenen Augen bemerkte, daß er einen Augenblick innehielt, um sie anzusehen, ehe er die Bettdecken hob, fühlte sie einen Schauder, fast eine süße Angst. Tief in der Nacht wurde sie mindestens einmal hellwach, und dem flackernden Lichtchen verdankte sie einige plötzliche Momente vollkommenen Glücks, warm wie Blut. Schweigend und regungslos betrachtete sie jenes unverhoffte Geschenk, das Geschöpf, das hingesunken neben ihr schlief. Sein Atem ging leicht, kindlich, die Bedrücktheit und die Scheu des Abends hatten sich in Zuversicht aufgelöst: Antonio schlief wie ein Unschuldiger, und ein unschuldiger Mann ist etwas Großes. Gerührt betrachtete die Frau alles, was ihn menschlich, ihr, ihren Altersgenossen und ihresgleichen ähnlich machte: die noch glatte Haut, die zerzausten Haare, die durchscheinende Scheidewand der Nase, die feuchten Schneidezähne, die endlich ruhende Hand. Bisweilen entlockte ihr diese grundlegende und präzise Erkenntnis einen Freudenjauchzer: so daß sie Lust bekam, ihn zu wecken und ihm etwas zu erzählen und sich irgend etwas erzählen zu lassen, mit leiser Stimme und lachend, so, wie man in eine Glut bläst, die wider Erwarten auflodert. Da hob sie den Arm und legte ihm die Decken um den Hals zurecht. Es kam ihr nicht in den Sinn zu entscheiden, ob er nun schön oder häßlich war, ja nicht einmal, ob er ihr gefiel; wie häßliche Kleinigkeitskrämereien erschienen ihr die Erinnerungen an ihre Kindheit oder an jenen verblaßten Hochzeitstag, an dem er mit seinen viel zu langen Beinen vor ihr her gelaufen war. Von jenem Tag war nur eines wahr geblieben, die Seite im Kirchenbuch, auf der sie sich Artemisia Stiattesi nannte, ein Blatt, das all die Protokollseiten der Verhöre der Corte Savella aufwog. »Wie schön!« begeisterte sie sich, gedächtnislos, in den neuen Schlummer hinübergleitend, »wie schön, jemandem zu gehören, sich seiner selbst zu entledigen, anders zu sein, unerkennbar verwandelt. Schön?« Der Ausruf geriet zu Frage und war wie der Schatten eines beginnenden Traumes, einer verzauberten Schwermut, und die junge Frau runzelte die Stirn, weil es sie anstrengte, in ihn einzudringen, ihn als Ganzes festzuhalten. Als sie erwachte, hatte sie keine Erinnerung daran, nicht einmal als Traum.

Dieses Nachdenken und Träumen: Hierin lag die Gefahr. Dazu hatte sie in ihrer arbeitsreichen Einsamkeit keine Zeit gehabt, und in den Tagen ihrer verschämten Absonderung waren all ihre Gedanken von gleichförmiger Strenge gewesen. Aber jetzt, da jene so lange ausstehende Schuld beglichen und die Schwäche einer Heranwachsenden getilgt war mit einer Gewißheit, die bei jedem Abschweifen der Gedanken das Stigma der Sünderin erhielt, jetzt war es leicht, sich frei und jenseits aller Vorurteile zu bewegen. »Und was ist das, die Liebe?« Diese Frage kam ihr eines Morgens in den Sinn, weil sie sich freute, eine sterbende Kleopatra entworfen zu haben, die sie am gleichen Tag noch in Francescos Werkstatt zu malen beginnen wollte. Sie wußte bereits, daß ihre Pflichten als Ehefrau, vor denen sie geflüchtet war und denen sie sich dann stolz gestellt hatte, leicht und angenehm waren, wenn sie mit zärtlicher Sanftmut und in gegenseitiger Schwäche erduldet wurden. Es war nicht ihre Art, sich der herben Verschwiegenheit selbstsüchtigen Fühlens hinzugeben, welches sie einst so, wie man sich in einen Fluß stürzt, dem ungeduldigen und zerstreuten Agostino an den Hals geworfen hatte. Mit Agostino, der nunmehr weder Gesicht noch Arme hatte, blieb die Legende von der Leidenschaft verknüpft, die quälende Legende, zu der sich die Motive des entehrten Mädchens gesellten. Bedeutet diese

Legende noch etwas, dieser andauernde innere Aufruhr, der stärker ist als alle eigenen Mittel, Grenzen und Vorlieben? Oder ist es nicht Liebe, dieser unverhoffte Zauber, diese instinktive Hilfsbereitschaft, die sie an Antonio bindet? Ahnungen eines Irrtums, Ahnungen von Feigheit. Aber Artemisias Blick trüben diese Gefahren nicht, denn Artemisia ist eine starke Frau. Jedenfalls ist sie über einige reine, von ihr erfundene Wahrheiten nicht bestürzt – so, als wollte sie sagen: Es gibt eine Zeit für die Liebe und eine für die Lieblosigkeit, eine Zeit, die uns erschafft, und eine, die uns vernichtet, eine, die wir erschaffen, und eine, die wir vernichten. Und es entsetzte sie, daran zu denken, wie jung sie noch war und wie viele Dinge ihr bis zum Tode noch widerfahren und ihr zuerst als wahr und dann als falsch erscheinen mochten. Sie blickte auf das Bett, ihren wunderlichen Hausrat, ihr aufgestapeltes Gepäck: Nicht nur, daß sie sich mit diesen Dingen begnügte – in liebevollem Aberglauben hatte sie beschlossen, sie nicht anzurühren, weil sie Teil der stillschweigenden Übereinkunft waren, die die Verbindung, von der sie jetzt lebte, erst ermöglicht hatte. Ein Ehemann und Altkleiderhändler, der blinzelt, einen sonnengebräunten Hals und eine bleiche Brust hat, seinen Bauchladen mit der Gebärde eines erschöpften Arbeiters ablädt (auf seiner Schulter hat der Riemen eine tiefe Kerbe gegraben, die sich nicht mehr glättet), aber ein Ehemann, der sie bei der Hand nimmt und lange verweilt, um sie zu betrachten, sie um und um zu drehen, als studiere er liebevoll ihre Haut, ihre Falten, ihre Adern: mit einem verzückten, melancholischen Lächeln im Mundwinkel. Verborgene, untastbare Geheimnisse, die ein plötzlicher, allzu heller Lichtstrahl zerstreuen kann, und das könnte Artemisia nicht ertragen: Vielleicht vermöchte allein ein Wechsel des Kleides, eine Veränderung des Schmucks diese Geheimnisse zu verwandeln und zu verscheuchen, und deshalb wechselt Artemisia weder ihr Kleid, noch öffnet sie das Kästchen mit ihrem Tand. Dennoch läßt sie sich nicht dazu hinreißen, die Angebote ihres Bruders bezüglich einer schönen Wohnung mit Vorzimmer und Gesellschaftsraum in der Via di Ripetta abzulehnen, die ihr ein gewisser Herr, ein Franzose, gegen zehn Kaiserbilder jährlich überlassen würde. »Nicht mehr als sechs«, wird sie entgegnen und den Faltenwurf der Kleopatra skizzieren, mit jener etwas geringschätzigen Sicherheit, die außer Antonio alle von ihr zu erwarten scheinen. Und plötzlich erscheint ihr diese Vorliebe für ein elendes Loch zwischen einem Stall und einer Küche als bloße Kinderei.

Der Winter brachte Unbequemlichkeiten und Strapazen mit sich, welche jedoch seltsamerweise, gerade als sie für barbarisch und unerträglich erklärt wurden, durch eine Grille, einen Einfall Antonios in ein Märchen und zauberhaften Glanz verwandelt wurden. Ein sinnreich erdachter Ofen verbannte die Kälte, indem er in das Zimmer einen glühenden Hauch blies, worin die Halme des alten, schlecht gedroschenen Strohs wie goldene Bändchen tanzten. Die feuchten Backsteine des Fußbodens verschwanden eines Abends unter einem üppigen, farbenprächtigen Teppich. Eine Fehdecke wurde über die Bettstatt gebreitet, die so zum wärmsten und prunkvollsten Lager wurde, auf dem Artemisia je geschlafen hatte. Unterdessen wurden Francescos Angebote dringlicher und ließen wenig Zeit zum Nachdenken: vierzehn Tage, eine Woche, und zur gleichen Zeit mehrten sich in dem großen Zimmer an der Ripagrande die Überraschungen: Drapierungen, Fächer, Parfumflakons, Kristallkaraffen, Silbertabletts, Amberkügelchen; sogar ein Armsessel aus vergoldetem Leder kam hinzu und eine schlanke, elegante Leselampe. Antonio ließ sich sehr selten blicken, aber es hatte den Anschein, als entspinne sich mit den immer schneller vergehenden Tagen ein aufreibender Wettkampf zwischen dem, was der Bruder ihr versprach, und dem, was der Ehemann ihr schenkte. Francesco sagte: »Ein vollständig eingerichtetes Haus mit Möbeln, die Teil des Vertrages sind, mit Atlasportieren und allem Drum und Dran. Es gibt eine Kutsche, die dich wenig kostet, und für den Diener kommt der Franzose auf. Du wirst mit Damen verkehren und die wichtigsten Leute dieser

Stadt porträtieren. Es wird kein Jahr vergehen, und du stehst im Dienst des Kardinal Padrone.« Und auf das Bett gebreitet, findet sie zu Weihnachten von Antonio ein Kleid aus Silberbrokat, auf ihre Maße zugeschnitten. Es war sein letztes Geschenk.

Denn am Stephanstag begab sich Artemisia in ihr neues Haus, im fröhlichen Lärm der Equipagen und Fußgänger, der imposanten Herrschaften und vielbeschäftigten Diener; allenthalben Trophäen von Eßbarem und Geschenke: Aale, Gemüse, Kapaune, Äpfel, frische Trauben; und schrillende Dudelsäcke, Weihnachtskrippen mitten auf der Straße, Schreie, Gelächter, zinnoberrote Nasen. Die Sterne stachen in den glasklaren Winterhimmel, und der Diener des Franzosen, der die Gentileschi mit der Fackel zur Kutsche eskortierte, redete Artemisia mit »hochverehrte gnädige Frau« an. Zum ersten Mal, seit seine Schwester in Rom war, begleitete Francesco sie bis zur Ripagrande, stieg mit ihr aus, trat bei den entgeistert dreinschauenden Stiattesi ein, die sich gerade wild stritten: Mariuccia hielt einen Pantoffel in der Hand, um ihn Protasio an den Kopf zu werfen. »Ach, addio, Battista«, sagte mit eiserner Miene Francesco, der den nichtsnutzigen halben Verwandten nie hatte ausstehen können und dem der Augenblick gekommen schien, ihn dies auch spüren zu lassen. Um Artemisia zu belgeiten, hat er sich gut gekleidet und den Degen umgegürtet; er bewegt sich wie ein Mann, der sich seine guten Kleider nicht schmutzig machen will. Er setzt sich nicht hin und verabschiedet sich nicht von den anderen, nur von seiner Schwester, und zwar mit einer Art von galantem Handkuß, auf spanische Art, wie er es irgendwo gelernt hat. Beinahe hätte Mariuccias Pantoffel die Richtung geändert.

»Ich habe eine Überraschung für dich«, dachte Artemisia: So würde sie das Gespräch mit Antonio beginnen und ihm mitteilen, daß sie umziehen würden, daß auch er in den Genuß reicher Möbel, anständigen Essens und eines Dieners kommen werde. Sie ahnte wohl, daß sie eine Ungeheuerlichkeit vorschlug, und um sich Mut zu machen, versuchte sie, sich selbst euphorisch zu stimmen: »Ich möchte doch sehen, ob er sich nicht freut. Einer, der gar nicht weiß, was ein Haus ist, und der nur meinetwegen von der Welt geehrt, bedient und geachtet werden wird.« Aber als sie ihn eintreten sah, mit unruhigem, ahnungsvollem Gesicht, ihn, der in wenigen Stunden erneut verschwunden sein würde, war es Verzeihung, was sie von ihm erbat. Und es war schlimmer als je etwas zuvor, denn Antonio war noch nie um Verzeihung gebeten worden, und diese Selbsterniedrigung seiner Frau zwang ihn, Überlegungen anzustellen, die er nie zuvor hatte anstellen müssen, nicht einmal zum Schein. Und so gerieten die kleinen Eigenarten, die seine Gegenwart ausmachten, in Verwirrung, und sein gewohntes Schweigen, das sonst nur sanft war, verhärtete und verkrampfte sich. Das Gewicht ihrer Worte fiel auf Artemisia zurück, die die ganze Nacht hindurch redete und weinte und sich so erregte, daß sie die Kristallkaraffe zertrümmerte, die Antonio Scherbe für Scherbe wieder auflas. Noch im Morgengrauen redete sie, während die Glocken läuteten und Antonio, ermattet und totenbleich, schlief. An jenem Morgen ging er nicht aus dem Haus.

Da begann Artemisia, aus dem schäbigen, staubigen Raum jeden Gegenstand, jedes Stückchen Stoff wie rasend fortzuräumen, fast so, als wolle sie beweisen, wie unbegründet und töricht ihr tiefinnerer Widerwille war, das Aussehen eines Ortes zu verändern, in dem sich alte und neue Sachen, bäurische und edle, im gleichen Maße anhäuften, wie sich Asche und Spinnennetze verdichteten. Als erstes zog sie das aus Florenz mitgebrachte Gepäck hervor und riß die nach florentinischer Mode geschneiderten Kleider heraus – die Geschenke der jungen Großherzogin und der befreundeten Damen –, und dann durchstöberte und sortierte sie ihr Handwerkszeug – darunter Teile einer großen, zerlegbaren Staffelei, die wie die Beine eines verkrüppelten Insekts aussahen. Die Leinen mit Antonios Sachen erzitterten jedesmal, wenn Artemisia geschäftig vorüberging – mit hochroten Wangen, trockenen Lippen und der trotzigen Miene ihrer Kindheit, dem Schmollen zwischen

Mund und Kinn. Als die Kisten wieder vernagelt waren, verharrte sie auf dem Fußboden; neben dem Teppich, dem ungemachten Bett, dem in die Ecke geschobenen Lehnstuhl ein Haufen Papierabfälle und Stroh, fast wie die Überreste eines Tageslagers. »Jetzt wirst du schon sehen«, sagte Artemisia mit berstender Stimme und Haltung, mit angriffslustigem Sinn; und wenn Antonio sie gesehen hätte, hätte er vielleicht das boshafte und großmütige kleine Mädchen wiedererkannt, das manchmal getan hatte, als wolle es den kleinen Händler aus seiner Ruhe reißen. Doch Antonio sah nicht her, sondern kehrte ihr den Rücken zu; er stand vor dem großen Fenster, die Stirn gegen das Eisengitter gelehnt, das Artemisia nur mit erhobenem Arm erreicht hätte – so groß war er. Vom Hof ertönte der Ruf: »Die Maultiere für die Sänfte!«, und es folgte wildes Hufgetrappel. »Die Lastenträger sind da, Allergnädigste!« höhnte die Stimme Mariuccias, die es heute wagte, sich zu zeigen, und neugierig und feindselig auf der Schwelle stehenblieb. In jenem Augenblick kam es Artemisia vor, als erleide sie eine gewaltige Ungerechtigkeit und als habe jemand das Aussehen ihres Zimmers, ihres lieben ehelichen Gemachs, umgekrempelt. Ein zweites würde sie nicht haben, das wußte sie, und daß sie sich über keinen Luxus, kein Geschenk so freuen würde wie über die, die ihr hier drinnen gemacht worden waren. Aber es war zu spät, um innezuhalten, sich zu erklären, sich zu besinnen, zu spät, um die silberne Lampe zu berühren, die auf dem Boden stand, den Pilgermantel, dessen sie sich eines Abends bedient hatte und der jetzt unheimliche Falten warf und ihr wie ein auferweckter Toter die Tür wies. Mariuccia blickte sie an, Antonio nicht. »Bringt das fort und das und das auch«, begann Artemisia herumzubefehlen, sich mühsam beherrschend, um nicht zu stammeln. Sie überlegte, seit wie vielen Stunden Antonio sie nicht mehr umarmt hatte: Seit zwölf Stunden? Seit zwanzig? Sie hätte sich ihm an die Schultern schmiegen, ihm die Wange an den Rücken lehnen, die Hände auf die Brust drücken wollen. Das wäre vielleicht nötig gewesen, um diesen quälenden Schmerz zu verscheuchen. Aber es war, als würde sie eine betörende Musik hören, ohne ihr folgen zu können, und es war ein armseliger Trost, hocherhobenem Kopfes und ohne mit der Wimper zu zucken an Mariuccia vorbeizugehen.

Das Schlimmste stand ihr noch bevor: als Antonio, nachdem sie sich in ihrer neuen Wohnung eingerichtet hatte, unentschlossen schien, ihr zu folgen, mit ihr zu leben, kurzum: ihr zu gehorchen. Aber er war nicht mehr ihr Ehemann, ihr lieber, verschrobener, geheimnisvoller Ehemann, dieser wunderliche, liebenswürdige Mann, der an ihrer Seite auf fast unmerkliche, aber so unvergleichliche, respektvolle und ritterliche Art willkürliche Einfälle in die Tat umgesetzt hatte. Zarte, ätherische Haltungen, die seine ungleichgewichtigen Gliedmaßen immer deutlicher zeigten, schwermütig und durchgeistigt, in einem Spiel, das ständig neu entdeckt werden mußte, waren verschwunden wie in der Erinnerung an einen Traum. Im Traum konnte Artemisia glauben, in das Wesen jenes Mannes vorgedrungen zu sein, mit dem zu leben ihr gefiel: angesichts dieses heutigen Mannes, stumpf und unruhig, unfaßbar und kleinlich, dieses Mannes, der entweder zu früh oder zu spät nach Hause kam, einmal, tief in der Nacht, wankend und übel zugerichtet: Seiner Frau schien, er habe getrunken.

Aber in der neuen Wohnung gab es viel zu tun, zuviel, um zu sprechen und zu handeln, um neue Maßstäbe für ein freies, achtbares Leben zu setzen: ein Reglement des Gehens und des Kommens, des Arbeitens und des Ausruhens – ein natürlicher, bequemer Lebensstil: das Erbe eines Menschen, der immer schon im Genuß eines bequemen Hauses gewesen war und dem es gerecht erscheint, eines zu besitzen. Die Stunden verflogen und mit ihnen flogen die neuen Gegenstände dahin, so daß Artemisia die Sessel und Tische, das Geschirr und die vollgeräumten Kredenzen betrachtete, als seien es Schimären oder Funken eines großen Feuers, das in der Ferne brannte. Sie leuchteten auf und regneten herab, um nach einer halben oder ganzen Stunde wieder aufzuleuchten und erneut herabzuregnen. Sie in Gebrauch zu nehmen war Eroberung, nicht Genuß, so daß sie Lust bekam, in die glänzenden Holzflächen eine Kerbe zu schlagen als ein Zeichen, das all dem etwas von seiner Unabhängigkeit und Vorläufigkeit nehmen würde. Der Diener schob die berühmten Portieren aus gelbem Atlas zur Seite und sagte: »Zwei Kavaliere kommen die Treppe herauf« oder: »Die Wäscherin Teta ist drüben«: denn Artemisia hatte bereits begonnen, Besucher zu empfangen und die Früchte ihrer Arbeit herzuzeigen, Bilder, inzwischen gefirnißt und gerahmt, die sie aus Florenz mitgebrachte hatte. Aber es begannen sich auch ein paar vorwitzige Gevatterinnen ihrer zu erinnern und sie zu besuchen, die noch immer in der Via della Croce oder in der Via Paolina wohnten und sich halb schüchtern, halb dreist vorstellten, um sich nach den Geschicken und den Lebensumständen der kleinen Gentileschi zu erkundigen. Es kam selten vor, daß die Kavaliere die Bilder genauer betrachteten als die Malerin, und was die Gevatterinnen angeht, so kehrten sie nach Hause zurück und sagten, daß Artemisia nun unter dem Vorwand der Malerei in das Milieu gefunden habe, das ihr entspreche. Und in dem Zimmer, das sie jetzt bewohnt, fühlt Artemisia, nachdem sie den aufmerksamen Francesco begrüßt hat, von dessen Ersparnissen sie zehrt, daß ein bitteres Unbehagen sie eingeholt hat und die Stufen zu ihrem stoffbehängten Bett emporkriecht – so unheimlich, als würde sie in einen Brunnen hinabsteigen. Dieses Bett wird Antonio niemals mit ihr teilen; er hat sich ohne Erklärungen ein finsteres Kämmerchen ausgesucht und ein Klappbett, und wenn er morgens aus dem Haus gegangen ist, hinterläßt er von seiner Gegenwart nicht einmal soviel, wie eine Stecknadel wiegt. »Duckmäuserisch, argwöhnisch, engherzig«, sagt mit lauter Stimme Artemisia, die allein auf dem großen Bett sitzt: Aber es sind Beleidigungen, die sie weder erleichtern noch trösten, und die Kälte, die sie durchdringt, läßt ihre schmerzlichen Tränen wie Milch gerinnen. Es kommt ihr vor, als stehe sie auf der Straße, vertrieben aus einem warmen Schlupfwinkel, wo Antonios Geschenke, die einzigen Reichtümer, die sie je besaß, zurückgeblieben sind, weil man sie ihr abgegaunert hat.

In der Stille und verachtet zu weinen war gut mit fünfzehn, als sie noch nicht einmal ihr eigenes Gesicht kannte. Heute ist Artemisias Leiden nicht von einem Bild zu trennen, einem Bild von sich, gegenwärtig in einem Spiegel, der immer hell glänzt, auch wenn die schöne Frau, die sie dort erblickt – so blond, so hellhäutig, so hold lächelnd –, Zweifel und innere Unruhe nährt. Und allzuoft sind ihre Tränen flüssiges Feuer, das den Zorn entzündet, weil es nicht an der Zeit ist zu leiden, sondern zu leben. Antonio soll es erkennen und sich Vorwürfe machen, wenn er will; er soll ihre Gründe anhören, sich überzeugen lassen. Und schon schicken sich ihre unruhigen Gliedmaßen an, das Bett zu verlassen, aus dem Zimmer zu gehen: Doch der Schatten der Nacht in dem geborgten, nur halbwegs usurpierten Haus, die Reihe überflüssiger Zimmer, die sie mit der Lampe in der Hand durchqueren muß und die sie nicht wiedererkennen, und dann noch das Gesicht Antonios, drüben in seinem Kämmerchen, wer weiß, wie verwundert, wer weiß mit welch starren und undurchdringlichen Augen, die sofort unter den Lidern verschwinden würden – all das bremst ihren Schwung und ihre Absichten. Nicht zu glauben, daß sie vor einem Monat noch diese Augen beherrschte und sich von ihnen anflehen ließ.

Sie streckt sich wieder aus. Streckt sich wohl auch Antonio aus? Oder sitzt er noch grübelnd, ohne sich zu verraten, in der Kälte, die langen Beine unter der für ihn stets zu kurzen Bettdecke verstaut? In der neuen Straße, in der auch nachts gelärmt wird, fahren die Kutschen bis spät, und die Kutscher der großen Familien fordern laut und brutal Durchfahrt. Sich entfernendes Gelächter und ausgelassenes Gesinge oder, in der Stille, die mit ihrer Samtpfote an die Schläfen klopft, eine unheimliche Klage. Aus einer Gasse, einem Haus, einem Kloster? Ringsum sind so viele Kirchen, so viele Tote unter und hinter dem Marmor! Artemisia zieht sich das Laken über den Kopf, das Herz klopft ihr bis zum Halse; sie fühlt sich unglücklich und schuldig. Es bedrückt sie nicht, was sie morgen dem Cavalier Dal Pozzo sagen wird, dem edlen Gönner, den sie für sich gewinnen muß, und dem Marchese Giustiniani, dem Mäzen, der keine Sperenzien mag. Sie wünscht nicht mehr, daß diese Wohltäter ihr Versprechen erfüllen und sie aufsuchen. Und wenn es ihr gelingt, sich zu beruhigen und einzuschlafen, dann nur bei dem Gedanken, daß Antonio sich immerhin im selben Haus befindet, wenige Schritte von ihr entfernt, daß er ihr Mann ist und daß Schmollen zwischen Eheleuten nichts zu bedeuten hat. »Er wird begreifen. Wir werden wieder zusammenkommen, und er wird mich noch mehr lieben.«

Aber das Licht des Tages setzt sie wieder in ihre Rechte und in ihren Stolz ein. Antonio muß sich beugen, ohne gebeten zu werden. Wer ist er? Wer bin ich? Wer die Würde nicht verlieren will, muß sie wahren. Besagte Herren kommen und treffen sie galant und der letzten Mode entsprechend gekleidet an; Antonios weißes Kleid ist nur alter Plunder. Eine Miene wie eine Königin: »Signor Marchese, Eure Exzellenz, schenkt dieser Frau Euer Vertrauen, und Ihr werdet so bedient werden, wie es Euch gebührt.« Francesco vermittelt dienstbeflissen und jubiliert: Die Bestellung des Marchese, der eine Galerie der besten Maler besitzt, ist der Schlüssel zum Erfolg. Schon sieht er dieses Porträt, schwarz und weiß, das gescheitelte Haar in wildes Licht getaucht, und den hochmütigen Pinselstrich: die Halskrause, taufrisch wie eine Lilie, um den welken Hals. So werden Könige, so werden Kaiser gemalt. »Worum wetten wir, daß kein Jahr vergeht, ehe du an einen Hof gerufen wirst?« gedenkt er ihr zu sagen, wenn sie wieder allein sind, und bis dahin ergötzt er sich an jenem freimütigen, kühnen Witz, mit dem die Schwester ihn bespöttelt: Armes Mädchen, sie hat es verdient nach allem, was geschehen ist, immer erniedrigt und dabei so arbeitsam. So überlegt der gute Bruder, der kein Ehemann ist, ja nicht einmal ein Vater, und der keine Ungerechtigkeit zuläßt. Drüben unterdessen – »Wer ist drüben?« – ein schwerer, dumpfer

Schlag und eilige, plump vorgetäuschte Schritte, die fälschlicherweise dem tumben Diener zugeschrieben werden, der so tumb nicht ist, sondern den Kopf zur Tür hereinsteckt und fast zwinkert, boshaft. So errät Artemisia zwischen einer Verbeugung und einem anmaßenden Blick, daß Antonio, der heute früh nicht ausgegangen ist, über einen Sessel gestolpert ist, sich hastig erhoben und die Flucht ergriffen hat, um nicht gesehen zu werden, wie ein wildes Tier: Wollte ihn jemand zurückhalten, wäre er imstande, aus dem Fenster zu springen. Die Frau erbleicht, und das empörte Herz pocht: »Dieser Mann gehört mir! Mir gehört dieser Mann!« Zorn lodert nicht mehr in ihr, aber er glüht unten, in der Tiefe, und versengt das prächtige Zimmer, die Brokatstoffe, ihr modisches Kleid, den Nimbus ihrer Bilder und der beiden Kavaliere. Diese Glut qualmt und riecht übel. Die Welt, die es zu erobern gilt, ist nicht soviel wert wie der Impuls, loszulaufen, Antonio anzuhalten, ihn zu schütteln, ihn zum Sprechen zu bringen, zu weinen: wie ein Weibchen. Schwungvoll dreht sie sich um und stolpert ebenfalls, und zwar über den eigenen Rock.

»Wir sind hier nicht an der Ripagrande. Hier sind feinere Manieren, mehr Zurückhaltung und auch mehr Reinlichkeit vonnöten«, bricht es bei der ersten Gelegenheit aus ihr hervor, als Antonio seiner Frau gegenüber am Tisch sitzt; aber er zerschnippelt widerwillig und ganz anders als sonst das Fleisch auf seinem Teller, ohne zu essen; er hat sich nur den Mund gefüllt und sinnt mit halbgeschlossenen Augen nach. Auf dem weißen Tisch sehen seine Hände schmutzig aus. Schmutzig, aber leicht: Artemisia weiß es und verzehrt sich nach ihnen wie nach einem verlorenen Gegenstand, weil sie, wenn sie streicheln und liebkosen, wie Flaumfedern sind. An der Ripagrande wirkten sie nicht schmutzig, vielmehr hatte es den Anschein gehabt, daß dieses Grau zwischen den Fältchen der Knöchel eine erduldete Kränkung, eine Vorspiegelung war. Um nicht von Rührung überwältigt zu werden, redet sie weiter, klagt weiter und erhebt die Stimme, und er hört ihr erschaudernd zu zwischen diesen

Wänden, die sie zu Grausamkeit und Groll reizen. Sein junger, verfolgter Körper hat keine Behausung, und keine Behausung hat sein Geist, der allzuoft weder die Gelegenheit noch die Zeit findet, sich auszudrücken; er kann sich selbst nicht akzeptieren und sich nicht akzeptieren lassen, ohne daß man ihm Gewalt antut mit einem unangemessenen Pomp, für den er nicht geboren ist. Nun, da die Worte sich aneinanderreihen und zurückprallen, erhebt sich Artemisia, von der Katastrophe magnetisch angezogen wie ein wildgewordenes Pferd. Sie steht da, aufrecht, die heißen Hände um die Tischkante gekrallt, und beugt sich zu Antonio hinüber, der nicht antwortet. Da ist das Gesicht, das ihr so lieb geworden ist, da ist der Mensch, den sie nicht mehr von sich selbst zu trennen vermag, den zu verlieren sie nie in Kauf nehmen würde: ihr Mann. Aber die unerbittliche Stimme fährt fort: »So kann es nicht weitergehen, so kann es einfach nicht weitergehen«, während ihr die Zunge trocken und der Speichel bitter wird.

Antonio saß da, die Hände lose auf den Schenkeln ruhend, den Kopf zur Schulter geneigt: eine Haltung äußerster Müdigkeit: Artemisias geblendete Augen bedrohten ihn, ohne in ihn einzudringen. Aber ihr rechtes Augenlid zitterte, und es war, als zucke es und erkenne in der Asche des Zorns ein Bild. Und dieses Bild des geliebten Mannes hob den Arm, den Ellbogen auf der Höhe des Gesichts angewinkelt: Genau wie ein Kind, das sich vor erwarteten Schlägen schützt – vor aus Erfahrung erwarteten Schlägen.

Ein Sturm aus Schmerz, Reue, Mitleid und Liebe – Liebe, die sich als unrettbar verloren erkennt – wirbelte ihr von der Brust in die Kehle empor und verschloß sie ihr, so daß sie zu keinem Protest, zu keiner Abhilfe greifen konnte. »Ah, nicht so, Antonio!« hätte sie sagen wollen. Aus ihren Haaren, die immer noch die blonden, feinen Haare des unglücklichen jungen Mädchens waren, löste sich eine Strähne und fiel ihr über die Augen, die in diesem weichen Gold einen Appell an die Reinheit, an die weibliche Würde erkannten, die Antonio an der

Ripagrande auferweckt und mit neuen Weihen versehen hatte. Aber der Appell prallt an Antonio ab; seine empfindsame Seele hat sich in dem krummen Körper verschlossen, den zum Freund zu haben so schön ist. Mit dem neuen Schmerz wächst auch der Zorn von vorhin. »Grobian, Geizkragen, du hast mich betrogen!« Aber der Mund ist noch nicht geschlossen, da ergreift ein Schwindel die Frau: Mit einem Zucken und einer Atemnot, die ihr schon instinktiv Nachsicht und einen glücklichen Ausgang garantieren, führt sie die Hand zur Stirn – ja, so fällt man in Ohnmacht –, sucht nach einem Halt und hebt die ermatteten Lider: Doch ihr gegenüber ist niemand. Wie ein Irrlicht ist Antonio entschwunden: soeben, denn der vom Tisch weggeschobene Stuhl suggeriert einen Sprung zur Tür, eine Flucht. Leer die Zimmer, kein Schritt auf der Treppe, aus dem Fenster keine Spur von Antonio auf der Straße. Noch nie hat jemand Artemisia sich so rasch erheben und aus dem Haus gehen sehen, verstört, bestürzt; sie ist im Begriff zu schreien, in Pantoffeln auf die Straße zu treten, dem Flüchtigen nachzulaufen und ihn aufzustöbern, wo auch immer. Sie sagt sich nicht: Er wird zurückkommen. Sie ahnt, daß sie verlassen und verloren ist, mit ihrem Schwindelanfall, ihrem süßen Ohnmachtsanfall, bei dem ihr nicht von dem geholfen wurde, der ihr hätte helfen müssen. Jetzt weint sie tränenreich und still, den Kopf zwischen den Tellern des Tisches, die blonden Strähnen mit Tränen benetzt.

Sie weint auch heute, nachdem sie – nach so vielen Monaten – mit jener jähen, bohrenden Eindringlichkeit zurückgekehrt ist, die mir die Stimme verschlägt. »Ach, Antonio, mein Gemahl! So sanftmütig im Schlaf. Nie hast du einen boshaften Gedanken gehegt; du hast geseufzt, wenn du dich auf die andere Seite drehtest, und wenn du meine Haare auf dem Kissen berührtest, hast du sie wie einen Blumenstrauß geordnet. In jener Nacht, als ich Fieber hatte, holte er mir frisches Wasser aus dem Brunnen. Wenn er sich schneuzte, schien es, als schäme er sich; er hatte eine Vorliebe für Maiglöckchen, hielt das Glas mit zwei

Fingern, schleifte beim Gehen ein wenig mit den Füßen; ich erkannte ihn an seiner Art zu husten. Ach, mein Gemahl, der so früh gestorben ist!«

Da ist sie wieder, Artemisias zärtliche und heftige Art, mit der sie sich einzumischen pflegt, um meiner Interpretation, meiner Erinnerung Gewalt anzutun. Jenen unfaßbaren Ehemann, ihre gefühlvolle rechtmäßige Liebe, will sie lieber begraben als verloren wissen. Aber ich muß hinzufügen, daß Antonio für Artemisia niemals tot war, auch wenn sie ihn nicht wiedersah und nur nach langen Pausen Gerüchte zu ihr drangen, daß er noch lebte und daß jemand ihn getroffen hatte. Ich lasse sie nach Herzenslust seufzen, den Kopf auf den gedeckten Tisch gelegt, zu jenem Augenblick zurückgeführt, in dem sie ahnte, ohne es zu glauben, daß sie verlassen worden war, und allmählich trockneten ihr die trostlos unnützen Tränen an der Wimper. Sie erhob sich und deutete jene einfachen, mechanischen Gesten an: sich schneuzen, die Augen trocknen, um sich blicken – trübselig und bar jeder Hoffnung, jeder Angst. Vielleicht gähnte sie vor Erschöpfung. Sie berührte das Brot, führte ein paar Krümel zum Mund; der Geruch der auf dem Teller zurückgebliebenen Speisen reizte sie. Entweder Braten vom Donnerstag oder vom Samstag oder Salat, angebaut von Taddeo, dem Gärtner der Cicciaporci, im Gestrüpp bei Sant' Andrea! Artemisia kaut, und ihre Brust zuckt: Sie hat Gelüste, denn sie ist schwanger. Und Antonio hat es nicht einmal gewußt.

Große Mühe kostete es Francesco, ihr klarzumachen, wie vorteilhaft und ehrenwert sein Vorschlag, nach Neapel überzusiedeln, war und daß der Schritt von Neapel nach Madrid und zum spanischen Hof kurz sei. »Und du wirst sehen«, drängte er sie zu guter Letzt, »du wirst sehen, ob dieser wunderliche Mann nicht zu dir nach Hause zurückkehrt, wenn er die Neuigkeit erfährt!« Artemisia schüttelte den Kopf, weil sie in der Verzweiflung verharren und sich – wieder einmal – in ein Kloster zurückziehen wollte. Zuerst, sagte sie, werde sie gegen die Stiattesi, diese Verräter, vorgehen, die ihren Mann gegen sie aufgehetzt hatten. Aber ihre Abneigung schwand zusehends: Ein großer Friede kam über sie, und sie wurde immer rundlicher. Der Kopf tat ihr nicht mehr weh, sie litt nicht mehr an plötzlichen Fieberanfällen, und um der Wahrheit die Ehre zu geben: Es gelang ihr auch nicht mehr, sich über den niemals wiederaufgetauchten Ehemann zu erregen, ebensowenig wie über den Klatsch, der in Rom über sie im Umlauf war. Sie blühte wunderbar auf und malte müde das Porträt eines Herrn Armidoro, eines genuesischen Kaufmanns in türkischem Kostüm, sowie einen vor den Fluten des Meeres geretteten Moses mit sieben Frauen in verschiedenen Posen: Und für alle hatte ihr die Nichte des Pfarrers von San Rocco mit ihren schönen, schwarzen Haaren als Modell gedient. Sie ließ sich mit einer so bedrückenden, stillen Überheblichkeit von ihrem Bruder bedienen, daß der Arme nicht mehr in seine Werkstatt in der Strada Pia zurückkehren konnte, nicht einmal, um dort zu schlafen. Die Kavaliere, die sie aufzusuchen pflegten, um zu sehen, woran sie arbeitete, waren fassungslos und verwirrt, weil diese Frau etwas so Anmaßendes an sich hatte, und wäre sie nicht so schön gewesen, wäre ihnen ihr Ruf als Künstlerin gleichgültig gewesen. Der Bruder mußte ihr die Kisten packen und sogar den Reiseproviant vorbereiten; sie ging nicht aus dem Haus. Je mehr die Umstände drängten, desto mehr Zeit ließ sie sich; zuletzt schlief sie ausgiebig und schickte die Besucher ohne Rücksicht auf ihren Rang fort. Doch drei Tage vor ihrer Abreise kehrte trotz der rundlichen Hüften das hochmütige, ungeduldige Mädchen zurück, das allein in Rom angekommen war und allein wieder von dort abreisen will, weil es niemanden braucht. »Niemanden«, sagte sie entschlossen, mit heiterem Gesicht, und das traf den armen, liebevoll besorgten Francesco wie ein Blitz. Und sie reiste allein ab.

Dieser schönen, gleichgültigen Frau gehorchen die Dinge und die Menschen in solchem Maße, daß die Postkutsche nach Neapel nie besser gereist ist, ohne einen Schatten von Angst, nicht einmal in den Wäldern; die Pferde waren alle stark und verständig, liebenswürdig die Postkutscher, die Witterung mild. Die gar so verrufenen Gasthäuser erwiesen sich als annehmbar, an jeder Station gab es genug Betten, und die Fahrgäste beteuerten immer wieder, die Reise sei paradiesisch, und blickten oft, aber voller Hochachtung auf das schöne Gesicht der Dame, die mit so viel Anstand gekleidet war, aber nie den Platz in der Ecke verließ, wo sie inmitten von Kissen saß. Bei der Ankunft in Neapel waren alle vergnügt, und Artemisia zweifelte keinen Augenblick lang daran, Pater Ilario zu erkennen, den sie noch nie gesehen hatte – einen Mönch, der mit Feuereifer bemüht war, ihr jede Hilfe angedeihen zu lassen, deren sie bedurfte. Er hatte eine kleine Wohnung in der Fremdenherberge der Klarissen bei der Hand, eine vornehme, saubere Unterkunft mit großen Zimmern, Terrasse und Garten, geräumt von einer verwitweten Dame, die sich wieder verheiratet hatte. Zu lächeln kostete wenig, und Artemisia lächelte mit ihrem schönen Antlitz einer blühenden Blondine, der die neue Langsamkeit der Gesten, die so sehr mit dem Geist des Landes harmonierte, wunderbar zu Gesichte stand. Als treffe eine Marchesa bei ihnen ein, beobachteten die Nonnen heimlich aus ihren Gitterfenstern den Einzug des Gastes und ihres Beichtvaters: Und sie versorgten sie sogleich mit Kraftbrühe, Konfitüre und Marzipan. Ruhig und sicher betrat Artemisia das Zimmer und zog die Bettvorhänge beiseite, als schlafe sie schon seit Jahren dort. »Ich brauche«, erklärte sie dem Pater, »eine ehrliche Jungfer und einen Diener.« Mit einem letzten Lächeln schloß sie die Tür. Sie war geborgen, von Mauern geschützt: In der Stille ihres Herzens stieg, siegreich und süß, eine unsägliche Sicherheit der Macht empor – frei von der Vergangenheit, zufrieden mit der Gegenwart. Ihr Kind, in ihrem Schoß, war in Sicherheit.

Die Einsamkeit begann von neuem, aber ohne Härten, vielmehr mit reicher, geschmeidiger Leichtigkeit, in dieser üppigen, quirligen Stadt mit dem Meer, den Palästen, dem gewaltigen Lärm, den Kutschen und den Schabracken, die unablässig in Bewegung waren, mit dem großen Gestank und den übertriebenen Artigkeiten. Ihre Jungfer wurde Terenzia, die keine Jungfer war, sondern eine Fischerswitwe, eine praktische Frau; als Diener erbot sich ein Lastenträger vom Markt, der singen und Märchen erzählen konnte: Im Hause hielt er sich selten auf, denn er war immer an der Tür, polierte dort die Kupfergegenstände, rieb die Farben an oder schaukelte auf dem Stuhl, als würde er ein Kind wiegen. Das tat er auch wirklich, aber zu seiner Zeit, und es sollten noch lange Tage vergehen, an denen nichts geschah, als daß Terenzia bei Sonnenuntergang, wenn Artemisia sich die farbverschmierten Hände wusch, ein paar Weiber heraufholte, die Erfahrung mit Schwangerschaften hatten; als Vorwand dienten frische Eier oder ein Sträußchen Kamillenkraut, und dann gab es ein großes Gerede darüber, was man alles braucht, damit eine Geburt gut gelingt. Dieses schlichte, harmlose Geplauder versöhnte die Malerin mit den Frauen niederen Standes; Tuzias Bild widerte sie nicht mehr an, während die Erinnerungen an Cecilia und Arcangela – Symbole von Unberührtheit und reinem Feuer – sie nicht mehr mit Trauer erfüllten und quälten. Die Indiskretionen kamen fast einer Liebkosung gleich. »So jung«, sagte eine, »so jung und ohne Ehemann!« Und eine andere flüsterte Terenzia ins Ohr: »Das arme Mädchen! Wer weiß, wie das passiert ist.« Auf diese Weise fiel ihr der Witwenstand zu, ohne daß sie ihn beansprucht hätte, und sie nahm ihn nicht an, wies ihn aber auch nicht zurück, sanft und schweigsam, weil sie für eine Schwesterlichkeit gewonnen wurde, die sich durch Symbole ausdrückte: Der erfrischende Absud, der Balsam, die stärkenden Speisen – Tröstungen, die weibliche Erfahrung im Laufe der Jahrhunderte ausgereift hatte. Dank dieser flüchtigen Kontakte mit der Welt erkennt die freiwillig gefangene, stille Frau immer deutlicher, daß die Menschheit in zwei allzu verschiedene Teile aufgespalten ist; und Vernunft und Instinkt überzeugen sie davon, daß nun der Augenblick gekommen ist, sich damit abzufinden und sich zu entscheiden, nur dem einen Teil anzugehören und den Schmerz des »Wenn ich doch keine Frau wäre«, diese sinnlose Klage, zu unterdrücken. Besser, sich unter das geopferte und gefangene Volk zu drängen, an seinem dumpfen und wunderbaren Schicksal teilzuhaben, die Gefühle, Hoffnungen und Wahrheiten mit ihm zu teilen – Geheimnisse, die den Privilegierten, den Männern, vorenthalten sind. So spricht Nunziatina Ingroppa, eine Bäuerin, die weiß, wovon sie redet: »Wenn du diese Schmerzen da unten spürst, fängst du an, wie ein Maultier herumzulaufen, und drei Stunden später ist das Kind da.« Und Marchetta, eine Mutter von Zwillingen, erteilt den Rat, daß im Zimmer alles schön aufgeräumt, reichlich sauberes Wasser und frische Wäsche im Überfluß vorhanden sein soll und keine Reliquien in der Nähe: Sie habe Prinzessinnen zwischen Samt und Seide sterben sehen, und immer hätten die zimperlichen Zofen das Laugenwasser an den Händen mehr gefürchtet als den Leibhaftigen. Die Frauen begannen sich zu erkühnen, den Saal zu betreten, während Artemisia malte: Und sie belästigten sie nicht und ließen sie, nachdem die erste Neugier verflogen war, in Ruhe, während sie an der Staffelei stand. Nur Celestina, ein kleines, unscheinbares Mädchen, drehte seine Kreise um die Malerin, fand immer Mittel und Wege, um sich hinter sie zu stellen, und blieb dort stehen und schaute. Ihr kam es vor, als erkenne sie ihr Gesicht in dem der heiligen Theresa wieder, aber sie sagte es nicht, sondern errötete und schlug die Hände vors Gesicht. Die Ohren sausten ihr. Da sagte Fabia, die Goldstickerin: »Ich bringe Euch eine Brühe, damit Ihr nach der Nachgeburt wieder aufstehen könnt.«

Aber meistens steht Artemisia bei Sonnenuntergang auf dem Altan, um die Frische in sich aufzunehmen, ohne von jemandem gesehen zu werden. Sie betrachtet das gekräuselte, unruhige Meer, die lavierenden Schiffe, grimmig wie Ungeheuer, vom Wind aufgebläht, borstig mit ihren Masten und Tauen. Sie beginnt zu unterscheiden zwischen den Galeonen der Spanier, den englischen Dreimastern, den Galeeren Frankreichs und den Genueser Feluken: Es bereitet ihr Vergnügen, zuzusehen, wie sich die Männer zwischen den schlaffen Segeln auf den Wanten zu schaffen machen oder die Boote beladen, die die Waren an Land bringen. Dann, wenn sie den Blick hebt, erlebt sie wie in einer Kirche den Widerstreit zwischen den Sonnenstrahlen und den Wolken, zwischen Licht und Schatten. Wendig und wunderbar zieht von Osten her der Sturm auf, und das Wasser färbt sich grün, das Wasser färbt sich schwarz. Terenzia bekreuzigt sich, und Artemisia denkt, daß solche Naturereignisse von den Malern in Bologna und jenseits der Berge beobachtet werden, die der Landschaft ohnehin große Bedeutung beimessen, daß sie aber jedem als Hintergrund dienen können. Nach ihrer Niederkunft wird man es merken: Man wird schon merken, was die Gentileschi kann. Bis dahin kann sie gut, aber unverbindlich, in Phantasien über die Farbe des Meeres und des Himmels schwelgen, so als ob die Malerei sie nichts anginge. Sie streckt die Hand nach der Karaffe mit der Limonade aus, die man hier vorzüglich zuzubereiten versteht, und nascht mit ernster Miene von dem Konfekt der Nonnen, denn mit den Gelüsten scherzt man nicht. Francescos Scudi scheinen hier von zehnfachem Wert zu sein, so wenig kostet das Leben in Neapel. Und außerdem gewähren alle der schönen Römerin, die kurz vor der Entbindung steht, Kredit; niemand bittet sie um Geld, nicht einmal die Hebamme, die sie untersucht und mit der Erfahrung der weisen Frau feststellt: Noch vor dem nächsten Mond wirst du entbunden haben.

»Ich sterbe«, sagte Artemisia, wie eine Haarnadel aufgekrümmt, bevor sie sich ins Bett legte, und ihr zur Seite standen Terenzia und Fabia, die keineswegs aufgeregt, sondern ernst und schweigsam waren: Draußen, unter dem klaren Abendhimmel, sang Pasqualino, der Diener. Sie sagte: »Ich sterbe«, weil sie es für ihre Pflicht hielt, das zu sagen, aber sie fühlte sich trotz des Schmerzes stark und froh, und sie erinnerte sich der schwarzweißen Katze in ihrem Haus in San Spirito, die schnurrte, während sie ihre Jungen warf. Sie achtete darauf, klar im Kopf zu bleiben und über alles zu wachen, was geschah, allein, wie sie war, Fremden ausgeliefert. Aber es hatte den Anschein, als wären ihre traurigen Gedanken gut eingehüllt in weiche, aufgeblähte Wolken, in Sommerwolken, die dräuten, aber ohne Arg, die auftauchten und wieder verschwanden, die bei ihr ein- und ausgingen. Sich als Hauptperson fühlen, aber in Demut, in den Fängen eines legendären Übels, das aus der Ferne kam, auch wenn es in ihrem Inneren herangewachsen war. Ihre Gesten waren beherrscht, jäh und auf plumpe Weise gefügig: Und in Wallungen stieg in ihr eine Scham empor, als hätte man sie beim Sündigen oder am Pranger ertappt. »Ich sterbe«, wiederholte sie zum letztenmal, und plötzlich fiel ihr ein, daß sie tatsächlich sterben könnte, und sie bürdete sich eilends alle Gefühle einer Sterbenden auf. Sie achtete nicht mehr auf die Zeit und hatte sich schon beruhigt, während die weisen Frauen immer mehr und immer geschäftiger wurden, nur Hände und raschelnde Tücher, und das Röcheln eines todunglücklichen Tieres in weiter Ferne klang wie ein Vorwurf in ihren Ohren. Da überkam sie Angst, und weil sie noch Leben in sich fühlte, setzte sie sich auf, um zu schauen. Bevor die Frauen sie gewaltsam auf die Kissen zurückdrückten, sah sie einen kleinen, schwarzen Gegenstand, ein Bündelchen, das nur in der Grimasse des Weinens lebte, bald tonlos, bald gellend wie eine Posaune, aber äußerst wirkungsvoll im Ausdruck dessen, was man erleidet – und das wußte sie ganz genau –, wenn man sich nicht Luft machen kann. Und sie fand es neben sich wieder, ganz steif in den enggewickelten Windeln, nur Mund und Augen frei, die geschlossen waren: und Tränen, so dick wie bei Erwachsenen. Mit ihren tauben Armen drückte sie es an die Brust: Es strömte einen leichten, ärmlichen Geruch aus, der ihr bekannt vorkam. Eine Erinnerung an ihre Kindheit? Eine Erinnerung an einen Traum? Und auch dafür schämte sie sich, als sei ein Geheimnis ihres Körpers aufgedeckt worden. Um sich zu verstecken, schloß sie die Lider und sagte zu sich, aber fast ohne es zu denken: »Wie geht es jetzt weiter? Was machen wir nur?« Sie bemerkte, daß sie vor einer Ewigkeit Terenzias Ausruf vernommen hatte: »Gott möge eine Heilige aus ihr machen. So ein hübsches Spätzchen!«

Porziella, Porziella, ein lieblicher Name, mit einem Hauch Düsternis, zu leicht für die Lippen, zu schwer für das Herz, eine Blume und ein unheimlicher Brunnen für eine Mutter, die, so jung, mit dem Fuß die Wiege berührte, als tanze sie. Dann sagte sie: »Terè, die Kleine schläft. Denk an die Milch! Laß sie nicht schreien; ich habe Besuch.« Und sobald sie die wenigen Stufen hinuntergestiegen war, kamen ihr die besten Maler von Neapel entgegen, um sie zu beglückwünschen; das Modell saß bereits in Positur, und der verliebte Geselle, der Spaßvogel der Gesellschaft, reichte ihr, schon mit einem Seufzer, in spanischer Manier die Palette. Hinten, am Ende des Saales, drängten sich die Besuchergruppen, ihre Freunde und die Freunde ihrer Freunde, ein schwarzes Gewoge, in dem Degenknäufe und Goldketten aufblitzten: Und immer wieder hielt Artemisia unvermittelt inne, angewidert und niedergeschlagen, und schöpfte mit ihrem Blick die hervorstechendsten Merkmale ab – da ein Schnurbart, dort ein arroganter Spitzbart, dieses kränkend plumpe Lachen und die durchsichtige Anspielung auf die Haltung eines mondänen Liebhabers, schlaff oder kerzengerade. Aber dies ist nicht mehr die Zeit, als sie die Männer aus der Via Larga oder im Palazzo floh: Jetzt ist sie die Maestra Artemisia, die den jungen Malern Unterricht erteilt und sich nicht fürchtet, sie, wenn nötig, mit einem Backenstreich zurechtzuweisen. Sie muß weitergehen, das Gedränge durchbrechen, ohne hinter sich zu blicken, mit ganzer Kraft, mit Hochmut, Eitelkeit und einem unglaublichen Selbstvertrauen: Da steigt ihr jenes erregte Flämmchen in die Wangen, das ihr so gut zu Gesichte steht. Porziella ist ein Pummelchen, Pasqualino unterhält sie, Terenzia füttert sie. Jetzt, da sie angefangen hat zu laufen, klammert sie sich manchmal an den Rock der Mutter, die stets in Eile ist, und blickt bekümmert zu ihr hinauf, als ahnte sie einen Vorwurf oder hegte selber einen. In den Saal kommt sie nur, wenn sie ihrer Mamma Modell steht, als Engelchen oder Putte, und Artemisia arbeitet emsig, allein, die große türkisfarbene Schürze umgebunden, bleich und mit zerzaustem Haar. Oder Porziella dringt, der erschöpften Terenzia entschlüpft, heimlich ein, angelockt von den vergoldeten Schnürstiefeln des Capitano Alonso oder den Silberfarben des Marchese Alcide. Niemand achtet auf sie, während sie ein paar verängstigte Katzen verfolgt und sich zwischen Gamaschen und Mantelsäumen hindurchschlängelt. Oder sie findet ein behagliches, leeres Eckchen und bleibt dort, um die Mutter anzuschauen, die sie ihrerseits nicht sieht, die Mutter, die erhitzt von Gruppe zu Gruppe rauscht, oder regungslos, in ernster Haltung, neben einer Staffelei verharrt. Und manchmal werfen die brennenden Lampen Schatten auf das Gesicht, das sie so entstellen, daß sie losweinen würde, wenn sie nicht schon so eigensinnig und verschlossen wäre. Es kommt vor, daß die Verbeugung eines Neuankömmlings oder die Unruhe um einen prächtigen, bodenlangen Männermantel des Versteck des Mädchens verrät: Dann richten sich Artemisias Augen, kalt und vor Konzentration auf das Werk leuchtend, mit unveränderter Intensität auf sie: Vorboten einer Geste von so herrischer Ungeduld und bedrohlicher Unruhe, daß Porziella die eigenen Augen senkt und schließt, um sie nicht zu sehen. Und einmal wurde sie von Krämpfen geschüttelt und fiel Don Alonso vor die Füße, der beinahe über sie gestolpert wäre. Da nahm sie sie in die Arme, die Mutter, ohne einen Schrei zu tun, und das Mädchen öffnete die Augen und beruhigte sich wieder: Artemisias Umarmung war stark wie eine Gewalttat. In Augenblicken wie diesem fühlt sie fast mit Argwohn eine entfesselte Berufung zur Mutterschaft, eine Zärtlichkeit für die Kleine, die ihr mit Blutgeschmack in die Kehle steigt. Darf man eine Tochter auf diese gierige, unersättliche Weise lieben, wie es die Tiere und die Bettlerinnen in ihren armseligen Behausungen tun? Pater Ilario hat ihr versprochen, daß Porziella einmal wie eine Prinzessin im Kloster erzogen werde: Aber bei seinen Kindern muß man sich Respekt verschaffen, sagt der Pater, und die Haltung bewahren, gerade sie, eine alleinstehende Frau. Ist sie verstiegen, diese zwanghafte Gier nach Zweisamkeit, nach einer einzigen großen, festen Umarmung, die für sie beide, Mutter und Tochter, bis zum Tod währen möge? Oder gibt es vielleicht ein Land, wo dieses Verlangen die Regel ist: Bei den Wilden oder in klassischer Zeit oder in tausend Jahren? Verrückte und womöglich sündhafte Gedanken für eine Frau, die den Anstand lieben und gegenüber so vielen tüchtigen Leuten der Stadt die Tatsache rechtfertigen muß, daß sie eine Malerschule und Zeichenakademie eröffnet hat. Sie hat keine Freundinnen, und solche Damen würden sich auch beeilen, sie in Mißkredit zu bringen und zu erklären, daß sie niederen Sinnes sei und nichts tauge. Die Arme! Manchmal geht von ihrem Herzen, das von Ehrgeiz, Gefühlen und Widersprüchen so aufgebläht ist, ein flehentlicher Blick aus, der wie eine Taube über der Versammlung von Kavalieren und Malern flattert. Er bittet um Schutz, um Verständnis: Und wer diesen Blick auffängt, der sagt etwas lauter als nur halblaut: »Was für einen schmachtenden Blick die Signora Artemisia heute hat!« Und ein anderer wird boshaft antworten: »Für den, der an der Reihe ist.« Durchaus nichts Schlimmes: Artemisia wird zu leben und mit den Achseln zu zucken lernen, um die Vorwitzigkeiten dreister Männer beiseite zu fegen und um sich nicht angehört, beachtet und vielleicht von einem melancholischen und leidenden Auge angefleht zu wähnen. Artemisia hat noch nicht gelernt, sich vor diesen Gefahren zu hüten; doch das würde niemand sagen, der erlebt, wie sich sich schneidend scharfe Wortgefechte mit Aniello liefert, einem großen Talent und Lästermaul, und ihm keine Antwort schuldig bleibt – bis sie, fast verdrossen über den allzu mühelosen Kampf, mit arroganter Miene befiehlt: »Entkleiden Sie sich, Agatina! Denn die Brünette aus Gragnano eignet sich nicht als Modell für die Nymphen dieses Aktäon.« Wie Schafe bewegen sich die weiblichen Modelle, die an die ausgesuchten Manieren und Schmeicheleien der Herren Maler gewöhnt sind: wütend, aber dem Wink dieser so blonden, so kalten, so zerbrechlichen Führerin gehorchend, die sie auf der Leinwand in Skizzen kolossaler Schenkel und Brüste zerlegt, welche einen Annibale Carracci in den Schatten stellen. »Diese Weiber«, fügt die Malerin mit empörtem Augenaufschlag hinzu. »Unter Hunderten, die du ausziehst, findest du keine einzige gute.«

Und Porziella ist verschwunden. Vielleicht tollt sie drüben mit dem Bologneser Hündchen von Don Ferdinando herum, einem Schüler von Rang, oder läßt sich von Pasqualino und Terenzia mit Liedern und Brezeln trösten. Gewiß hat sie in Artemisias Herz keine Spur hinterlassen, und der zartfühlende Stanzione ist darüber bestürzt: Diese Frau hat kein Gefühl; sie kennt die Schmerzen der Geburt nicht, nicht das Blut, das sich in Milch verwandelt; unbotmäßig ist sie, eine Spröde. Unterstellungen, die der Malerin nicht mißfallen, wenn sie ihr hinterbracht werden, ja, sie erfüllen sie geradezu mit Begeisterung, denn sie helfen ihr, als Ausnahme zu erscheinen – als eine Frau, die alle Gefühle und sogar das Verdienst weiblicher Tugenden hinter sich gelassen hat, um einzig und allein der Malerei zu dienen. Mit der unerschütterlichen Miene einer Kartenspielerin bestückt sie die neue Palette, zeigt, wie man das Sepiaschwarz aufträgt, damit es nicht stumpf wirkt, und zieht mit den Zähnen ein störendes Haar aus dem Pinsel: Was für ein Farbauftrag, was für eine Kühnheit, was für eine Farbgebung! Die Ausrufe, von Stanzione angeführt, stimmen überein, und Artemisia triumphiert. Ja, meine Herren: Liebhaber, Vater, Brüder, Ehemann – im Grunde braucht eine Frau keinen von ihnen. Und jetzt diese Tochter ...

Aber es ist schwer, über diese Tochter hinwegzugehen, und sie braucht sie nur hinter der Tür vorzufinden, gerade aufgerichtet, auf ihren kleinen, weichen Füßen, in ihren kleinen Filzschuhen – roten Pantöffelchen – stehend, da pocht ihr das Herz und steigt ihr das Blut zu Kopfe: Schon so groß ist meine Tochter! Wenn niemand da ist, nicht einmal die Diener, kniet Artemisia nieder und streift mit der Stirn ihre schwarzen Härchen. Sie muß neapolitanisch mit ihr reden, wie Terenzia es tut: »Na, na, Porziella, gib deiner Mamma einen Kuß!« Selten, daß das Mädchen ihr flüchtig einen Schmatz gibt; öfter dreht es den Kopf zur Seite und verzieht, verärgert und unwirsch, das Gesicht; einen Augenblick lang bespiegeln sich die zarte Kinderstirn und die feste Elfenbeinstirn mehr, als daß sie sich einander nähern. Dann richtet die Frau sich auf, klopft sich den Staub von den Knien, bewegt sich flink und ohne jede Schwäche, und von ihrem kleinen Körper aus kann Porziella verstohlen dem hellen, undurchdringlichen Antlitz folgen, das sich schon auf Reisen befindet, als Meteor hoch oben, fern von ihr. Und Porziella und ihre Mutter begannen schon bald die Klingen zu kreuzen.

Wir spielen Haschen, Artemisia und ich, und Fangen, nicht ohne Tricks, von den plumpesten und offensichtlichsten bis hin zu den heimtückischsten. Ich verlasse sie, um meine erste Reise nach dem Krieg zu unternehmen, von der ich, wie ich mir sage, vielleicht nicht zurückkehren werde. Sie schüttet ein ganzes Glas Tinte auf mein Blatt. Und dann blicken wir uns an. All das über ihr Leben in Neapel, diesen Dreh- und Angelpunkt ihres Ruhmes, hat sie höchst mißtrauisch gemacht und unsicher, ob ich mich auch an das erinnern würde, was ich geschrieben hatte, oder ob ich einen neuen Weg einschlagen würde. Angesichts der vielen Toten in der letzten Zeit kommt ihrem zweiten Tod immer weniger Bedeutung zu, und heute wäre keine Barmherzigkeit ausreichend, um ihre Sünden, die einer längst gestorbenen Frau, zu verhüllen. In Neapel war zweifellos ihr reifer Wille für Taten verantwortlich, von denen es heißt, sie würden sich offenbaren, wenn die letzte Stunde schlägt. Einen Augenblick lang vertraut sie mir mit einem heimlichen Lächeln an, daß dies nicht wahr, sondern eine Erfindung der armen Lebenden sei. Und sie schüttelt den Kopf und legt ihn wieder auf das Tuch des gedeckten Tisches, an dem Antonio sie allein zurückgelassen hatte. Aus Neapel schrieb sie an einen Gönner in Rom: »Euer Gnaden mögen erlauben, daß ich mir Nachricht erbitte über meinen Gemahl, ob er lebt oder tot ist.« Es ist, als hätte ich ein unter der Tür hindurchgeschobenes Briefchen erhalten: Läßt man so seine Hauptfigur zurück?

Ich weiß nicht, ob tags oder nachts, ob bei der Arbeit oder beim Spazierengehen oder beim Sprechen, doch dieser Stachel,

Antonio verloren zu haben, und zwar durch eigene Schuld, ließ Artemisia nie zur Ruhe kommen. Manchmal dachte sie mit dem Gefühl angemaßten Rechtes, mit Groll an ihn. Oft mit einem Hauch Sehnsucht, doch befreit, Herrin ihrer selbst. Seltener, aber intensiver und länger waren die Augenblicke, da das Bild des Ehemannes ihr treu erschien, betrübt, mit seinen Augen, die an den bewölkten Himmel erinnerten und die sagten: Bis zum Tode. Und da zieht Antonio neben dem Esel oder allein auf einer weißen Straße dahin, den Sack oder den Bauchladen umgehängt, mit seinem leichten, schleppenden Schritt, als bewege er sich durch die Zimmer der Wohnung, und manchmal bleibt er stehen, trocknet sich den Schweiß ab und betrachtet das Tal. Nun ruht er sich aus, in einer unbequemen, für ihn ganz typischen Haltung, ein bißchen gekrümmt, zu Füßen irgendeines Baumes, der weder schön noch häßlich ist, aber genug Laub hat, um Schatten und Erholung zu spenden – einer von der Art, wie man sie häufig am Rande der größeren Straßen antrifft. Er weiß seine Zeit als Wanderer einzuteilen und betrachtet in seiner sanften, passiven Art die fernen Wolken, die nahen Wiesen und den Kamm der Berge: Und man weiß nicht, woran er denkt, während er ein weißes Steinchen vom Boden aufhebt und in die Tasche steckt: Wer weiß, wozu er es braucht? Ist er auf dem Weg nach Loreto? Nach Senigallia? Nach Crema? Nach Varallo? Bestimmt geht er nicht nach Neapel; vielmehr hält er sich von dieser Stadt fern aus Angst – so glaubt Artemisia –, dort unerwünscht zu sein. In Rom sieht man ihn nur selten; viele Monate vergehen, und niemand weiß etwas über ihn. Und während Maestra Artemisia Kaiserbilder malt, stellt er vor einer Wallfahrtskirche sein Tischchen auf, beladen mit Medaillons, Rosenkränzen und Heiligenbildchen. Die Heiligenbildchen hat sein Freund gemalt, der etwas einfältige Dominikaner-Laienbruder, der einmal Orazio Gentileschi und seine Tochter, diese junge hübsche Frau, kennengelernt hat: Jetzt ist er Pförtner in einem Kloster hoch über einem Tal, das die Sonne mit ihren Strahlen von Bastion zu Bastion durchspießt. Bei ihm macht Antonio von Zeit zu Zeit Rast, um seine Warenbestände zu erneuern und um zu übernachten – je nach der Jahreszeit entweder neben der glühenden Asche oder bei der offenen Tür, die auf die steilen Wiesen voller Grillen hinausführt. Er bricht im Morgengrauen auf, bei noch gestirntem Himmel, und wäscht sich die Augen mit einer Handvoll taufeuchten Grases, um seinen Gastgeber nicht zu stören. Er überholt die Straßenräuber, die sich im Dickicht verstecken, und ihre als Bauern getarnten Späher; er kommt an stehenden Wagen vorbei, in denen die Pilger noch schlafen, und durchquert die Pferche der Ochsen, die müde sind von dem langen Weg, der sie zu den Viehmärkten führt. Bei immer heller werdendem Sonnenlicht lassen sich über dem rosenfarbenen Kamm schon Kuppeln und Türme unterscheiden. Und hier ist der zweirädrige Karren der Gaukler, und der Sohn des Feuerschluckers, der zum Jüngling herangewachsen ist, hilft, die Räder des steckengebliebenen Wagens der Komödianten wieder flottzumachen. Die Frauen, zerzaust und schwerfällig, stehen da und schauen zu. Grüß dich, Omodeo! Guten Tag, Romualdo! Am herzlichsten fallen die Begegnungen mit den falschen Blinden und Krüppeln aus. Antonio kennt sie zu Dutzenden; sie sind ihm allesamt vom väterlichen Hause an der Ripagrande her vertraut. Sie sind unterwegs zu den berühmtesten Ablaßkirchen und zu den bekanntesten Quellen, die von unfruchtbaren Frauen und von Herren mit Blasensteinen aufgesucht werden. Er grüßt sie und nimmt sich vor ihnen in acht, weil in dem Kästchen mit den schmalen Schubfächern, das er über der Schulter trägt, Spiegel und Silberfibeln und Ringlein aus niederkarätigem Gold sind – alles Sachen, die die Gier der Mädchen wecken. Aber Antonio stellt sie nicht gern zur Schau – früher hatte er sie seiner Frau mitgebracht –, und den Mädchen blickt er nicht ins Gesicht ...

So malt es sich Artemisia aus, noch Herrin, wie sie glaubt, über die Gefühle jenes Flüchtigen, als dessen Gläubigerin sie sich fühlt und dem sie manche gerührte Betrachtung schenkt, die einem Gespräch gleicht. »Wäre ich mit ihm gegangen, hätte er mich auf seinen Maulesel mit einem schönen, bequemen Sattel gesetzt: So jung, wie ich war, hätte ich mich daran gewöhnt, neben ihm einherzugehen. Wir hätten uns mit der Zeit ein starkes Pferd, einen wohnlichen Wagen angeschafft: Antonio war ja so erfinderisch! Ich wäre in einem Stall niedergekommen, wie die Muttergottes. Die Heiligenbildchen hätte ich ihm gemalt, auch die Votivbilder und die besseren Bilder für die Pilger von Rang. Die fahrende Malerin hätte man mich genannt. Porziella wäre herangewachsen und hätte der heiligen Jungfrau Loblieder gesungen mit der schönen Stimme, die sie zu haben verspricht.«

Wie heiß es ihr manchmal auch in Neapel werden mag – nehmen wir an: auf der Terrasse ihres neuen Hauses zur Zeit der Siesta –, Artemisia muß in Neapel bleiben und über sich selbst Rechenschaft ablegen. Man schreibt das Jahr dreißig, und es besteht Pestgefahr; nur wenige Leute sind auf den Straßen unterwegs. Im herrlichen Licht des Golfes entschwindet Antonios Bild, während seine leichten Rosenkränze wie Akazienlaub rascheln, auf einer Steigung, die nur vom Himmel begrenzt wird. Zu jener Zeit besaß in den bürgerlichen Familien der Vater ein dickes Nachschlagewerk, in dem man beispielsweise lesen konnte: »Am Soundsovielten, einem Freitag, dem Tag Unseres Herrn, wurde mir von der Signora Artemisia, meiner Gemahlin, eine Tochter geboren, die in Sant' Angelo a Nilo getauft wurde und den Namen Porzia Antonia Orazia Cecilia Maria erhielt ...« – »So hätte Antonio es geschrieben, wenn er bereit gewesen wäre, mir zu folgen«, schließt Artemisia mit bitterem Mund und einem Stirnrunzeln – gegen die Sonne, gegen das Schicksal. Sie hat nie mehr als ihren eigenen Namen schreiben können und besitzt die dicken Nachschlagewerke nur, um sich zu ihren Esther-, Kleopatra- und Bethsabebildern anregen zu lassen: womit natürlich nicht unterstellt werden soll, daß eine Mutter ohne Ehemann keine Familienmutter ist. Was genau ihr Stand ist, hat ihr kein Beichtvater erklären können, so sehr sie insistiert hatte: Wie es ihr im übrigen auch bei der Überlegung, was sie tun solle, noch nicht gelungen ist, sich in einer beispielhaften und von ihrem Jahrhundert anerkannten Gestalt wiederzuerkennen und sich selbst zu bestimmen. Und wenn sie sich dennoch irgendwo einordnet, dann nur aus reiner Anmaßung. Sie ist eine Frau, die sich bei jeder Geste von einem belehrenden, edlen Vorbild ihres Geschlechts und ihrer Zeit inspirieren lassen möchte, aber sie findet es nicht. Ein Bild, mit dem sie übereinstimmen, unter dessen Zeichen sie kämpfen könnte: Das braucht Artemisia mit ihren fast dreiunddreißig Jahren, in einem Alter, in dem der Lauf und die Vorlieben der Welt ihr zu gefallen, sie zu bezaubern beginnen. Aber sie ist keine Prinzessin, keine Marionette, weder Bäuerin noch Händlerin, keine Heldin und keine Heilige, und nicht einmal Kurtisane: auch wenn das, was behauptet wird, wahr wäre. In Florenz genügte ihr das Kompliment eines Schöngeistes: »Spröde Dame der Herzen, keusche Abenteuerin, Idol der Frauen.« In Rom wurde sie verfrüht zur Frau gemacht, und dort lebte sie als rechtmäßige Ehefrau. In Neapel gibt es für eine Zeichenkünstlerin keine Schutzheilige. Sie muß wiederholen: »Mein Don Pietrantonio treibt in der Ferne Handel, läßt mir gute Nachrichten zukommen und verspricht Porziella Geschenke ...« Und Porziella wächst heran, noch immer ein bißchen mollig und braun wie eine Abessinierin: und hat nur mit Diener, Hunden und ihren Gevatterinnen vertrauten Umgang. Die Mutterliebe wirbelt, stöhnt, kämpft, deliriert. Natürlich lautlos. Was den Rest anbelangt – Kunst, Reputation, Ehrgeiz, Ruhmsucht –, so soll Donna Artemisia sich damit begnügen, Sitten und Gesetze zu improvisieren und deren Keime auszusäen, damit irgendwann die Frucht entsteht, die heute ihren Durst löschen würde, aber noch nicht existiert. Im übrigen soll sie sich verzehren und leiden: Das ist ihre Freiheit.

»Die Signora Anguissola, diese tüchtige Malerin, war in meinem Alter schon am spanischen Hof tätig, und man gab ihr einen trefflichen Kavalier zum Ehemann. Adriana Basile, die

Sängerin, von deren Stimme die Luft noch immer bebt, hielt sich das Herrscherpaar von Mantua wie eine Perle auf der Stirn, und sie kehrte als Baronessa nach Neapel zurück.« An ihren in Pozzuoli gemalten Geschichten von Ausmaßen, die selbst einen Giganten erschreckt hätten, zeigt sich einen Monat nach ihrer Vollendung niemand mehr interessiert: Aufträge in den Kirchen der Stadt darf sich eine Frau nicht mehr erhoffen. In jenem April nun steckte Artemisia Porziella in ein blaues Brokatkleid, nahm sie in der Kutsche mit und gab ihr in prahlerischer Absicht kandierte Früchte und Eselsmilch zur Vesper. In der Akademie erzwang sie die Aufmerksamkeit ihrer Besucher und Freunde mit dem Zeichnen nackter, korpulenter Frauen in dreifacher Lebensgröße: Cavallino, ein schmächtiger junger Mann, konnte sich nicht dazu durchringen, sie zu kopieren. An einigen Abenden kamen wenige Gäste und Schüler, und in der Leere des Saales begann die Maestra zuviel zu reden. Aus dieser Phase ihrer Reife wallt eine Hitze empor, die die Klarheit ihrer Absichten und, wie manche sagen, den Spiegel ihrer Sittsamkeit trübt, die Artemisia mit angriffslustiger, manchmal unverschämter Kühnheit verteidigt. Ein verbissenes Geprahle, ein Spotten über die Nichtsnutzigkeit der Hausfrauen, über ihre törichte Eitelkeit: Diese Stanzione! Diese Töchter des Spaniers! Und Übertreibungen, Androhungen von Vergeltungsmaßnahmen gegen unbestimmte Feinde, die sie beleidigen, weil sie allein ist, und die sie dem Spott preisgeben, sie tot sehen möchten. Die Freunde, überrascht und unvorbereitet, hören ihr mit einer Zerknirschung ohne Wärme zu, die sie zwar nicht verletzt, aber trifft. Und sie sind jung, alle jünger als Artemisia, und Männer: Es kann nicht ausbleiben, daß einer dem anderen zuzwinkert, als wolle er sagen: Na, bitte! Immer erregter redet und redet die Malerin und legt Wert darauf, ihre Pflicht zu erfüllen: und verbessert da, streicht dort etwas aus und zeichnet es neu. Aber ihr zittert die Hand, die grauen Augen blitzen, und ein unsinniger Zorn schnürt ihr die Kehle zu. Könnte sie sie nur der Reihe nach befragen, diese jungen Männer, die ihre Ergebenheit, ihren Respekt auf die Probe stellen: In das eindringen, was sie von ihr denken. Und sie fing mehr als nur einmal einen trägen Blick auf, der wie eine Fliege auf den Rundungen ihres spitzenbesetzten Mieders sitzen blieb: Nein, eine größere Schmach konnte man nicht erleiden!

Ihre Waffe war: immer markanter und wilder zu malen, mit düsteren Schatten, Lichtern wie beim Wetterleuchten, Pinselstrichen wie Schwerthieben. Sollen sie lernen, diese Frauchen, diese kleinen, in die Feinheiten vernarrten Maler! Männer malt sie in Waffen, in Stahl und Eisen, und die Frauen in schwarzem Samt, und alle stürzen zum Licht, als sagten sie: He, ihr Dummköpfe! Das ist – und das weiß sie genau – nicht die Art von Malerei, die ihr Vater am Abend, nach getaner Arbeit, gelobt hätte, während sie die Palette reinigte: Und doch war es die Möglichkeit, die Aufmerksamkeit, ja das Staunen dieses undankbaren, zerstreuten Publikums zu erregen, das von einem Spektakel gefesselt und in Angst und Schrecken versetzt werden will. »Neapel, Schauplatz Eurer Wunder ...«: Ein paar Dichter befanden sich unter den Neugierigen, die wieder begannen, die Akademie zu bevölkern, um auf diese Weise ein ihr gewidmetes Sonett zu präsentieren, aber nie riefen die Aussätzigen auf der Straße: »Es lebe die Signora Artemisia«, so, wie sie die schöne Adriana grüßten, wenn sie, zur goldenen Zither singend, aufs Meer hinausfuhr. Kein Fürst lädt sie an seinen Hof ein; die Vizekönigin will sie nicht in ihren Dienst nehmen; trotz der Huldigungen, die sie entgegennimmt, wird sie von den Damen der großen Gesellschaft nach wie vor ignoriert. Und in einem dieser Jahre begann die Gentileschi sich anläßlich eines Briefes, der außer Landes geschickt werden mußte, mit ihren Haussekretären zu schmücken.

Die Spanier waren zu teuer, während die Unseren sich als hoffnungslos ungebildet erwiesen. Sie ließen sich neu einkleiden, machten in der Speisekammer lange Finger und liefen wieder davon, wobei sie immer noch irgendein Bildchen mitgehen ließen – aus Anhänglichkeit, wie sie sagten. Im Jahr dreiunddreißig stürzte Diego Salata, ohne Hemd und entsetzlich mager, in die Akademie: Auf der Brust trug er außer dem Skapulier – denn er kam von den heiligen Stätten – Reliquien vom Heiligen Kreuz und den Stammbaum seiner Familie, einer königlichen Familie. Mit seinen riesigen Augen und der zitternden Hand an der Brust bat er nur um Erbarmen und daß Artemisia sich ihm nähern möge. Er verehrte ihr jeden Tag Jasminblüten und Rosen: Er legte sie ihr wie einer Heiligenstatue zu Füßen. Am dritten Tag, nachdem er bei ihr aufgetaucht war, schwanden ihm vor Hunger die Sinne, und er schwieg noch immer. Doch seine Verwandlung vollzog sich blitzschnell: sobald er aufgenommen, gefüttert und versorgt wurde. Er begann lange Gewänder zu tragen und behauptete, im Besitz der Weihen zu sein, und nur die großen hungrigen Augen blieben ihm fest im Gesicht, das sich, zusammen mit dem Körper, nun in ständige Bewegung setzte. Seine Langsamkeit und Gravität sind verflogen; er lacht, spricht, kniet nieder, weint, faßt sich wieder, gähnt und ist schon wieder weg, schnell wie der Wind. Er kaut unablässig, wird aber nicht dick; gern und ohne Scham geht er zum Markt, um zartes Fleisch vom Milchkalb oder eine besondere Sorte Aal zu besorgen, denn er liebt die gute Küche. Er lügt und bereut, hat ein flinkes Mundwerk und bricht leicht in Tränen aus. Er schwört und droht, er werde auf eine solche Weise verschwinden, daß nicht einmal die Luft sich erinnern könne, wohin. Er deutet mit der Hand aufs Meer und murmelt unsinnige, unverständliche Worte. Dann schickt er sich ungerührt an, nach Diktat den üblichen Empfehlungsbrief für sich selbst zu schreiben. Und Artemisia diktiert: »... dieser Kavalier, Don Diego Salata, von edelstem Geblüt, der in meinem Hause verkehrt ...« Der Abend – die Nacht? – verspricht, süß zu werden. Vielleicht wird sie sich um diesen Preis eine kurze, aber vollkommene Unbeschwertheit verschaffen können: »Ich bin nicht keuscher als andere Frauen; ich bin frei und tue niemandem Unrecht.« Flüchtige Stärkungen für den Augenblick, beeinträchtigt durch den Klang einer Glocke, die so sehr an die der Corte Savella erinnert. Der Schneider Luca und die Wäscherin Fausta, Agostinos Zeugen, haben also mit ihren frechen und zotigen Reden recht behalten und es richtig vorhergesehen: Die Gentileschi ist eine heißblütige Frau, mit der es jeder treibt, der nur will. »Ich Unglückliche!« ruft sie in ungeheuchelter Verzweiflung, nun plötzlich Büßerin, und ringt die Hände wie die Magdalena, die sie so oft malt. Ach, könnte doch diese Inbrunst andauern, die ihr die letzte Vorstellung eröffnet: geschorene Haare, eine Kutte, öffentliche Geständnisse, grausame Folterungen – und das einer solchen Frau, einer so schönen Frau.

Artemisia erholt sich immer wieder rasch; sie braucht nur den Kopf zu heben und Dinge wahrzunehmen, die ein so fröhliches Äußeres zeigen, um im Nu erfüllt und neu belebt zu sein: So wird ein Strand von der Flut gesäubert und geglättet. Die schmale Mondsichel am heiteren frühabendlichen Himmel strahlt ihr ins Auge und erfrischt es nach der Glut der Tränen; die Linie des Horizontes, karg und abgehackt, suggeriert ihr ein unschuldiges Vergessen; die zartblaue Küste kündet von Abenteuern, von Freiheit und verspricht Befreiung vom gesunden Menschenverstand. Und es lohnt sich gar nicht, wütend zu werden; wer ohne Sünde ist, der werfe den ersten Stein. Denn leben muß man – warum also nicht nach dem Vergänglichen greifen, das nützt und erhält? Der Wind dreht sich. Lob kommt als Lob zurück, erteilt von jemandem, den man vielleicht für einen Feind gehalten hat. Es kommt ein Fremder, von dem bekannt ist, daß er gesagt hat: Mein erster Besuch wird jener großen Malerin gelten, von der ich hörte, daß sie zum Fürchten schön und tüchtig sei. Morgen feierliche Zusammenkunft: Erwartet wird auch Gaspare Romer, der steinreiche Holländer, auf der Rückreise von Portugal. Und wer weiß nicht von Signor Romers Zuneigung, von der besonderen Wertschätzung, die er für Artemisia hegt? Viele erlesene Sessel werden benötigt, und die leiht ihr Don Angelo Pepe, diese Freigebigkeit in Person. Massimo Stanzione wird ihr Bänke für die bedeutenden

Maler liefern, von denen immer neue hinzukommen, damit sie bequemer malen können. Man braucht Musikanten und muß die Sängerin Belinda verständigen; für die Erfrischungen sorgt mit seinen Nonnen Pater Ilario, der ihr nach wie vor freundschaftlich verbunden ist. Vielleicht wird auch der Hof vertreten sein; einige Hofdamen haben zugesagt. An Schönheiten wird es übrigens nicht mangeln. Ihre Favoritin wird Massimos hochmütige Gemahlin sein, die, höflich sein kann, wenn sie will; die Ribera wird mit ihren schönen Töchtern kommen, die zwar strohdumm sind, aber mit den Fürsten von gleich zu gleich verkehren. Und auch Annella De Rosa wird erscheinen, eine junge, überaus reizvolle Malerin mit knospendem Ruhm. Nie wird jemand behaupten können, Artemisia habe vor einem neuen, aufgehenden Stern Angst: Sie zu empfangen, ihr zu schmeicheln wird eine noble Geste sein, durch die sie Bewunderung heischen und von sich reden machen wird. Die Nadeln im Mund, probiert sie vor dem Spiegel ihr neues Kleid an und malt sich die Szene aus. Annella ist spröde, aber die Gentileschi wird ihr entgegengehen, sie an der Tür empfangen und bei der Hand nehmen: Das wird einen guten Eindruck machen. »Hier«, wird sie mit lauter Stimme sagen, und um sie herum wird gespanntes Schweigen herrschen, »hier, meine Herren, seht Ihr die schönste Malerin von ganz Neapel.« Artemisias Verehrer werden in arge Verlegenheit geraten, denn aus Höflichkeit werden sie nicht protestieren können.

Um die Wahrheit zu sagen: Proteste waren nicht zu hören, als Artemisia, ihrem Vorsatz getreu, ihren Lippen die Worte abrang, die eigentlich so großes Aufsehen erregen sollten. Widersetzlich öffnete sich Annellas Hand nicht in der ihren, so daß sie im gleichen Maße Lust verspürte, sie abzuschütteln, zu quälen und mit immer größerer Eindringlichkeit zu loben. Der Reihe nach nahm sie ihre Gäste beiseite, auch die gleichgültigsten, und vertraute ihnen in komplizenhaftem Flüsterton an: Was für ein schönes Mädchen – und so tüchtig! Eine Perle und dazu ein schrecklicher Ehemann, der sie aus Eifersucht schlägt. »Man muß sie retten«, ereifert sich Artemisia, die um nichts auf der Welt den Rückzug antreten würde, wenn sie sich vorstellt, daß das Karussell des Handelns sich in Bewegung setzt. Wie ein unartiges kleines Mädchen verzieht Annella ihr schönes, volles dunkles Gesicht unter dem dicken, schwarzen, schlecht frisierten Haar: eine einzige Herausforderung für die Gastgeberin, für ihr Mitgefühl und ihre Freundschaft. Und die reife Frau merkt nicht, daß die andere, noch unreife, mehr Freunde hat als sie und höhnisch lächelt. Das tut sie auch vor Don Gaspare, der Karte, die Artemisia nicht hatte ausspielen wollen, der aber von ihrer Gier, sich an Großzügigkeit zu überbieten, nicht verschont bleibt: »Tut mir den Gefallen, Don Graspare! Bedient Euch dieser jungen Malkünstlerin, denn es gibt keine bessere im ganzen Königreich.« In diesem Augenblick antwortet diese auf den aufgeregten Druck von Artemisias Hand, die die ihres Schützlings festhält und zerrt, reißt sich los und befreit ihre Finger und ihren ganzen Körper. Annella ist zornig. Annella will fortgehen, ohne Rücksicht auf das, was die Welt von ihr denken mag. So bereitet sie ihre heutigen und künftigen Erfolge vor: Massimo, der verliebte Lehrer, reicht ihr den Mantel, der grausame Gemahl legt ihn ihr über die Schultern, und ein jeder macht Platz: denn wer kennt sie nicht, die schöne, die kratzbürstige und verführerische Anna De Rosa? Don Angelo Pepe höchstpersönlich eilt herbei, bereit, ihr seine Kutsche anzubieten und ihretwegen die Gesellschaft zu verlassen: Gute Nacht, Maestra Artemisia.

Es nützt nichts, reif und stark und tüchtig zu sein, wenn man nicht lernt, sich bei solchen Begegnungen keinen falschen Verpflichtungen zu unterwerfen: Dem ist Artemisia heute mehr ausgesetzt als vor zehn Jahren, als sie nach Neapel kam. Ausgesetzt vor allem, um zu leiden. Mit der Glut enttäuschter Menschenfreundlichkeit zerstiebt auch der entrückte Blick auf sich mit den Augen aller, den eine Frau so sehr braucht, die – wie sie – immer mehr dazu neigt, zu schenken und sich nichts zu gönnen als zu beobachten und zu paktieren. Es ist dies weder

Eifersucht noch Neid, sondern die kalte Gewißheit, niemandem etwas zu bedeuten – hat sie doch nicht einmal dieser jungen Frau etwas bedeutet. Ihr will jetzt scheinen, als sei ihr alles geraubt – Begabung, Gesundheit, Schönheit, Ruhm –, sogar jene triumphale Fähigkeit, zu büßen und sich zu verzehren, zu der sie in manchen Träumen mit der Majestät einer verratenen Königin Zuflucht nimmt. Die Buße erscheint ihr jetzt wie ein Luxus, der nicht mehr zu ihr paßt, ein jugendliches Prahlen, das sie sich heute nicht mehr leisten kann, denn sie hat eine Tochter, zwei Diener, ein Haus und diese boshaften Freunde und Besucher: Und da sie niemanden hat, der sie protegiert, kann auch sie niemanden protegieren. Von Selbstmitleid erfüllt, wird sie nörglerisch und verliert die Haltung; ihr strahlendes, aufgesetztes Lächeln verschwendet sie ohne Vorbehalte und verbirgt dahinter, den Tränen nahe, eine Empörung ohne Zorn. »Das geringe Talent, das Gott mir schenkte« (Gaspare Romer läßt erkennen, daß er zuhört; aber ist er nicht doch etwas unangenehm berührt von diesen Frauenhänden, die sich, verkrampft gestikulierend, ständig öffnen und schließen?) »seht selbst, Euer Gnaden, wie man es mir lohnt; denn wenn ich für acht Figuren zweihundert Scudi verlange, bietet der Fürst Ruffo mir einhundert an: weil ich eine Frau bin und das Können nicht zählt.« Ihre schwer beringte Rechte nestelt am Busen, an dem weißen, halb entblößten Busen: »Ich lüge nicht, Euer Gnaden können sich selbst vergewissern. Hier ist der Brief.«

Das Manöver mit dem Brief, hervorgezogen aus der sogenannten Venusbucht, der Ausruf, kurz darauf, in die schweigende Gesellschaft hinein: »In meiner Brust schlägt ein Cäsarenherz!«, die übertriebene Verneigung vor einer gewissen Signora Capomazza, einem Weib aus Aversa, das sich malen lassen wollte und von Artemisia mit einer Hofdame der Vizekönigin verwechselt worden war: Diese und ähnliche Mißgeschicke zählt die Malerin klarsichtig auf, wenn sie, nachdem die Fackeln abgebrannt sind, ohne sich zu vergewissern, ob die Tür zum Saal geschlossen ist – Ekel und Angst sind Feinde –, die

Laterne ergreift, um in ihr Zimmer hinaufzugehen. Eine schöne Studie, diese Laterne in der Hand einer hellhäutigen, blonden Frau, die bei jedem Schritt wunderliche Schatten wirft: eine Studie, im Spiegel nachzustellen als Übung für die Malerei eines Gherardo Fiammingo, die heutzutage so großen Anklang findet. Aber es ist spät, spät in jeder Hinsicht, und an den zurückgeschobenen und umgestürzten Stühlen, an den halbgeleerten Gläsern, an dem Ausgespuckten auf dem Fußboden geht Artemisia vorüber, ohne innezuhalten, und hängt ihren traurigen Gedanken nach. Ist es eine Gnade, wenn sie etwas bemerkt, was ihren Schritt hemmt und in die Ferne rollt – ein Ball, ein Apfel? Vielleicht jemandem aus der Tasche gefallen, der nichts zu Abend gegessen hatte: jemandem, der so ist, wie Diego vor einem Jahr war. Ohne ein Wort des Abschieds ist Diego verschwunden, gewiß wegen irgendeiner Schandtat, irgendeines schlechten Dienstes zu seinem eigenen Nutzen; man wußte, daß er mit gefüllter Börse nach Spanien zurückkehren wollte, und seine Herrin und Gebieterin (wie er sie zu nennen und rufen beliebte) sollte ihn nicht zurückhalten. Wie schwierig ist es, wieviel kostet es, sich bei diesem Licht, in dieser Stille klarzumachen, daß man noch immer eine Frau ist! Die Diener schlafen oben, unter dem Dach; auf dem schönen, prunkvollen Bett einer einsamen Künstlerin könnte sie heute nacht sterben, und niemand würde es bemerken. Doch nicht ans Sterben denkt Artemisia – das ist ein Gedanke, der nicht schmerzt –, sondern an ihre Ungeschicklichkeit von vorhin, an jene Handlungen und Worte eines Weibchens – schmachvoller Schorf, der von ihr abgefallen ist, von der Wunde, die ein vollwangiges Mädchen ihr zugefügt hat, als es ihre Freundschaft zurückwies. Niemand kann sie tiefer verletzen als eine Frau: Das hätte sie jenen Herren erklären sollen, die sich möglicherweise an den Reibereien zwischen den beiden Künstlerinnen geweidet haben. »Seht nur diese Weiber!« hätte sie sagen sollen. »Die besten, die stärksten, jene, die den Ehrenmännern am nächsten kommen: Wie scheinheilig und verlogen sie untereinander sind in einer Welt, die ihr euch zu eurem Gebrauch und für eure Bequemlichkeit eingerichtet habt! Wir sind so wenige und so bedroht, daß wir es nicht mehr verstehen, einander anzuerkennen und zu begreifen oder wenigstens so zu achten, wie ihr euch achtet. Zum Spaß laßt ihr uns frei, aber in einem Arsenal voll giftiger Waffen. So leiden wir ...«

Nein, nicht einmal diese Worte hätten genützt oder könnten jetzt, in der Stille, nützen, um dieses quälende Unbehagen zu erklären, auszudrücken – ein Unglück, in die Seele gesenkt wie ein Fels ins Meer: Es ist wie eine Verurteilung zur Einsamkeit, vernommen mitten in einer dichtgedrängten Gesellschaft, der man sich nähern möchte, und sie lachen dir ins Gesicht und machen sich aus dem Staub. Die toskanischen Damen, stets begierig auf Neuigkeiten, sannen, als sie des ermordeten Holofernes ansichtig wurden, genauso begierig auf Rache; Annella malt zwar meisterlich, laviert aber, vom Dolch bedroht, zwischen ihren Liebhabern; ihr Mann läßt sie wie einen Fetzen von einem Ende des Hauses zum anderen durch die Luft fliegen, und sie deckt ihre blauen Flecken mit Kreide ab und vergißt sie einfach. Und an wen hat sich Artemisia selbst bei all ihrem Stolz anlehnen müssen, wem hat sie sich anvertrauen und unterwerfen müssen? Männern. Männern von geringem Ansehen: einem Titta Licomodio, einem Tommaso Guaragna und zuletzt diesem Diego, der sie verlassen hat. »Bei wem mag dieser Apfel gelandet sein?« phantasiert sie im ersten Schlaf. Porziella liebte Äpfel, als sie noch klein war, und ließ in jedem Winkel abgenagte Kerngehäuse zurück. Aber Porziella befindet sich im Kloster; sie ist immer bei den Nonnen und will nicht einmal am Sonntag nach Hause kommen. »Meine Tochter«, bricht es aus der Frau hervor, im Morgengrauen, als sie unter vielen heißen, im Schlaf ausgebrüteten Tränen erwacht. »Meine Tochter, du bist eine Frau und verstehst deine Mutter nicht ...«

Dieses Erwachen Artemisias ist auch mein Erwachen. Die Vorrechte der Kriegszeiten haben ihre Gültigkeit verloren, jene

Freiheiten des Ausnahmezustands, von denen jedermann glaubte, sie stünden ihm zu; jetzt ruht jeder Tote in seinem endgültigen Grab. Aus Artemisias Beharrlichkeit, sich in Erinnerung zu bringen, und meiner Beharrlichkeit, mich in launischen Schüben der Rührung ihrer zu erinnern, entwickelt sich ein Spiel, ein möglicherweise grausames Spiel. Mich hat die Eindringlichkeit getrogen, mit der ich sah, tatsächlich sah, daß sie – nach meiner Trauer, sie verloren zu haben, und der Beklemmung, sie so lebendig wiederzufinden – jenen unversieglichen Strom hartnäckiger Hoffnung von mir erwartete, der einen Menschen auch daran glauben läßt, Unheilbare heilen zu können. Indem ich ihr widersprach und sie sogar ein wenig neckte, hatte ich mich daran gewöhnt, sie in unsere Zeit zu versetzen und ihre Gegenwart in meiner Nähe zu spüren. Ich war sicher, ihr verständlich und notwendig zu sein. Ich bot ihr kleine Überraschungen, Interpretationen, die im Widerspruch standen zu dem, was die Erinnerung an ihr Leben mir eingegeben hatte: Und es kam mir vor, als fände sie, trotz aller Verluste, Gefallen daran. Erst heute, da ich diese wahrscheinliche Klage einer Mutter höre, die in einer Nacht des Jahres sechzehnhundertfünfunddreißig in Neapel sehr wohl lebendig war, in einer Nacht, so wahr wie die, die in zwei Stunden anbrechen wird – erst heute begreife ich, daß ich es ihr gegenüber an Respekt habe fehlen lassen und daß das von ihr ersehnte Einverständnis seit langem nichts als Abwesenheit ist.

Wann hat sie mich verlassen? Ich gehe die Geschichte dieser verzweifelten Begegnung durch und kann keinen Zeitpunkt bestimmen. Vielleicht war es jener Augenblick, als ich ihre Kindheit verließ, als sie, wie alle Frauen von abenteuerlichem Ruf, das ihr unterschlagene Pfand eines reineren Lebens erkannte, eines Lebens, würdiger als das, welches ihr zuteil geworden war, und von dem ich sie nicht befreien wollte, so viele Gelegenheiten sie mir auch bot. Ich hatte ihr ein großes Geschenk gemacht: Denn wer hatte schon zu Beginn des siebzehnten Jahrhunderts eine Kindheit? Vielleicht ist sie auf dem Pincio geblieben, vor

Cecilia Naris Fenster; oder vielleicht an jener Stelle, wo sie den ersten Frauenschleier am Ausschnitt ihres Mieders aus grobem Stoff feststeckte; oder am Spinett, wo sie, das gehorsame, verschlossene Mädchen, als heilige Cäcilie posierte, und Francesco, der im Hemdchen für den Engel Modell stand, mit der Ergebenheit des jüngeren Bruders zu ihr aufblicken konnte.

Ich werde sie nicht mehr protestieren und widersprechen hören in ihrer stolzen, volkstümlichen Sprache einer ihren Ursprüngen entfremdeten Pisanerin; sie wird mir nicht mehr helfen; sie wird nicht mehr wegen der Umstände ihres wahren oder erdichteten Lebens den Abscheu und die Angst empfinden, die mir Lust machen, seinen Rhythmus und seine Bilder zu einer Handlung zu zweit, lebendig und mit gegenseitiger Teilnahme, zu verflechten: das verkrampfte Spiel zweier schiffbrüchiger Frauen, die die Hoffnung nicht aufgeben wollen, sich auf einem Faß zu retten. Sie ist in das drei Jahrhunderte entfernte Licht zurückgetreten und schleudert es mir ins Gesicht, blendet mich: Die Geschwindigkeit, mit der die Ausschnitte ihres Lebens einander folgen und ineinanderfließen, schwankt und gerinnt zu Bildern einer mondbeleuchteten Laterna magica, flach und kalt. Hier ist sie, eine blonde Frau von noch jungem Äußeren, aber alt in Haltung und Blick. Sie sitzt auf einem niedrigen Sessel mit dem Rücken zur nackten Wand eines großen, unschönen Zimmers und beugt den runden, aber unübersehbar gezeichneten Hals in wehrloser Ermattung, in fast schmerzhafter Erschöpfung. Irgend jemand hat sie so zurückgelassen, vor Minuten oder vor Tagen. Vielleicht Diego, der nach Spanien abgereist ist. Vielleicht Porziella, die nach einem Ferienaufenthalt, der ihr von der Mutter und der Malerei verleidet wurde, ins Kloster zurückgekehrt ist.

Noch einmal versuche ich, sie zu erschüttern. Ich sage: Porziella war in der Wiege so lieb und brav, daß man ihren flachen Atem gar nicht hörte; sie ging von Anfang an aufrecht; die Puppen aus Lumpen waren ihr lieber als die schönen aus Wachs; das Brechmittel des Wunderheilers brachte sie in Lebensgefahr, doch sie genas innerhalb von drei Tagen; sie weinte, bis ihr der Atem ausging, aber ohne sich mit Tränen zu benetzen; sie hatte solche Löckchen im Nacken und darunter ein kleines, pechschwarzes Muttermal ...

Nun schlage ich zu: Schon mit fünf Jahren fühlte sie sich bei den Nonnen wohl, und ihr Gesicht färbte sich purpurrot, als sie zu ihr sagten: »Du bist also die Tochter der Künstlerin.« Zeichnen wollte sie nicht lernen, nicht einmal von Suor Assunzione, die doch eine Heilige war. Das Einmaleins – ja, das lernte sie sehr rasch, auch die biblische Geschichte, und sie konnte alle Ritterorden mit ihren Wappen der Reihe nach auswendig hersagen. Elixiere zu destillieren verstand sie besser als Suor Mattea, und in dem Monat, als die Kellermeisterin krank war, führte sie auch die Bücher des Klosters. Sie verabscheute Maler, Farben und Leinwand: Wenn sie zu Hause war, versteckte sie die Kleider der Modelle und plagte sie, soviel sie konnte, und später im Kloster prahlte sie damit, als handele es sich um verdienstvolle Taten. Die Kavaliere bewunderte sie, aber heimlich; sie lauschte immer an den Türritzen, streichelte im Vorzimmer den Samt der Mäntel und rieb die Hefte der Degen blank, um festzustellen, ob sie aus Gold oder Silber waren. Als sie zwölf war, ging sie mit gesenkten Lidern umher, konnte aber genau sagen, wie jeder von ihnen gekleidet war. Mit Diego wollte sie sich nie an einen Tisch setzen, und einmal spuckte sie ihm sogar in die Suppe.

Artemisia antwortet nicht, sie ist unermeßlich weit, sternenweit entfernt. Zuletzt erkenne ich in meinem Abscheu vor ihrem Leben in Neapel, das ihr doch zur Berühmtheit verhalf, ihren schweigend wirkenden Einfluß. Ich habe sie dazu verleitet, sich zu den Gesten einer alleinstehenden, unvollkommenen Mutter zu bekennen, einer Malerin zweifelhafter Qualität, einer stolzen, aber schwachen Frau, einer Frau, die ein Mann sein möchte, um sich selbst zu entfliehen. Und ich habe sie von Frau zu Frau behandelt – ohne Taktgefühl, ohne männlichen Respekt. Eine um dreihundert Jahre reichere Erfahrung hat mich nicht gelehrt, eine Gefährtin von ihren menschlichen Irrtümern zu lösen und eine ideale Freiheit für sie zu entwerfen, eine Freiheit, die sie in den Stunden der Arbeit – und es waren deren viele – beschwingte und beflügelte. Und jetzt kann ich, um sie zum Sprechen zu bewegen, nichts anderes tun, als sie mit der Erinnerung an eine unglückliche Mutterschaft, dem üblichen Gesprächsthema der Frauen, herauszufordern.

»Ihr, die ihr so viel wißt und forscht und lehrt über die Mütter und die Kinder, die ihr untersucht und postuliert, wie sie sich lieben sollen und wie man die Kinder aufzieht, damit sie gesund und liebevoll und dankbar und glücklich werden ...« So lautet vielleicht Artemisias Antwort, ein plötzlicher, nicht von mir hervorgerufener Reflex, der sich mir in Worte übersetzt – Worte von einer nicht schrillen, aber außerordentlich bestimmten, kalten Ironie: und dennoch mitleidsvoll. Der Klang ferner Weisheit. Ich ergehe mich nicht mehr in Mutmaßungen über die Hilfe eines freundlich gesonnenen Fluidums, sondern nehme diesen Wink zur Kenntnis und deute ihn mit der pathetischen Betrübnis dessen, der sich für geschlagen erklärt. Ich begreife, daß man ein Geschehnis, das vor dreihundert Jahren aufleuchtete, nicht ins Leben zurückrufen und ergründen kann: erst recht nicht ein Gefühl oder das, was damals Traurigkeit oder Fröhlichkeit war, plötzliche Reue und Qual, ein Pakt zwischen Gut und Böse. Ich besinne mich eines Besseren, und nach einem Jahr – da die Ruinen nun einmal Ruinen sind und auch nicht den Anschein erwecken, mehr oder weniger hergeben zu können als die vielen anderen alten Relikte – beschränke ich mich auf mein kurzes Gedächtnis, um die Anmaßung zu verurteilen, mit einer Frau, die seit drei Jahrhunderten tot ist, die Schrecknisse meiner eigenen Zeit teilen zu wollen. Es regnet auf die Ruinen, die ich beweint habe und um die herum gedämpftes Entsetzen geherrscht hat, das mit dem ersten Spatenstich für immer verschwunden ist. Die beiden Gräber Artemisias, das echte und das fiktive, sind jetzt, eins wie das andere, geatmeter Staub. Wieder haben wir erfahren, daß wir arm sind, und den Armen ziemt Beharrlichkeit. Deshalb wird Artemisias Geschichte nun ohne Begeisterung und in heimlicher Buße fortgesetzt.

»Euer Hochwohlgeboren mögen versichert sein, daß ich mich dem Battistino zuwenden werde, sobald das Porträt der Signora Duchessa vollendet ist. Den Entwurf dafür habe ich bereits fertig, mit wunderschönen Landschaftsdetails ...« So diktiert es heute, am sechsundzwanzigsten Juli sechzehnhundertachtunddreißig, Signora Artemisia – wem, das tut hier nichts zur Sache. Der Brief geht nach Rom, an einen ihrer alten Freunde und Gönner, die sie nicht vergessen, vielleicht auch deshalb, weil sie es nicht zuläßt. Aber Rom – was ist Rom heute? Es sei, so heißt es, von den Brunnen bis zu den Palästen, von den Werkstätten bis zu den Kirchen, völlig verändert – und sie hatte nie Gelegenheit gehabt, es wiederzusehen. Vor allem sind die bedeutendsten Maler heute andere, und zwischen den einheimischen und denen, die von jenseits der Alpen kommen, klafft ein Abgrund. Während sie diktiert, hebt Artemisia ihr volles, störrisches Kinn, als könnten die aus Rom sie sehen und respektieren: eine noch schöne Frau, trotz des feuchten Fahlgelbs ihrer Schläfen und der Falte am Mundwinkel, Folge steter Enttäuschung. Um die Wahrheit zu sagen: Die Herzoginnen, deren Bildnis sie gemalt hat, sind nicht viele an der Zahl: Der vizekönigliche Hof verhält sich ihr gegenüber gleichgültig, wenn auch nicht gerade feindselig. Doch dieses Mal lügt Artemisia nicht, und sie verwechselt auch nicht Hoffnung mit Wirklichkeit. Den Auftrag gibt es, die Dame gibt es, und sie trägt einen Namen, der durch den Grundbesitz in Kastilien bekannt ist; sie hat einen Palazzo in Neapel, einen Palazzo in Palermo – ein Name, der auch in Rom Eindruck machen kann, wo sich zeigen und bestätigen wird, daß die Gentileschi die Malerei nicht als Vorwand benutzt und nur im Dienste ihrer Kavaliere steht – was für eine Lüge! Im vorgerückten Alter, wie auch ihre Freunde im Scherz sagen, und das heißt jenseits der Vierzig, sind Hoffart und Stolz mit einem Hauch von Unverschämtheit noch immer die Waffen, die ihr zur Verfügung stehen, wenn sie sich verteidigen und ihren Ruf wahren will. Andere kennt sie nicht, obschon sie jeden Tag feststellt, wie sehr diese Gesicht und Gehirn ermüden.

Doch es gibt noch helle Tage, an denen es ihr gelingt, zufrieden zu wirken und es – zumindest halbwegs – auch zu sein; dann gluckst ein unbeschwertes Lachen in ihrem entblößten Hals, und ihre Augen werden vor lauter guter Laune so schmal, daß man es nicht sieht, wenn die Iris nicht mehr lacht. Diese Duchessa ist keine Freundin wie die Florentiner Damen: Der Signor Duca duldet keinen Maler in Gegenwart seiner Gemahlin, und da er ihr ein Porträt nicht länger verweigern möchte, konzediert er ihr eines schönen Tages ein *»Vamos!«* Den Ersten aus seiner Dienerschar schickte er nach »dieser Artemisia«, und er verließ verdrossen und finsteren Blicks den Raum, wobei er den Calatrava-Orden, den er auf der Brust trug, beschwörend streichelte: daß diese Künstlerin nur keine boshafte, sittenlose *dueña* sein möge!

Donna Virginia thront auf ihrem großen, majestätischen und unbequemen Sessel in schläfriger Strenge, hinter der sich Wut verbirgt, denn sie wollte einen richtigen Maler, einen spanischen Maler, den berühmten Ribera zum Beispiel. Was wird die hier wohl zusammenklecksen? »Wenn Euer Hochwohlgeboren sich nach links drehen möchten«, improvisiert die Malerin in einem Gemisch aus Italienisch und Spanisch, nachdem sie angestrengt über ein Kompliment à l'espagnole nachgedacht und schließlich darauf verzichtet hatte, weil ihr die Arbeit vorging. Donna Virginia wandte sich zur Seite, stocksteif, und erwiderte nichts. Sie war blutjung, kaum älter als fünfzehn, und ihre hochnäsige Sturheit, die Gemeinheit verriet, schien sich sogar in der Art auszudrücken, wie sich ihre drahtigen pechschwarzen Haare über der niederen, mit Pusteln übersäten Stirn von der Wurzel bis zur krausen Spitze zu Kommas aufdrehten. Über eine halbe Stunde blieb sie zwar stumm, hielt aber nicht still. Sie blickte auf ihre kleinen, bläulichen Hände, die die Form von Vogelklauen hatten, biß sich einen Niednagel ab, unter dem Blut hervorquoll, das sie aufsog. Sie hörte nicht auf, in ihrer Tasche zu kramen, und fuchtelte mit ihrem Fächer herum, mit ihrem Pillendöschen und ihrem elfenbeinernen Rosenkranz, der aus aneinandergereihten, glänzenden kleinen Totenschädeln bestand. Sie fing sogar an zu beten und murmelte eifrig zwischen ihren schneidend dünnen Lippen und grimassierte so heftig mit den Augen, daß es aussah, als schiele sie. Und schließlich hängte sie sich an den Klingelzug mit der veilchenfarbenen Schleife und begann – immer starr und kerzengerade, mit steifem Hals – ein Hin und Her von Wünschen und Zaudern, von Befehlen und Widerrufen mit ihrem Pagen, mit der Mohrenzwergin, mit Donna Manuela, der *dueña:* in einem raschen, aber mit seinen abgehackten Zischlauten affektierten Spanisch: Und manchmal bäumte sie sich auf, vom falschen Akzent eines unterjochten italienischen Wortes – »Sartora«, »Sorbetto«, »Passeggiata« – wie von Kopfnüssen getroffen. Und als genügend gescharrt, geschrien, verneigt und geredet zu sein schien und jeder entschwand, um ihre Befehle auszuführen oder rückgängig zu machen, vollzog die Herzogin auf ihrem Sessel eine halbe Drehung und starrte die Malerin an, die sich mit all ihren ordentlich hergerichteten Gerätschaften, mit der vorbereiteten Leinwand und dem Kohlestift zu arbeiten bemühte, so gut sie konnte. Es war der Blick eines schädlichen, gefräßigen, unglücklichen Tierchens, der Artemisia mit ihrer reifen Erfahrung so unerwartet traf, daß der Kohlestift, der gerade den spitzen Jochbogen schattierte, innehielt. »Dieses Kleid gefällt mir nicht«, sagte Donna Virginia leise und fast angestrengt, in einem Gemisch aus Spanisch und Italienisch. »Kann ich morgen ein anderes anziehen?«

Während der ersten halben Stunde hatte sie genausoviel geschwiegen, wie sie in der zweiten redete, nicht mit der Munterkeit ihrer Jahre und auch nicht mit natürlichen Gebärden, sondern in einer Art zwanghafter Beharrlichkeit, mit einer abgehoben monotonen Stimme, der Stimme eines unruhigen Vogels. Auf dem herben, finsteren, speckig glänzenden Gesicht veränderte und verwischte irgend etwas gleichbleibend Abstoßendes ständig die Zeichnung ihrer Züge, den Blick, das jugendliche Weiß des Auges, die Maske ihres glatten Mundes. Fast schon brutal war nach so großer Zurückhaltung die plötzliche Vertraulichkeit, und brutal war der angestaute Strom ihrer Mitteilungen, mehr aufgezwungen als anvertraut, so daß auch hier ihre Absicht, zu beherrschen und zu erniedrigen, durchschimmerte. Vertraulichkeiten, die nach Prahlerei und Erfindung klangen, ausgedacht, um andere oder sich selbst erschauern zu lassen, tragische Sehnsüchte nach Größe und Grausen. »Der Herzog ist eifersüchtig wie ein Mohr, er spioniert mir auf Schritt und Tritt nach, schon fünf Liebhaber hat er mir umgebracht. Den Grafen von Ipenarrieta hat er wegen einer Serenade in Stücke hauen lassen. Man muß gesehen haben, wie viele Kavaliere mir in Madrid folgten, wenn ich zur Messe ging – ein Strom! Nicht einmal am Fenster konnte ich mich zeigen ...« Nach dieser ersten Musterung macht die schwarze Iris, die im Eifer des Erzählens unter dem Lid verborgen und wie verdreht blieb, niemals auf der Frau halt, die stehend den Kohlestift gegen den Pinsel tauscht, die Palette bestückt, einen Schritt rückwärts macht und sich der Leinwand nähert. Die kleine Dame interessiert sich nicht einmal für die Handhabung der für sie neuen Werkzeuge oder dafür, die Ähnlichkeit, den Liebreiz ihrer eigenen Gesichtszüge zu prüfen, die zum ersten Male gemalt werden. Man könnte meinen, sie sei nicht empfänglich für die Furcht, nicht nach ihrem Geschmack herauszukommen und anders zu erscheinen als das Bild, das sie sich von sich selber macht. Artemisia hat in ihrem Bestreben, nur Hand und Augen zu sein, eine Intuition entwickelt, der das Geheimnis dieser Gleichgültigkeit nicht entgeht: der Gleichgültigkeit eines Menschen, der sich lieber stolz zu einer Huldigung hergibt, als dem eigenen Wunsche nachzugeben, und der sich nie dazu herablassen würde, diese Huldigung abzuwägen. Tatsächlich ist die

Schmeichelei des Pinsels Vergeudung, überflüssig der Verzicht auf die Wirklichkeit dieses plumpen Kinns, der zu dick angeschwollenen, fast schon herabhängenden Unterlippe. Auf verlorenem Posten stehend vervielfacht Artemisia die höfischen Beschönigungen, denn selbst wenn sie den zwischen Nase und Mund üppig sprießenden Flaum der Spanierin darstellte, würde es diese nicht schmerzen. Die Herzogin ist an den Schläfen traurig und lieblos frisiert: Die zurückgezerrten Haare legen eine blasse und, wie es scheint, ein wenig krätzige Haut frei, welche die Malerin unter mehreren Lasurschichten versteckt. Und das ist schade, denn den richtigen Farbton hat sie für jenen natürlichen Zug schon gefunden und auf der Palette gemischt: eines Meisters würdig. Aber es ist einerlei; das ist die Pflicht derer, die den Großen dienen wollen: So tröstet sich die Gentileschi.

Am zweiten Tag schickte Donna Virginia ihr Lieblingskleid, bortenüberladen, das wie leblos über dem Sessel hing. Sie übersandte auch einen spanischen Schleier für den Kopf, eine goldene Rose, ein Paar Manschetten aus Gaze, eine Halskette und eine grüne Feder. Die grüne Feder kam als letztes, und jeder der Gegenstände wurde von einem anderen Boten abgegeben: von Manuela, von Pepito, dem Pagen, von Tommaso, dem neapolitanischen Diener, und sogar von einem schmutzigen Stallburschen, der sich, zerlumpt, wie er war, inmitten all der Pracht recht merkwürdig ausnahm. Donna Virginia kam nicht, aber ihre scharfe, kindliche Stimme drang durch zwei Wände hindurch. Sie solle malen, die Malerin, was es zu malen gebe, und wenn sie wolle, könne sie auch mehr haben. Das schlimmste war, daß die Boten kamen, aber nicht mehr weggingen; vielmehr gesellten sich noch der Speisemeister, der Koch, die *camerera mayor* oder Erste Hofdame und zu guter Letzt sogar die Wäscherin hinzu: Und alle redeten ohne Hemmungen, vor allem die Spanier, um ihr zu verstehen zu geben, daß man nach Madrid und nach Sevilla und auch nach Burgos gehen müsse, wenn man gleich Hunderte von außergewöhnlichen Malern erleben wolle: Aber Frauen, die malten! Nein, das seien *cosas de*

Italia. Die Neapolitaner rächten sich, indem sie verstohlen und augenzwinkernd kicherten; dennoch belästigten sie gemeinsam mit den Spaniern eine Frau, die vorgab, wie ein Mann zu malen. Wutentbrannt malte Artemisia mit halbgeschlossenen Augen, sich taub stellend und bemüht, sich immer wieder zu sagen, daß es unbequem, aber ehrenvoll sei, Damen von Rang zu dienen. Das Blut stieg ihr in die Wangen wie damals, als sie ein junges Mädchen »mit kränklichem Teint« war, und sie arbeitete zu emsig: Eine blonde Strähne – blasses Gold, in das einige weiße Fäden eingeflochten waren – war ihr über die Wange gerutscht, und der Capitano Don Pedro, der als letzter eingetreten war, um herumzuschnüffeln, weil *Su Excelencia* auf dem Lande weilte, sagte laut, an einem seiner Zähne saugend: *»Hermosa pintora«;* dann machte er kehrt und ging.

Am dritten Tag jedoch erschien Donna Virginia wieder, und Artemisia traf sie so aufrecht sitzend an, als hätte sie sich nie von der Stelle bewegt. Sie trug das Bortenkleid und hatte die grüne Feder – etwas schief – auf dem Kopf: Und auf ihrem Gesicht las man einen neuen Ausdruck, den einer fast schon matten Fügsamkeit. Keine Diener waren zugegen oder wurden gerufen: Zum Tändeln genügten ihren Klauenhänden die Armlehnen des Sessels, auf denen ihre Arme ruhten: kalt trotz der Jahreszeit, hätte man schwören können. Doch die Einsamkeit des Saales, vollgestopft mit Wandteppichen und Vorhängen, aber überwältigend karg möbliert, war weder ruhig noch still. Durch die offenstehenden Türen und durch zwei riesige leere Säle drang das Echo lärmender Tätigkeiten herein, von jeder Pflicht entbunden, Anstand zu wahren, und fast schon wieder geordnet: dumpfe Schläge, Klappern, schnelle Schritte, ungebührliches Geschrei, das Rumpeln beiseite gerückter Möbel und sogar Gelächter, ja selbst Gesang des Gesindes. Irgend etwas wird vorbereitet – ein Fest, ein Bankett, eine Abreise? In den Vorzimmern muß es von Lakaien geradezu wimmeln; davon zeugen ein fernes Getöse und hin und wieder Geruchsschwaden von schmutzigem Lederzeug. Beschränkt auf die hellste Ecke des Saales, neben dem übertrieben hohen Fenster, sind die Malerin und die Edelfrau wie zurückgelassene Gegenstände, und so groß scheint die Niedergeschlagenheit der letzteren, daß Artemisia sich aufgrund ihres Alters zur Beschützerin berufen fühlt und ihr Ziel aus den Augen verliert: Und das ist nicht mehr das Bildnis der Herzogin, sondern das, in drei Sitzungen fertig zu werden. Sie, die Herzogin, scheint die Fassung zurückgewinnen, ja in ihrer knabenhaften Steifheit zu erstarren, und die Arbeit schreitet voran. Auf der Leinwand ist das übliche blasse, schwellende Fleisch aufgeblüht, das die Gentileschi ihren Frauen schenkt – Modellen von Berufs wegen oder ehrenhalber. Hinzu kommt dieses Mal eine unnachgiebige Finsterkeit des Blicks, die sich nicht abmildern läßt und über die der Pinsel mit unnützer Beharrlichkeit hin- und herstreicht. Endlich ist das Porträt fertig, und irgend etwas muß gesagt werden. »Wollen Euer Hochwohlgeboren, Signora Duchessa, die Güte haben nachzusehen, ob das Bild Euch zusagt?« Artemisia geht einen Schritt zurück und tritt zur Seite, um Platz zu machen; Donna Virginia erhebt sich tatsächlich, aber nur, um entgeistert und kerzengerade vor ihrem großen Sessel stehenzubleiben – sie ist von kleiner Statur, weil sie noch gar nicht ausgewachsen ist. Sie gähnt. Reibt sich die Hände. Und weint plötzlich los, weint heftig und läßt die Arme herabhängen, ohne sich die Tränen zu trocknen, die zögerlich über die braune Haut rinnen. *»Quiero mi madre, quiero volver a España!«* Ihre unschönen Züge, kaum gelindert durch die zarte Jugend ihrer Jahre, finden in der Grimasse des Weinens eine Rechtfertigung, fast eine Schönheit. *»Mi madre, mi madre«*, stammelt sie in die letzten Schluchzer hinein; dann reibt sie sich kräftig die Augen, schneuzt sich in zwei Takten mit einer von der Amme erlernten Kadenz und bleibt wie ein kleines Mädchen entsetzt vor dem Bild stehen, für das sie keinen Blick hat. »Beruhigt Euch, Signora Duchessa«, versucht Artemisia sich verständlich zu machen; doch schon wird sie von einer matten Traurigkeit überwältigt und von einer verschwommenen Lust, dieses unschöne, unähnliche Bildnis zu überpinseln, auf das niemand Wert legt: weder die, die es gemalt hat, noch die, die es gewollt hat und sich jetzt nicht mehr daran erinnert – zwei arme Frauen. Vielleicht wäre der Instinkt, sich gegenseitig zu trösten und sich trösten zu lassen, stark genug, um Donna Virginia zu bewegen, den Kopf einen Augenblick lang vorzustrecken und die Malerin zu veranlassen, ihre Arme zu heben. Doch da kündigte sich nebenan ein so gebieterischer Rhythmus von Schritten an, daß sofort klar war, um wen es sich handelte und daß keine Verzögerungen geduldet würden – der Hausherr, dem es gestattet ist, alles zu erkunden und alles zu mißbilligen. Ohne einen Hauch oder einen Seufzer läßt sich die Dame auf den Sessel sinken und setzt sich wieder in Positur, wobei ihr zwischen Halskrause und Kinn ein unmerkliches Zittern bleibt, das die Spitzen beben läßt. Als unfreiwillige Komplizin tritt Artemisia wieder an ihr Bild heran und nimmt Palette und Pinsel zur Hand. Überflüssige Vorsichtsmaßnahmen, denn die Gestalt des Herzogs mit dem Schnurrbart, den hohen Stiefeln, der Calatrava-Kette und dem Olivares-Mantel eilt von Tür zu Tür, aber ohne Augen, ohne Seele für die beiden Untertaninnen, die still in ihrer Ecke verharren. Nach einer Minute erschallt seine Stimme aus der Ferne und gewinnt mit fast jedem zornigen Aufbäumen an Kraft. Langsam und mit einem langgezogenen Seufzer der Erleichterung begann die Malerin, die Palette wieder zu säubern und die Pinsel wegzupacken.

Als sie sich am unteren Ende der Prunktreppe im großen Hof befand, mußte sie mit ihren stolzen Augen angestrengt Ausschau halten nach der Kutsche oder zumindest der Sänfte, mit der sie, der von ihr durchgesetzten Vereinbarung gemäß, nach Hause gebracht und auch von dort abgeholt werden sollte – in allen Ehren, wie es sich für eine Künstlerin von so hohem Rang gebührte. Ihr Blick drang nur mühsam zwischen Soldaten, Pferden, Kutschern, Herren und Bettlern hindurch, und als er zurückkehrte, erkannte sie nur Pasqualino, ihren heruntergekommenen, dreisten Diener, der sich diebisch über die Gelegenheit freute, sich unter diese Menge mischen zu können. Schon nähert er sich ihr vertraulich und fast augenzwinkernd: Er ist nicht mehr der Bursche, der er vor vielen Jahren einmal war; er ist ungut gealtert, hager und finster, schon weißhaarig, in den zerlumpten Kleidern eines Lastenträgers vom Markt – ein Geschäft, das auszuüben ihm seine Herrin aus Sparsamkeitsgründen gestattet hatte, obwohl sie wußte, daß es ihm nicht viel einbringen würde. Schon hat er sich die Staffelei, das Kästchen und das Handwerkszeug der Malerin aufgeladen – keineswegs erstaunt, daß sie heute weder über eine Kutsche noch über eine Sänfte verfügt. Ein paar Blicke – nicht allzu neugierig, nicht allzu aufdringlich – folgen der Frau, die zwar vornehm gekleidet, aber ohne Begleiter ist, nur einen Diener ohne Livree neben sich hat, und schon wenden sie sich wieder von ihr ab. So also läßt man die, die sich für die bedeutendste Malerin Italiens hält, auf die offene Straße treten.

Es war schön gewesen, in einer gemieteten Kutsche allein durch Rom zu fahren und Gefahren und falsche Gerüchte herauszufordern. Es war abenteuerlich gewesen, sich als Page zu verkleiden und mit weit ausgereifenden Schritten zu gehen. Aber es macht weder Freude, noch birgt es Gefahren, sich heute einen Weg durch diese toledanische, zerlumpte und zugleich pompöse Menge zu bahnen, die nur auf die reichen Equipagen, die Leichenzüge, die Possen der Aussätzigen und die Körbe mit den Kringeln und dem Mandelgebäck achtet. Frauen werden heutzutage wenig beachtet, sagt sich Artemisia, die an die wortreichen Unannehmlichkeiten des Schönseins gewöhnt ist, aber sie denkt nicht weiter darüber nach. Die Straße ist lang, die Übung fehlt; Pasqualino folgt ihr bald respektvoll, ordnungsgemäß ein paar Schritte Abstand haltend, bald holt er, von einem verlockenden Schauspiel abgelenkt, seine Herrin ein und redet vertraulich, von gleich zu gleich, auf sie ein. »Was für eine Hitze! Habt Ihr das Gesicht dieses Mohren gesehen? Es gibt keinen Fisch mehr auf dem Markt; Bratfische kosten ein Vermögen.« Und Artemisia antwortet ungezwungen, des Standes beraubt, dem anzugehören sie sich immer eingebildet hatte und an den sie sich jetzt nicht einmal mehr erinnert. Sie sind Zufallsgefährten auf einer Straße, auf der sich das Volk drängt, das die beiden nicht beachtet: Aus der Gestalt der Frau, die sich nach und nach unbewußt erniedrigt und sich zu sehr nach vorn beugt, entweicht die leichte Kraft, der federnde Schwung, der bezeugt, wie eine junge Frau sich beim Gehen – auch ohne Spiegel – kontrolliert und genießt. Zudem finden sich ihre kleinen, ans Haus gewöhnten Füße zwischen den Steinen, den Schlaglöchern und dem Staub nur mühsam zurecht und bleiben, je weiter sie gehen, immer häufiger im Kleid der Unbeweglichkeit, im schattigen Schutz des Rockes hängen.

Bald vernebelt und entrückt die körperliche Müdigkeit die Farben der Menge, der Marktschreier und Händler und der Kutschen, die in der Sonne dahinjagen: Bis der glühend-rasante Durchzug des Vizekönigs, hoch zu Roß inmitten seiner Herren, ihre Aufmerksamkeit ablenkt. Doch nicht so sehr, daß ihr nicht plötzlich bewußt geworden wäre, wie verschieden sie ist von dem, was sie sonst zu sein pflegt. Neuen Mut fassend, rüttelt sie sich nun auf und stellt sich ernsthaft vor, daß sie heute abend oder morgen mit ihren Freunden über diesen kuriosen Spaziergang lachen und Massimo und dem jungen Spadaro erklären werde, wie angenehm es doch eigentlich sei, zu Fuß durch Neapel zu streifen – eine solche Menschenmenge, und keiner sieht dich! Während sie noch überlegt und einen treffenden, geistreichen Satz formuliert, rafft sich ihr Geist auf, doch nur, um eine offenkundige Tatsache zu erkennen, eine Wahrheit, die so natürlich ist, daß sie ihren Körper wie ein Schlag trifft, so real, daß sie glaubt, mit den Fingern über den blauen Fleck streichen zu müssen, den er hinterläßt: Einer Frau von vierzig schenkt keiner Beachtung, wenn er nicht weiß, wer sie ist. Zwiefache Kränkung. So groß war die Überraschung – doch wer weiß, wie lange sie sie schon im Herzen getragen hatte? –, daß Artemisia, ein wenig nach Luft ringend, stehenblieb und die Augen verdrehte. Sie sah die Rücken zweier Bettelmönche, die schwarzen Zöpfe eines Bauernmädchens auf einem kleinen, zweirädrigen Karren, und diese zufälligen Ansichten bewegten sie zu dem Versuch, etwas wie die Korrektur eines Versäumnisses vorzunehmen oder eines Fehlers, in den sie beinahe verfallen wäre. Von Gegenstand zu Gegenstand tastete sich ihr Blick nach oben und in die Ferne, zum hitzebleichen Himmel, zur geraden Linie der kahlen Küste, aber kein Leugnen half gegen diese irdische Realität einer Gesetzmäßigkeit, einer Grausamkeit, die so genau erfaßbar war, daß man sie leicht auf ihren Ursprung zurückführen konnte, auf einen genauen Zeitpunkt. Und sie erinnerte sich, daß sie im vergangenen Jahr, Anfang Mai, beim Einzug der Königin von Ungarn geglaubt hatte, das neue kastanienfarbene Kleid zieme sich nicht für sie.

Während der letzten zweihundert Schritte überlegte sie: Würde die Herzogin ihr die vereinbarten zweihundert Scudi sofort zahlen, oder würde sie sie warten lassen? Würde sie einen Fächer dazulegen, eine Schatulle, einen goldenen Anhänger –, so, wie es die Großen zum Zeichen ihrer Zufriedenheit zu tun pflegen? Porziella hat keine Aussteuer. Man muß Geld auftreiben. Sofort dem Marchese Del Vasto schreiben lassen, daß die Modelle für seine Diana untragbare Kosten verursacht haben. Heute abend wird bestimmt niemand kommen; es ist heiß, und Massimo ist mit seiner Frau in Portici.

Das waren die ersten Gedanken, die ersten instinktiven Verteidigungsreden einer alten, resignierten Frau. »Es ist nicht nötig, daß Ihr hinaufgeht, Pasquale. Ich schicke Nunziatina hinunter. Und grüßt mir Concetta.« Sie sah den verschwitzten Mann an, den sie seit so vielen Jahren kannte und an dem sie weder viel zu loben noch viel auszusetzen hatte: Sie blickte ihn an, bleich, mit genesenden Augen und einem tapferen Lächeln. Sie fühlte sich schwach, müde und allein und hätte sich gewünscht, daß irgend jemand, vielleicht Pasquale, es bemerkt und mit ihr gelitten hätte. »Gesegnete Nachtruhe!« sagte der Mann, lud seine Last ohne Umstände und – so schien ihr – auf noch rüdere Art ab, als er es sonst zu tun pflegte: so, als habe Artemisia infolge ihres vorgerückten und plötzlich so manifesten Alters notwendigerweise auch ihre Macht eingebüßt. Und die Gentileschi, die sich als kleine Frau aus dem Volk fühlte, wiederholte: »Gesegnete Nachtruhe!« Sie begann die Treppe emporzusteigen, und mit dem reizvollen Gedanken an ein gebotenes Weinen spielend dachte sie, daß sie noch ein paar Stunden durchhalten müsse, es sich dann aber gönnen dürfe, auf dem Kopfkissen, im Dunkel. Schon suchte sie nach einem Vorwand, einem konkreten Vorwand – denn man weint nicht einfach nur, weil man älter wird – in der Reihe ihrer eingestehbaren Mißgeschicke: die undankbare und wenig liebevolle Tochter, der ferne Vater, der nichts von sich hören läßt, der verschwundene Ehemann. Ja, der verschwundene Ehemann! Wer weiß, warum diese alte Wunde ihr heute abend die brennendste, die blutigste zu sein scheint. Und noch weiß sie nicht, was sie oben erwartet.

Denn in der Küche – im Wohnzimmer hatte er es sich nicht bequem machen wollen – saß vor einem kleinen, stark tropfenden, qualmenden Lämpchen mäuschenstill und regungslos Francesco, der soeben ohne vorherige Anmeldung aus Rom eingetroffen war. Seine Nichte hatte ihn nach ein paar höflichkalten Worten dort zurückgelassen und sich in ein anderes Zimmer zurückgezogen, wie sie es zu tun pflegte, seit sie gegen ihren Willen das Kloster verlassen hatte. Im Dunkel machte sich nach ein paar törichten und indiskreten Fragen die Magd Nunziata, Terenzias duckmäuserische und klatschsüchtige Nachfolgerin, am Herd zu schaffen. Hinter der Lampe hob er die vorstehenden, aufmerksamen Augen zur Schwester, die in die Küche trat. Während des Wartens hatte er in einem frommen Büchlein gelesen, das er aber sofort beiseite legte, zusammen mit der Brille, die mit schwarzem Zwirn geflickt war, denn er wollte nicht als Frömmler gelten, als einer, der nicht ohne die Exerzitien seiner Bruderschaft in der Strada Giulia leben konnte. Er hatte inzwischen das erdige Gesicht eines braven, geduldigen Arbeiters ohne Ehrgeiz; seine Hände, unsicher und vorsichtig, waren von der Sprödigkeit trockener Kreide. »Du verzeihst mir doch, daß ich dir nicht Bescheid gegeben habe, Misia?« sagte er und erhob sich ein wenig stockend, fast wie ein Lahmer. »Es hat sich so ergeben. Ich muß Fanzago besuchen, und ich hatte keine Zeit zu schreiben.«

Beim Anblick des Bruders, der immer alle undankbaren und niederen Angelegenheiten der Familie und jetzt die ganze Rechnung der vergangenen Jahre auf sich genommen hatte, erwacht in Maestra Artemisia die Jugend zu neuem Leben, und sie vergißt ihre Niederlagen. Die Umarmung geschieht schweigend und zurückhaltend, die Freude ist still: Um nichts in der Welt würde die Gentileschi unter Francescos Blick die gewohnte Zurückhaltung der älteren und bewunderten Schwester aufgeben. Das, worum sie eine Minute noch zuvor Pasquale zu bitten versucht war, wird sie nicht von Francesco erbitten, der sie liebt und in dessen Augen ihr Leben nach wie vor Inszenierung, Vorbild, wunderbares Spektakel ist. Heute nacht wird sie nicht mehr weinen müssen, und ihre Einsamkeit wird durch diese freundschaftliche Gegenwart mehr als nur gelindert – sie wird gestärkt und durchpulst wie die der jungen Frau, die allein lebte, und das Leben war so schön und eine Herausforderung des Schicksals. Nicht mehr traurig, sondern gelöst und Herrin ihrer selbst, sogar ungeduldig und fröhlich, ruft sie Porziella herbei, treibt die Dienerin an, verlangt frische Kerzen, durchquert mit freiem Schritt das Dunkel der Zimmer, zerbricht ein Glas, lacht. Das Gesicht des Bruders und sein massiger, ein wenig mißgestalter Halsansatz – der eines Mannes, der sitzend Schwerstarbeit verrichtet – haben ihr Vertrauen in die Zukunft eingeflößt, den Glauben an das eigene Können – Dinge, an denen Francesco nie gezweifelt hat. Aufs neue verliebt sie sich in sich selbst: eine starke Frau, die wagen und gewinnen kann, eine Frau, an der alles Ausnahme ist. Sie geht durch das Haus, und ihre entschlossenen, flinken Gesten lassen die Flämmchen der brennenden Leuchter schwanken und sich ducken.

Während sie mit den sauberen Bettlaken und dem weißen Tischtuch hantiert, erzählt sie mit vibrierender Stimme von den neuesten Begebenheiten in Neapel, von ihren Aufträgen, ihren Hoffnungen und Auszeichnungen. Daß sie gerade heute dieses wichtige Bild für sehr vornehme, aber geizige Spanier beendet hat: Sie sparen sich – man stelle sich vor! – sogar den Begleiter für sie und die Kutsche, obwohl das Teil der Vereinbarung war: So etwas gehört doch in ein Pasquill! Ach, warum hatte sie das vor einer halben Stunde noch so schwergenommen? Ein bißchen linkisch und zaghaft, aber mit der freundlichen Vertraulichkeit vergangener Zeiten folgt ihr Francesco; er schickt sich an, ihr zur Hand zu gehen, fast so, als wolle er ihr, ohne es ausdrücklich zu sagen, beweisen, daß es ihm leid tue, von ihr bedient zu werden. Entzückt und zufrieden, aber keineswegs erstaunt über die guten Nachrichten, bestätigt und bekräftigt er mit ein paar heiteren und verständigen Worten die Wahrhaftigkeit eines Bildes ohne Schatten, eines kühnen und triumphierenden Lebens. Und wenn das Leben so einfach und so glücklich ist, warum sollte man dann nicht von Rom reden, der lieben Heimat, wo zweifellos der Ruhm auf Artemisia wartet und wohin sie zurückkehren kann, wann immer sie will? Welche Ränke schmiedet der Kardinal Padrone? Wie ist er mit den neuen Malern zufrieden? Ist der Poussin, unser Pussino, immer noch in Mode? Und wird der Bernino noch immer so begünstigt? Und das Theater? Und der Verkehr? Und die Freunde?

Wer weiß, warum Francesco ausgerechnet in diesem Augenblick (Artemisia bändigte gerade mit ihrem Kämmchen die jugendlich rebellische Strähne) den Blick senkte, die Schüssel auskratzte und nicht antwortete. Seine Schwester, die sich so plötzlich der Stütze und Wärme beraubt sah, deren ihre Fröhlichkeit bedurfte, spürte, daß andere Blicke sie über den Tisch hinweg fixierten. Und das waren die der jungen Porzia, die sehr verstimmt war, weil sie ihr Zimmer verlassen hatte, aber auch wachsam und nachdenklich in ihrem ostentativen Schweigen; und die der Dienerin, die aufrecht hinter dem Stuhl ihrer jungen Herrin stand, auf ihre direkte, gemeine Art zwischen Neugier, Mißtrauen und grobem Spott schwankend. Ein Gefühl der Scham, sich vergessen und über Gebühr begeistert zu haben, bemächtigte sich der Malerin. Sie fühlte, daß ihre Wangen brannten; es schien ihr, als seien die Jochbögen unter ihren tiefen Augenhöhlen rot und aufgequollen. Ein mitleiderregender Anblick für das mitleidlose Auge eines jungen Menschen. Und vielleicht wagte auch der wackere Francesco nicht, die Stirn zu heben, um dem Bild einer stillen Artemisia treu zu bleiben, die es als kleines Mädchen so gut verstanden hatte, ihre Müdigkeit, ihre Hoffnung, ihren Stolz und ihre Verzweiflung zu verbergen. Und das Blut der Frau stockte und erkaltete, ohne ihr Kühlung zu bringen: Ihre Wangen erbleichten und nahmen eine blutlose, ins Violett spielende gelbliche Farbe an, während die Lippen jenes Lächeln festhielten, das ihre winzigen Kräuselungen reizte. Allein hatte sie, kurz zuvor noch, in der weise erkannten Dämmerung des Tages und des Lebens, eingesehen, was wahr, was recht war – mit diesen Begriffen hatte sie sich von nun an zu begnügen. Entschlossen bewegte sich die Hand noch einmal zum Haar, aber nur, um die weiche, schmeichlerische Welle zu bändigen und glattzustreichen. Nicht ein Seufzer entschlüpfte der tapferen Stimme, die sich bemühte, das Gespräch fortzusetzen und die allezu lebendige, erregte Erinnerung an Rom, seine Orte, seine Menschen, zu löschen: Und sie versuchte, unvoreingenommen und bescheiden zu sein, und gab sich Mühe, allen ihre Klugheit zu beweisen, insbesondere ihrer Tochter, die sie noch einmal hatte bemitleiden können. Schließlich schwieg sie, und das Kinn blieb ihr am Halse haften, wie zu jener Zeit, als zwischen Santa Croce und San Spirito ein Mieter nach dem anderen anfing, sie zu verurteilen. Doch das konnte nur Francesco, der den Blick gehoben hatte, wissen und bemerken, mit Augen, erfüllt von Gedanken, allerdings von anderen, als seine Schwester vemutete.

Porziella stand auf, mit aufgerecktem, ja steifem Rücken, fester eingezwängt in ihr streng geschnittenes, makelloses Mieder als jedes andere Mädchen. Sie verneigte sich, verneigte sich leicht: »Gute Nacht, Herr Onkel, gute Nacht, Frau Mutter.« So haben die Nonnen es ihr beigebracht; sie hat eine hervorragende Erziehung genossen, und in der Art, wie sie sich verabschiedet, liegt eine schneidende Sicherheit, die den beiden, die mit ihren ewigen Gesprächen über Malerei und Ruhm zurückbleiben, zur Lektion gereicht. Wer hat Nunziatina die unterwürfige Beflissenheit gelehrt, mit der sie das Licht anzündet und die Flamme mit der Hand abschirmt, die Tür öffnet und der Begleiterin vorangeht? Gewiß nicht Artemisia, die stets zwischen übertriebener Vertraulichkeit und der feierlichen Distanz einer Göttin hin und her gerissen war. Lautlos schließt sich die Tür hinter den beiden Mädchen.

»Porziella muß verheiratet werden«, sagt die Mutter mit einem entrückten Lächeln, sich tapfer an das klammernd, was sie für einen Beweis von Demut und Verzicht hält. Und nun tut Francesco endlich den Mund auf und schließt ihn wieder und öffnet ihn noch einmal: Da beginnt Artemisias Herz übermäßig dumpf und angstvoll zu pochen.

»Wie gerufen«, sagt Francesco, »kommt dann also die Nachricht, die ich dir zu überbringen habe: Antonio ist zurückgekehrt ...«

Die hereingebrochene Nacht ist still wie auf dem Lande. Kein Aussätziger, der schreit, kein Kind, das wimmert, keine Kutsche, die poltert. Und nicht einmal das Meer hört man; das Meer ist ruhig. Kein Mond zeigt sich im Viereck des geöffneten Fensters. Die Lampe schnurrt, im aschebedeckten Kamin knistert schlecht gelöschte Glut. Antonio ist zurückgekehrt, zurückgekehrt aus fernen Ländern; manche sagen: aus China, andere: aus Westindien. Er ist ein reicher Kaufmann geworden und hat Quartier in einem Palazzo bezogen, mit wunderschöner Einrichtung, heißt es. Er lebt auf großem Fuße, kleidet sich etwas seltsam, aber mit Anstand, sogar prächtig. Er genießt überall Kredit und verfügt über wichtige Empfehlungsschreiben. Und er hat eine Frau bei sich, eine kleine Schokoladenbraune; es heißt, sie sei eine Prinzessin von dort. Er möchte sie heiraten, weil er bei Hofe mächtige Beschützer hat, und bei jener Hochzeit auf die schnelle damals in Santa Maria in Aquiro scheint es einen Formfehler gegeben zu haben. Er läßt ausrichten: Was vorbei sei, sei vorbei, und die Signora Artemisia kenne er als eine vernünftige Frau. Er wisse von der Tochter, er wolle keine Zweifel hegen, sondern betrachte sie als die seine. Zum Beweis biete er Porziella eine Mitgift an und ihrer Mutter ein Geschenk: Dafür solle Artemisia die Zustimmung zu seiner neuen Ehe geben, einen Eid leisten, Papiere unterschreiben. Sollten Reisen nach Rom notwendig sein, werde er selbstverständlich für die Kosten aufkommen.

»Meinst du nicht ...?« endet Francesco, seine übliche Scheu und auch eine Art Erregung überwindend, denn dieser seltsame Auftrag mißfällt ihm, müßte aber einer so kalten, so strengen und starken Frau wie seiner Schwester – als solche hat er sie immer eingeschätzt – gefallen. »Meinst du nicht, daß alles wie gerufen kommt? Porziella wird eine fürstliche Mitgift erhalten und kann sich die beste Partie aussuchen. Und du wirst dich wieder verheiraten und wichtigen Werken widmen können, ohne Sorge um den Hausstand ...«

Die Nacht ist auch kalt. Artemisia fühlt, wie ihr der eisige, feuchte Hauch über die Haut kriecht und sie mit einem Schwindelgefühl zu jenen finsteren Winterabenden zurückführt, an denen man wenigstens sagen kann: So eine Kälte! Daß kein Vorwand es erlaubt, das Schweigen mit einem Gemeinplatz zu brechen, erscheint ihr unerträglich. Sie hält den Kopf gesenkt und wagt nicht, ihn zu heben: Glatt und ordentlich liegt jetzt ihr feines, blondes Haar, und schmal ist der Scheitel, der es teilt. Sie legt die Hände auf den Tisch, als wolle sie sich abstützen, um sich zu erheben, oder als warte sie auf etwas – vielleicht darauf, daß Francesco ihr die angefangene Zeichnung zurückgibt oder ihr die Hose zum Flicken reicht. Einer alten Gewohnheit des Leidens entstammt ihre vorsichtige Reglosigkeit: obwohl ihr noch gar nicht bewußt ist, daß sie übermäßig leidet. Statt zu reden, denkt sie, seltsam syllabierend: Antonio, mein Mann. Antonio Stiattesi. Artemisia Stiattesi. Die Hochzeit auf die schnelle. Und sie weiß nicht, ob ihr, wenn sie den Mund öffnet, Worte entströmen oder ob ihr – o peinigendes Wunder! – nicht alle Zähne in den Schoß fallen werden, zumal sie plötzlich einen wilden Schmerz zu spüren beginnt. Jetzt heißt es warten und so tun, als denke man nach: Eine Frage von ein paar Minuten, ein solcher Schmerz kann nicht andauern. Doch der Schmerz wächst und dröhnt.

»Alles kommt wie gerufen« gelang ihr in einer Pause geblendeter Gedächtnislosigkeit zu sagen, die Worte des Bruders wiederholend – denn eigene hätte sie nicht finden können – und sogar seine Stimme nachahmend. Unter Aufbietung großer Kräfte hob sie die Augen und hielt sie weit offen: Nur so, das wußte sie, zügelt man unverhofftes Weinen. »Und ist es richtig ...«, fuhr sie fort, leer, und von sich selbst abgehoben, als hätte sie bereits ihre Seele ausgehaucht, doch mit dem gleichen Gefühl, als dränge sie sich im Dunkel durch eine enge Gasse. »Es ist richtig: So kann sie sich die beste Partie aussuchen.« Mit einer letzten, erstaunlichen Anstrengung begab sie sich der Krücke, die ihr aus Francescos Worten erwachsen war, und schwang sich zurück zu den Gedanken, die sie einen Augenblick zuvor noch gehegt hatte, als sie leichtfertig angesetzt hatte: »Porziella muß verheiratet werden.« Sie reihte die Sätze aneinander und schleppte sich dabei nur langsam voran wie jemand, der der Gefahr hinzufallen, ja sogar zusammenzubrechen, nicht erliegen will. Und sie lenkt sich ab, indem sie den Blick auf irgendeinen beliebigen Gegenstand richtet. »Man muß sie gut verheiraten, die Partie böte sich schon an, eine reiche Familie.« Nunmehr sicher, daß ihre Stimme durch die Kehle drang, die ihr versiegelt schien, machte sie sich das zunutze, festigte sie, und es gelang ihr, sie so einzusetzen, als sei sie ein Instrument, das man auch im Übermaß gebrauchen kann: Und in einer Aufwallung bitteren Triumphes mißbrauchte sie es. Sie wurde plötzlich von einer verzweifelten Zwanglosigkeit ergriffen, die sie von Kopf bis Fuß beherrschte. Sie sprach unter dem Zustrom klarer, messerscharfer Worte lange über die Familie Fragame, Silberhändler aus dem Chiaja-Viertel, Leute, die sich bereits von ihren Geschäften zurückgezogen hatten und im Begriff standen, sich einen Titel zu kaufen. Dukatenschwer und nur ein Sohn, ein wahrer Schatz. »Sie haben Geld und wollen Geld. Du weißt ja, wie das ist.« Aber was Porziella betrifft, die eine Marchesa zur Patin hat, so begnügen sie sich mit tausend Scudi und dem Hausrat. Sobald er verheiratet ist, wird der junge Mann zum Ritter von Santiago erhoben; Porziella wird wie eine Dame leben, ja als Herrin: Die Schwiegermutter ist schon alt und wird wohl bald sterben. Das Weißzeug ist fertig, was noch fehlt, sind die Kleider; das Gold wird nach und nach kommen. Es sind klerikale Leute: ein Onkel Bischof in Eboli, eine Cousine Oberin bei den Klarissen – dieselbe, die diese Verbindung vorgeschlagen hat.

Es dünkt Francesco unwahrscheinlich, daß ihm, nachdem er sich dieser schwierigen Aufgabe entledigt hat, die Gelegenheit geboten wird, mit Verstand Pläne zu schmieden, die den Seinen zum Vorteil gereichen sollen: denn nichts behagt ihm mehr, als nach Art eines Familienvaters vorzusorgen, sich mit dem tagtäglichen Leben der anderen verbunden und sich gebraucht zu fühlen. »Fünfhundert Scudi«, wiederholt er mehrmals, »habe ich auf der Seite.« Und er beginnt von neuem, seine Guthaben aufzuzählen; es gibt sie schon lange, und sie sind zahlreich: So viel Zeit läßt er sich, um das einzutreiben, was andere ihm schulden. In seinen peinlich genauen Nachrechnungen tauchen die Arbeiten des letzten Jahrzehnts wieder auf, eine jede versehen mit exakter Nennung von Name und Ort – Namen und Orte, die in den Ohren der Schwester jetzt unpassend, frivol, wie Hohn klingen. Hat es je die Ripagrande mit ihren großen Kähnen gegeben? Ist die Piazza del Popolo nicht ihres Staubes, ihrer Kutschen, der täglichen Reisenden überdrüssig? Warum ist Artemisias Müdigkeit plötzlich so mächtig, daß sie

sie, den Ellbogen auf den Tisch gestützt, die Hand über die Augen gelegt, tatsächlich in jenen Dingen widergespiegelt sieht, die Zeugen ihres schwierigen, flüchtigen, schon zu drei Vierteln aufgezehrten Lebens waren? Hinter dieser Hand rechnet auch sie nach; es sind armselige Rechnungen ohne Kredite, die keiner Präzision bedürften, wäre nur das Gedächtnis nicht so genau. Eintönige Gedankengänge. Und die Schlußfolgerung hämmert grausig: Nicht einmal Antonio!

»Der verschwundene Ehemann«, hatte sie gestern formuliert, als sie jene Schwermut des Älterwerdens entfesselt hatte, die ihr ungerechtfertigt, ja fast ehrenrührig erschienen war. Seit wann hatte sie nicht mehr darauf geachtet, ob sie an ihn dachte oder nicht? Und auf dem Grunde ihres Herzens sah sie wie auf dem grauen Sand, den die Welle heimlich bewegt und zeichnet, die Spuren des Gedankens, der so viele Jahre dort bewahrt und aufgeschrieben gewesen war. Er war ihr Mann, hatte ihr in der Kirche den Ring an den Finger gesteckt und hatte an ihrer Seite geschlafen. In dem Zimmer an der Ripagrande diente er ihr demütig, aber ihrer sicher: Er war ihr ergeben. Er streichelte ihr über das Haar, erforschte ihre Hand; nie hätte er das Licht gelöscht, um sie zu betrachten. Und dann war er vor ihr geflohen. Doch sie war sicher gewesen, daß diese Liebe, diese selbstvergessene Anbetung bis zum Tode währen und in seinem Blute pulsieren würde. Statt dessen: »Er hat eine Frau bei sich, eine kleine Schokoladenbraune.« Nichts also war wahr gewesen. Den treuen Antonio hatte es nie gegeben.

Angesichts dieser Haltung, die Gedankenversunkenheit, vielleicht sogar Schlaf vortäuscht, hat Francesco seine Rede unterbrochen, und er beharrt auch nicht darauf, den Faden wieder aufzunehmen. An dieser Frau, die ihm so lieb ist, hat er instinktiv schon immer die Zerbrechlichkeit, die Müdigkeit, die Härte und die Kraft gefürchtet und geachtet, die auf wunderliche Weise in ihr zusammenwirken und sie zu einem unverwechselbaren, seelenvollen Menschen machen. Sie muß also nicht erklären, warum sie so schweigsam geworden ist, warum sie die Augen bedeckt: Von klein auf ist er daran gewöhnt, sich zu versagen, auch nur den Weg ihrer Gedanken nachzuvollziehen. Minuten vergehen, Viertelstunden: Francesco zieht sein Büchlein hervor, seine Brille, und beginnt zu lesen, als herrsche Einvernehmen darüber, daß man geduldigt auf etwas warten müsse. Etwas: daß brunnentiefe Fundamente endlich nachgeben und der Staub des Zusammenbruchs sich setzt und erkennen läßt, was stehengeblieben ist. Herzlich wenig, fürwahr – ein paar Trümmer, einige Stümpfe, denen kein solides, harmonisches Gefüge aufgesetzt werden kann. Was für Francesco eine gesprächsfreie Pause ist, ist für Artemisia schwindelerregende Geschwindigkeit, und der Verstand genügt ihr nicht, um Ordnung zu schaffen, um nachzudenken – vom Verzweifeln ist nicht die Rede; dafür ist die Zeit noch nicht reif. Zwischen den Trümmern ist auch Porziellas Heirat versunken – fragiler Vorwand für Ablenkung, ephemere Bastion und Abwehr gegen den Schmerz – und ihr Herz, so bereit zu dulden, zu beharren, Partei zu ergreifen, so lebendig in den Phasen der Erholung, ist nichts weiter als ein von einem Felsblock zerschmettertes Glied. Doch im Todeskampf bewegt es sich mit monotoner, rhythmischer Eindringlichkeit, die sich mit fast wissenschaftlicher Neugierde beobachten läßt. Man könnte sagen, es sei im Begriff, sich zu erheben, sich zu regen und zu handeln. Doch jedes Mal fällt es zurück, und das Stöhnen des Körpers, zu dem es gehört, wird von niemandem vernommen.

Endlich nahm sie die Hand von den Augen und ließ den Blick in die Ferne schweifen. Sie kam von so weit her; es hatten sie so schreckliche Blitze und Schläge getroffen, daß ihr Blick traumverloren wirkte wie nach einem Schlaf, wenn man die Augen aufschlägt: Die Tränen waren hinter die gelähmten bläulichbleichen Lider zurückgeflossen und hatten keine sichtbaren Spuren hinterlassen. Und die Schwester lächelte den Bruder an, mitfühlend, als hätten beide lange gearbeitet oder aus traurigem, hoffnungslosem Anlaß lange Zeit gewacht. »Ich bin eingeschlafen«, erklärte sie, »es ist wirklich Zeit, zu Bett zu gehen.« Ruhig suchte sie in der Kaminecke nach zwei kleinen Kerzenleuchtern, näherte die Dochte mit bedächtiger, langsamer Anmut der Flamme der Kerzen, die auf dem Tisch brannten, und entzündete sie. Stehend reichte sie Francesco einen der Leuchter und sagte, ehe sie sich auf den Weg machte: »Ich habe viel zu tun und wenig Zeit. Ich habe dir nicht gesagt, daß der Vater mich eingeladen hat. Dieses Jahr, zu Weihnachten, werde ich in England sein.«

Als schreckliche Gebieter erweisen sich die Worte. Seit damals, als sie wünschte, sie hätte sie nicht ausgesprochen, war ein Jahr vergangen, und nun klatschten hinter ihrem Rücken die gekräuselten, schlüpfrigen Wellen der Dogana, die kaum grün aufschien zwischen den kleinen manövrierenden Booten, dem Tauwerk und den Segeln: Alles tanzte so dicht, daß der Horizont fast verdeckt war. Sie wünschte, sie hätte sie nicht ausgesprochen, aber das war so, als wolltest du nicht sterben, wenn der Tod dich ruft: Sie hatten sie beherrscht und Tag für Tag zu immer gewichtigeren Entscheidungen und Handlungen gezwungen. Sie hatte sich Fristen gesetzt und sie öffentlich bestätigt. Sie war nicht nach Rom gereist und hatte auch das Geld des Stiattesi nicht angenommen, aber sie hatte ihre Unterschrift unter lange Schriftrollen gesetzt, von denen sie nicht genau wußte, in welchem Maße sie Antonios Heiratsplänen entgegenkommen und nützen würden. Widerstrebend hatte sie einer Stimmung des Tatendrangs nachgegeben, die ihr die Fragen der Reisepläne, Transportmittel, Stationen, Vorbereitungen und des Gepäcks wie in einer Lektion aufgesagt hatte. Doch auch jetzt, da sie darauf wartet, in See zu stechen, und auf den holprigen Steinen jener Mole steht, die sie immer von ferne gesehen hatte, hat sie noch immer nicht akzeptiert und sich noch immer nicht erklärt, wie es geschehen konnte, daß Antonio, der blasse, ergebene junge Mann, der unerschütterliche Verliebte, von Artemisia abtrünnig wurde. In einem Jahr voller Arbeit, gesellschaftlichem Verkehr und endlosen Zerstreuungen ist es ihr nicht gelungen, das Bild auszuradieren, das sich ihr wie mit unsichtbarer Tinte gezeichnet dargeboten hatte – »er hat eine Frau bei sich, eine kleine Schokoladenbraune« – an jenem Abend, als sie zu Fuß aus dem Palazzo d'Avalos nach Hause kam: Und es ist ihr auch nicht gelungen, ihre geduldige Verzweiflung mit etwas anderem zu lindern als mit diesem Verbannungsurteil. So versessen war sie darauf, dieses Urteil zu fällen, daß sie nicht merkte, wie sehr sie auf eine Person oder ein Ereignis wartete, die sie auf irgendeine Weise daran hindern würden, es auch zu vollstrecken. Jetzt, da sie sich dessen bewußt wird, bleibt ihr nur noch eine Stunde Zeit, die soeben entdeckte Hoffnung zu hegen: und das heißt, sich der Erwartung eines Wunders hinzugeben. Wer könnte sie denn schon zurückhalten? Antonio, der Gedächtnislose und zum Fremden gewordene, der plötzlich einsieht, daß er ohne die schwierige Gefährtin mit dem flinken Bleistift nicht leben kann? Francesco, der sich zum ersten Male gekränkt fühlt durch die geliebte Schwester, die ihm nicht erlaubt hat, sie zu begleiten? Und je mehr er sie bat, desto weniger stimmte sie ihm zu; aber es war ein rührendes Spiel, ein weibliches Spiel, nicht ernst zu nehmen, und Francesco hat es nicht begriffen. Irgendein entfernter Verehrer (selbst an so etwas klammert sich Artemisia), der in der Kutsche daherkommt, aussteigt und sagt: Ihr dürft nicht außer Landes gehen, Signora! Ich bin für Euch da und wehe dem, der Euch Böses will? Nichts Jüngeres, nichts Verlasseneres als das Herz dieser Vierzigjährigen, die sichtlich ungeduldig darauf wartet, sich einzuschiffen, aber ihren Blick begierig auf jeden Gegenstand, jede Person heftet. Vor allem heftet sie ihn auf Porziella Fragame, die seit einem Monat verheiratet ist und sehr verdrossen dreinblickt: Wer ihrem Blick folgt, wird unschwer erkennen, warum Porziella so schlechter Laune ist: Der prächtige Rock ihrer Mutter (so viel Brokat, der eigenen Mitgift entnommen!) fegt die Feigen- und Melonenschalen beiseite, die verstreut auf dem Boden herumliegen, streift gefährlich eine Teerpfütze und bewegt sich nicht zur

Seite, um dem schmutzigen Träger mit dem schwankenden Gang auszuweichen, der einen tropfenden Ölkrug auf dem Kopf trägt. Ein kleiner, verärgerter Schrei entfährt ihr, als ihr ein Tropfen auf den weichen, glänzenden Rock fällt. Wenn das Brautkleid nicht wäre, die Haltung, die an einem öffentlichen Ort bewahrt werden muß, die Anwesenheit der neuen Verwandten – Porziella würde sich auf den Boden werfen und, den Zipfel des kostbaren Rockes in der Hand, versuchen, den Fleck zu entfernen: So sauber und ordentlich ist Artemisias kalte, im Kloster erzogene Tochter. Gewiß denkt sie empört: »Auf nichts gibt meine Mutter acht!« und nimmt sich wütend vor, im Haus ihres Gemahls Ordnung und Disziplin walten zu lassen. Porziella weiß, was sie will: Sie hat Gennaro Fragame gewollt, den mit dem flachen Körper und dem flachen Gesicht, der immer schläfrig ist und voll pfauenhafter Eitelkeiten, und gewollt hat sie eine gebrechliche, wehrlose Schwiegermutter. Die Neapolitaner werden sie nicht oft umhergehen sehen, weil es ihr mißfällt, ihre guten Kleider auf den Straßen schmutzig zu machen. Sie hat eine Mitgift mitgebracht, Hausrat und Schmuck hat sie mitgebracht, und diese Hungerleider von Malern will sie vergessen. »Frau Mutter, die Haube!« bricht es aus ihr hervor, weil sie nicht den Verdruß erträgt, zusehen zu müssen, daß auch dieses elegante Kleidungsstück womöglich ruiniert wird, nur weil der Arm der nachlässigen Artemisia es nicht richtig hält. Diese scheint nicht zu hören und betrachtet sie entzückt aus ihren Augen, die wie tiefes Wasser sind. Nie hat sie ihr würdevolles Profil so erforscht wie jetzt, die Farbe der Haut, das Hervorstehen des Jochbeins, das dem ihren ähnelt, die Haltung der runden Schultern außerhalb des steifen Mieders: Ein schönes Bild nach flämischem Geschmack; auch das offene Fenster, aus dem man das Meer sieht, fehlt nicht. Nun, das heißt es, nach England zu reisen: das Gesicht der eigenen Tochter betrachten und es wie einen fernen Gegenstand sehen, vollkommen von sich selbst abgelöst, erreichbar nur durch die Wirkkräfte der Erinnerung. Tatsächlich ist Artemisias betrübte Aufmerksamkeit bereits Erinnerung. Nein, niemand wird sie zurückhalten; der holländische Dreimaster setzt schon die Segel; sie kennt die Gesten, die den Entschluß einer mannhaften Frau ausdrücken müssen, und schon bedauert sie sie wie die vielen anderen Gesten, die sie sich alle zehn Jahre – im Rhythmus ihrer Veränderungen – vorgeworfen hat. Dieses Mal – das weiß sie ganz genau – gibt es keine zehn Jahre für sie; abreisen heißt die Frist verkürzen. Heute scheint es ihr, als gebe sie sich für ein Täuschungsmanöver her, als sei die ganze Zeit nur Gegenwart, eine Gegenwart, die auf dem Schleifstein der Vergangenheit immer dünner wird. Und schon bald wird sie im Ewigen schweben. »Das ist wohl eine meiner Schrullen«, behauptet ihre innere Stimme, die sich oft, wenn sie allein ist, anschickt, auf ihren Lippen Gestalt anzunehmen. Unterdessen achtete sie darauf, den Kopf nicht nach jugendlicher Art zu senken, damit niemand die Falten ihres abgemagerten Halses sehen konnte, die sie gestern im Spiegel entdeckt hatte. Massimo Stanzione trat heran, der, wenn er wollte, so feinfühlig sein konnte, aber auch dann zerstreut war, wenn er es nicht wollte. »Unsere Artemisia«, sagt er und breitet die Arme aus, »dieses England raubt sie uns! Darüber werden wir uns nicht hinwegtrösten.« Aber er ist unruhig, wendet sich jeden Augenblick um und beschattet seine Augen mit der Hand, um zur Stadt zu blicken. Lauter Gesten, die von einem Leben künden, welches die Abreisende nicht mehr einschließt: Selbst die Scherze, die er mit dem kleinen Zitronenverkäufer im Dialekt macht, und das Getuschel mit einem gewissen Don Giacinto, seinem Begleiter, einem Kalabresen (»Dies hier ist Don Giacinto, Euer Diener«), weisen auf die entweichende Realität künftiger Tage hin, aus denen Artemisia verstoßen und gestrichen ist. Für wen ist sie eigentlich noch gegenwärtig? Die Minuten galoppieren, und jedem erscheinen sie langsam. Nur Pater Eustachio von den Hieronymiten, der nervös mit dem Fuß stampft und schon zum drittenmal ausruft: »Was für ein schöner Tag!«, bezeugt mit seinem verstohlenen Gähnen, daß die Einschiffung noch nicht erfolgt ist. Zu guter Letzt treffen zwei junge Apulier mit gehemmter, gelähmter Zunge ein, Schüler von Andrea Vaccaro und Überbringer seiner Empfehlungen und Geschenke – Latwerge, ein silbernes Kreuz und sechs Paar feine Handschuhe. Massimo tritt näher, um seine Neugierde zu befriedigen, Porziella packt die Geschenke aus, ein paar Müßiggänger bleiben stehen und schauen zu. Und Artemisia gelang es, sich wieder zu fangen und mit einem Lächeln zu danken – so, als reise sie gern ab.

Und nun fingen alle an – auch Mutter und Sohn Fragame –, eifrig zu plaudern, fast so, als wollten sie ein ungebührliches Geräusch übertönen: Und tatsächlich drang von dem holländischen Dreimaster ein zerrissenes Geräusch herüber – das heisere Gebimmel des Abfahrtsignals, das, verschwommen und durch die Dogana verstümmelt, über das Meer herüberwehte. Der Hauch des Windes schwoll an, die Bäuche der Schiffe knarrten und schwankten an den Kais auf und nieder, und man sah einen Schwarm von Ruderbooten in Blitzesschnelle das Ufer ansteuern, wobei sie die Flanken der Schiffe streiften, angefeuert von den Schreien miteinander wetteifernden Schiffer, die angestrengt ruderten und sich gegenseitig überholten. Da wirft sich plötzlich Nunziatina, die boshafte Magd, die bis jetzt mit befriedigter Miene das Gepäck bewacht hat (sie wird bei der jungen Herrin bleiben, die ihr einen Mann versprochen hat), auf die Knie, schreit, stöhnt und schluchzt: Sie weint echte Tränen, rauft sich die Haare und schlingt die Arme um Artemisias Beine, die durch ihre Röcke hindurch spürt, wie die feuchte Wärme des offenen Mundes sich auf ihrer Haut niederschlägt. »Signora bella mia, San Rocco, Sant' Ubaldo, Sant' Agata ...« In dem Dorf, in dem Nunziatina zwischen Eseln und Schweinen geboren wurde, beweinen so die stundenweise bezahlten Frauen die Toten: Doch das weiß Artemisia nicht. »Geh nicht fort, bella Signora, laß deine Magd nicht allein ...« Das sind die Worte, auf die die Gentileschi seit einem Jahr gewartet hat: Wenn die Traurigkeit zu bitter war für eine so lebendige Frau, für ihr junges Herz, das so eigensinnig hoffte, wartete sie auf sie und legte sie denen in den Mund, die ihr nah und fern waren – einer reumütigen und liebevollen Porziella, einem zerknirschten Antonio und jener wunderbaren Gestalt, dem Boten so vieler, die gesagt hatten, daß sie sie liebten, weil sie Frau sei, und der ausnahmsweise kein Betrüger war. Doch auch von diesen Worten hat sie genug, und sie errötet, empfindet Rührung; süße Tränen steigen ihr in der Kehle empor, einen Augenblick lang ist sie getröstet und fast überzeugt. Alle haben sie immer gern gehabt, auch diese Dienerin, die streng über sie gerichtet hat; und auch Porziella, in der ihr eigenes Blut fließt, auch Antonio, der ihre Hand studierte – das kann er, das kann er einfach nicht vergessen haben. Als ob ein tyrannischer Wille sie von den Ihren trennte, betrachtet sie sich wohlgefällig – als Betrauerte und als Heldin –, die berühmte Artemisia, die allein abreist, zu den Grenzen der Welt. Ihr geziemt das tapfere Lächeln, die Heiterkeit, die Arroganz – daß nur keiner sage, Artemisia habe Angst! Die Zeit der Umarmungen – oh, der zarte Duft, der Porziellas Nacken entströmte, als sie noch klein war! – trifft sie so an: verzückt durch ein Übermaß eingebildeter Gefühle, und weckt in ihr einen wahnwitzigen Durst nach Opfer, den zu stillen ihr ganzes Blut nicht ausreichen würde. Schon schwankt und stampft das Schiff auf den Wogen gegen die Mole, schon stürzen die Lastenträger breitbeinig über die Planken und sammeln die Kisten, die Säcke und die versteckten Gegenstände ein, die wer weiß wie lange auf welches Licht und welche Stunde eines fernen Tages warten müssen, ehe sie ausgepackt und wieder von Nutzen sein werden: wenn sie überhaupt noch von Nutzen sein werden. Hände strecken sich aus, die vergeblich drücken und sich so rasch aus dem Druck befreien: die Hände jener, die in Neapel bleiben und heute abend, morgen, in einem Jahr diejenigen begrüßen werden, die sich täglich sehen. Dann die tausend Peinlichkeiten einer Frau, die zum ersten Mal eine Strickleiter hinuntersteigt und nicht verhindern kann, daß sie gestützt, in die Arme genommen und auf unschickliche

Weise nach unten gehievt wird – diese tausend Peinlichkeiten bilden ein Gewebe aus fast schon schmachvollen Notwendigkeiten und stellen eine neue Demütigung dar, die sie veranlaßt, dem fern gerückten Himmel »Addio, Addio!« zuzurufen. Und auch die Bootsfahrt vom Ufer bis hin zur *Jonathan* über die schmutzigen, gepeitschten und bereits gebietenden Wellen des Hafens bannt nicht dieses bestürzende Gefühl zu sinken, in die Zukunft zu sinken. Porziella bewegte die Hand hin und her, die Sonne schien auf ihr goldenes Armband; Massimo winkte mit seinem Hut und wandte sich plötzlich um; Nunziatina klopfte mit kleinen Schlägen der Handfläche den Staub vom Kleid ihrer neuen Herrin. Der breite, zahnlose Mund jenes Don Giacinto, zum unbestimmten Lächeln eines Unbekannten geöffnet, war das letzte, was Artemisia auf Neapels Boden wahrnahm. Sie fuhren um das Heck einer riesigen spanischen Galeone herum, die unter anderem mit schwarzen Sklaven beladen war. Der schwankende Atem jenes gewaltigen Schiffsrumpfes drängte jedes andere Motiv zurück.

Kaum war sie auf der *Jonathan* über die Reling geklettert – auf unmanierliche Weise, denn man hatte ihre Beine bis zu den Schenkeln gesehen – und auf dem Deck aus schwarzen Planken gelandet, das die Matrosen gerade reinigten, wandelte die verzweifelte, eisige Versuchung sie an, wieder hinunterzusteigen, jener trügerischen Sicherheit der Füße nicht zu trauen und an Land zurückzukehren. Doch dieser Gedanke wurde selbst von ihrem Herzen zurückgewiesen, das ihm zuerst Ausdruck verliehen hatte, dann aber zuckend vor ihm zurückwich. Rund um sie häuften sich die Kisten und die zahlreichen Gepäckstücke aufs Geratewohl an; sie war bereits schiffbrüchig in einer Welt, in der Gepäck überflüssig ist, und hatte nichts anderes im Sinn, als sich auf diese erbärmliche Weise mit schwitzenden, verkrampften Händen an ein Geländer zu klammern, das vor Sonne glühte, vor Firnis klebte und übel roch. Sie war eine kleine, bleiche Frau, die mühsam atmete und die Atemluft jedesmal mit hochgereckten Schultern einsog; aber niemand sah sie oder wurde ihrer gewahr, fast so, als handele es sich um ein Gespenst. Und sie selbst erkannte sich auch nicht wieder, keuchend, mit zitterndem Mund, entschlossen, auszuharren wie eine Raupe oder eine Spinne. Die Verzückung einer Minute, die Illusionen, sogar das eben noch so klare Bild der Malerin Artemisia Gentileschi, die auf dem Weg zum Hof in London ist – alles verschluckt von den schmutzigen Wellen des Hafens. In dem Gewirr von Segeln, Masten und gekrümmten Schiffshecks erkennt sie das Ufer nicht mehr, nur die Berge rund um Neapel grüßen sie und zeigen ihr an, wie weit sie sich schon vom Land entfernt hat. Ihren kalten Fingerbeeren teilt sich die sengende Glut des Schiffes nicht mit. Mit ihnen hält sie ihre brennende Niederlage fest. Sie reist ab, mit ihren vierzig Jahren, ohne Vermögen, ohne gefestigten Ruf, ohne glückliche Gefühle. Sogar ohne den alten Stolz. Kaum bleibt ihr davon noch so viel, daß sie sich nicht selbst verleugnet.

In dieser Form einer der Phantasie beraubten Armut begann Artemisias Leben auf See, ein untätiges Leben, diktiert von neuen, brutalen Erfordernissen, von äußerem und innerem Mißtrauen, von den Ungewißheiten einer leichtsinnigen, ja geradezu tollkühnen Unternehmung. Fremdländisch das Schiff, unbekannt der Kapitän, hart die Sprache, fremd, aber untereinander eng verbunden die Passagiere – keinerlei Schutz. Zusammen mit den Kisten verschwinden jene Gegenstände im Laderaum, die ihren Stand und ihren Namen ausmachen: Sie versinken im ewig Namenlosen eines gewöhnlichen, unbedeutenden Lebens, dem im übrigen alle herkömmlichen Stützen gefehlt haben, so daß plötzlich, nach einem Jahr der Geduld und der zur Schau getragenen Vernünftigkeit, jener Schmerz stechender und verzweifelter hervorbricht, der Schmerz um den Ehemann, der sie selbst aus dem Kirchenbuch streicht, vielleicht schon gestrichen hat. Es ist über den Schmerz hinaus eine Demutsprüfung für eine Frau, die nie demütig war, auch wenn man sie demütigte, und die mit der Demut nicht auf vertrautem Fuße steht. An den Schmerz gewöhnt und an den Schwung einer durch außerordentliche Umstände verlängerten Jugend, kennt Artemisia, allein auf dem fremden Schiff, kein Maß in ihrer Selbstentwürdigung und Selbsterniedrigung. Unfähig, eine eigene Natürlichkeit zu verteidigen, wagt sie weder, ihren Atlasrock über das Deck schleifen zu lassen, noch stehenzubleiben, noch zu sprechen, noch sich zu jener Zurückhaltung durchzuringen, die einer allen unbekannten Frau ihres Alters geziemt. Tag für Tag flüchtet sie sich in das Erlernen eines kindlichen, widerspenstigen Verhaltens, fast so, als wäre sie ein krankes Kind, mit dem niemand spielen und zusammen sein will.

Sie verzichtete auf einen Platz am Tisch des Kapitäns, blieb aber stehen, um den Ersten Offizier zu begrüßen, einen blonden Jüngling, der, so überlegte sie, so alt wie ihre Tochter sein mochte. Sich selbst beargwöhnend, bereute sie es sogleich; sie stellte sich vor, daß man sie mit einer lüsternen Alten verwechselte, und von da an trat sie nicht mehr ins Freie ohne die braune Haube, die die jugendlichen Launen ihrer weichen Haare bändigte. Sie hatte keine Angst vor der Seekrankheit und erwartete sie wie eine Ablenkung, bäuchlings auf dem Lager ausgestreckt, wo ihr Überlegungen, Geständnisse und Gewissensbisse in dem Dunkel, das nach Pfeffer und Fisch roch, noch unerträglicher waren. In der Erwartung, körperlich zu leiden, schlief sie oft mit zugeschnürter Kehle ein: Das Stöhnen, das ihr entwichen wäre, blieb während des Schlafes bis zum Erwachen dort verborgen und barst dann hervor, nicht mit einem Stoß des gepeinigten Magens, sondern mit einem urgewaltigen Schluchzen des Herzens: »Ach, Antonio, was hast du getan!« Im Traum war es ein wunderschönes, goldschimmerndes Gefäß, das Antonio zerbrochen hatte: im Wachen die verschwiegene, zarte, von ihm erfundene Liebe, sein Bildnis, das ihm nicht mehr ähnelte. Sie erwachte ganz, setzte sich in ihrer Koje auf und erlebte fast mit Staunen, wie die Schluchzer anrollten und die Tränen flossen, die sie wie ein ausgewrungenes Laken austrockneten. Und während sie nach den Fäden des unsichtbaren Gedankengangs suchte, der sich im Schlaf vollzogen hatte, fühlte sie, wie die dumpfen Schläge ihres Herzens mit dem Schlingern des Schiffes zusammenfielen. Als hätte sie jemand hören können, drückte sie sich das Taschentuch auf den Mund: Dann besann sie sich darauf, wo sie sich befand, und schwang die Beine herab. In dem engen Raum blieb sie starr stehen, während der Schmerz, dieses schreckliche Kind, sich in ihrem Busen regte, ihr Blut aufsog und ihr den bitteren Speichel des Weinens in den Mund spie. Sie legte sich wieder hin; in ihrem Kopf drehte sich alles, das Laken unter ihrem Leib war ein einziger feuchter Klumpen. Schließlich beruhigte sie sich: Und die Schwäche der Glieder und das, was sie in das unstillbare Schluchzen getrieben hatte und ihr noch immer in den Schläfen hämmerte, ließen sie auf eine Übelkeit hoffen, die nicht von ihrem Willen abhing.

Die *Jonathan* fuhr die Küste entlang, um den Barbaresken und Piraten auszuweichen, die, stets auf der Jagd nach Beute, auch in dieser Jahreszeit unterwegs waren. Wie der Erste Offizier erklärte, kam sie an Fiumicino vorbei, aber es herrschte Sturm an der Küste: Riesige Staubwolken fegten dicht über den Boden und verhüllten das Ufer. Artemisia hatte gehofft, die Kuppel von Sankt Peter zu erkennen, und suchte nach ihr, ohne zu fragen. Grausamerweise vermischte sich die Küstenlinie mit dem grauen Himmel, und grausamerweise nahm das Schiff unter den straffen Segeln Fahrt auf. Als sie den Kopf hob, kamen ihr die unglaubliche Behendigkeit der Schiffsjungen in den Tauen, der Flug der Möwen, das Brausen des Windes und die riesigen, fast bis zum Zerreißen aufgeblähten Laken, die laut knatterten, wie eine tödliche Bedrohung vor, als kündeten sie von ihrer letzten Stunde. Sie preßte die Lippen gegen den starken Wind zusammen; es verlangte sie nicht danach, beruhigt zu werden, und fast furchtlos wartete sie auf den Schiffsuntergang. Mit nackten Füßen rannten die Matrosen über die nassen, glatten Planken. Ein dumpfes Rollen, ein langgezogener Schrei, vom Wind gedrosselt. Die Wellen überschlugen sich, türmten sich immer grauer auf und schöpften aus der unsichtbaren schwarzen Tiefe eine ungeheure Erregung empor. Wenn in dieser Bedrängnis etwas Artemisias Fühlen ausdrückte, dann Staunen und Verwunderung darüber, daß das eigene Ende fast ein Wunder erforderte. Und sie berauschte sich daran: und stillte so, ohne sich dessen bewußt zu werden, ihren alten Durst nach Triumph.

Das Ende blieb aus; ja, die Gentileschi erfuhr später, daß es sich nicht einmal um einen richtigen Sturm gehandelt hatte: Jene finsteren Wogen waren nichts als ein leichter Seegang gewesen. Sie empfand eine undeutliche Enttäuschung, fast so etwas wie eine Kränkung. Tag und Nacht kehrte in Abständen von entsetzlicher, musikalischer Regelmäßigkeit das heisere, unartikulierte Schluchzen wieder, das unablässig an ihre Niederlage erinnerte. Über das Geländer gebeugt und den weißen Schaum des Kielwassers betrachtend, der auf dem ruhigen Meer dahintrieb, erlebte sie Augenblicke, in denen sie sich nach dem Grund des geheimen Schmerzes fragte, und sie versuchte ihn vor sich auszubreiten wie einen Gegenstand, der sorgfältig untersucht werden muß. So viele Jahre hatte sie Antonio nicht mehr gesehen; so viel war geschehen, was sie abgelenkt und sein Bild gelöscht hatte; seit so langer Zeit hatte sie nur eine ganz blasse Erinnerung an ihn. Sobald der Gegenstand erkannt und erfaßt war, brannte er so heftig, daß er nicht berührt werden konnte. Dann trachtete sie danach, sich die eigene Schuld ins Gedächtnis zurückzurufen: Wie sie sich vor der Aufmerksamkeit ihres Mannes in Schweigen verschlossen hatte; wie sie, seiner Ergebenheit sicher, diese genossen hatte, ohne sie gebührend zu schätzen, ja, fast ohne davon zu kosten, weil sie sich frei und ohne Herzensverpflichtung wähnte. Und wie sie ihm seinen niederen Stand vorgeworfen hatte, sein armseliges Gewerbe, die aufsässige Laune. Und jenes letzte Mal, als sie, zornentbrannt, hatte erkennen müssen, wie sehr er sich vor ihr fürchtete. Er war fortgegangen: Aber seiner Liebe war sie sich sicher gewesen ... Der unberührbare, äußere Gegenstand hinderte an dieser Stelle die Untersuchung – beherrschend, lebendig. Erneut quollen Tränen hervor, die der salzige Wind aufleckte. Mit vierzig Jahren vor Liebe weinen! So schweiften ihre Gedanken ...

In Sichtweite der Insel Elba flaute der Wind ab. Sie trieben einige Tage reglos unter der sengenden Sonne wie Fliegen in der Milch. Alle schliefen, vom Kapitän bis zu den Schiffsjungen; es schien, als sei man am Ort der Verdammnis angelangt und als seien alle damit einverstanden. Nicht so Artemisia, die sich jetzt aufgemacht hatte, um an Deck zu gehen und im scharfen Schatten der Segel in der großen Stille zu verweilen. Umkehren können, wenn man festsaß – es befehlen können. Aber in ebendiesem Augenblick hob sich mit einem kräftigen Ruck und dem Schnalzen einer gefräßigen Riesenlippe das Großsegel und sackte wieder in sich zusammen, um sich wieder aufzurichten und erneut zusammenzusacken, in immer kürzeren Abständen, bis es sich blähte und das Schiff wieder das Meer durchschnitt. Eine rohe, geflügelte Kraft zerrte Artemisias Kleid nach hinten, die sich als einzige Zeugin dieser Veränderung sah und wähnte; und plötzlich riß sie ihr mit einer Geste fast wie der einer tyrannischen, brutalen Hand die Haube vom Kopf. Ein federleichtes Wölkchen verschleierte die Sonne, und jetzt war auch der Himmel aus Milch, während das Wasser am Horizont wie eine ausladende, auf den Kopf gestellte Baumkrone zitterte und sich verfinsterte. Ein neues Wunder? Nein, es war nur der Wasserspiegel, ein wie Stahl schimmernder Wasserspiegel, das große Meerestier ließ sich fortreißen. Bebend beschleunigte das Schiff seinen Kurs – nicht, um umzukehren.

Als der Abend dämmerte, bevölkerte sich das Deck wie nie zuvor, und man sah seltsame Passagiere: So konnte man zwei junge deutsche Frauen beobachten, die, frech und berauscht, den Matrosen Eimer mit Salzwasser aus der Hand rissen, um sich damit unter großem Gelächter gegenseitig zu überschütten: mit geschürzten Kleidern, nackten Waden und ohne Scham, so gurgelten sie in ihrem Dialekt gefräßiger Tauben. Die Küste zeichnete sich genau und klar in drei Farben ab – Weiß, Grün und Himmelblau. Und jemand sagte (die Sterne waren schon aufgegangen): »Livorno ist in Sicht.«

Ein bekannter Name: Früher hatte sie ihn nur zu hören brauchen, um zusammenzuzucken, zu erröten und zu leiden. In jener Stadt hatte Agostino gelebt, bevor er sich nach Rom begab (»Bevor ich dich traf, meine Schöne!«), und es hatte Tage gegeben, an denen sie um jeden Preis dorthin hätte gelangen wollen, fast so, als wolle sie den Ursprung ihres Unglücks dort ausfindig machen. »Livorno«, wiederholt sie heute leise vor sich hin, und es sind nur leblose Silben, eine verdorrte Frucht ohne Saft. Die Stadt breitet sich kreisförmig aus, schmiegt sich wie ein Trichter an die Küste; vor Anker liegende Segelschiffe scheinen um die *Jonathan* herumzutanzen, und schon tauchen kleine Boote auf, von denen aus nackte Kinder Pfirsiche, Trauben und Skapuliere der Madonna von Montenero feilbieten. Einige Passagiere gehen an Land, um eine Nacht dort zu schlafen, andere, um die Stadt zu besichtigen, und wieder andere bleiben und beugen sich bei dem Spiel, die an Bord geworfenen Früchte in der Luft aufzufangen, allzu weit vor: Und auffallend war das Gelärm des portugiesischen Priesters mit dem schwarzen Strohhut, der mit lauter Stimme um Reliquien und Devotionalien bat, sie geschickt auffing und in den offenen Doppelsack schob. Artemisia wollte nicht an Land gehen; sie war träge geworden beim Anblick der allzu kargen Landschaft, die sich nach und nach mit den Lichtern, die nah und fern angezündet wurden, belebte. Sie blieb die ganze Nacht im Freien, und als sie im Morgengrauen, von Stille umgeben, im stechenden, aber noch dunstigen Licht die Augen öffnete, kam ihr ein Gedanke, ja eine Offenbarung, die über ihren Schlaf gewacht und ihn geleitet hatte: daß sie nämlich ihrem verlorenen Ehemann nie entflohen war oder entfliehen würde, so wie eine Gestalt nicht aus der Landschaft fliehen kann, die sie umgibt, sondern Atem und Substanz aus ihr schöpft. Diese Landschaft sonderte einen Schmerz ab, von dem sie sich bereits nähren mußte. Statt ihr aus den Augen zu entschwinden, statt sich augenblicklich im Weinen zu erschöpfen, sank ihr die Verzweiflung stumm in die Brust, und ihr Herz verzehrte sich wie eine Kerze in der reglosen, klaren Luft, ohne Glanz und ohne Wirkung.

Geduld, Geduld: vorläufig nur ein Wort, ein schwieriges Wort, das die Lippen sich wie von einer erlangten Weisheit schürzen läßt. In dem dicken Buch mit Stichen, in dem sie als kleines Mädchen blätterte, waren die Tugenden abgebildet, eine jede mit ihrem Namen und ihren Attributen, zum Gebrauch der Maler, die sie malen sollten. Wie war die Geduld dargestellt? Sie versuchte beharrlich, sich daran zu erinnern, als könne sie aus jenem klaren und deutlichen Bild Rat und Trost schöpfen. Unterdessen stach die *Jonathan* wieder in See. Ein dickbäuchiger Kavalier, federn- und kettenüberladen, der in Livorno zugestiegen war, begrüßte sie, als sie aus ihrer Kajüte heraustrat, ehrerbietig mit einer tiefen Verbeugung: Sie empfand bitteres Wohlgefallen und zwang sich auch, daran zu denken, daß sie sich dort oben in England mit Anstand würde einrichten können, jetzt, da ihr Mann sie verlassen hatte. Aber ach! Statt zu schwinden, wuchs ihr Widerwille gegen das Leben, ein Ekel, den sie in ihrem Körper empfand und der sie über das Geländer warf wie die vielen, die vor ihr an der Seekrankheit gelitten hatten. Doch das Meer war ruhig.

Wieder brennen die Planken des Decks, und der Wind, der sich frisch und pfeifend erhoben hat, wetzt sich an der festgenagelten Sonne und durchweht das Schiff von Bord zu Bord. Es brennen die Sohlen der Schuhe, die Hände, das Kinn, die Wangenknochen; die Lider überziehen sich mit salzigen Schuppen; unter Deck kommt man nicht zu Atem. An der Küste erinnern einige weiße, kristalline Berge mit ihrer grausamen Schroffheit an die Landschaften, die um die Heiligen und die Madonnen herum gemalt waren – Bilder, die in Rom zufällig in Gentileschis Werkstatt landeten, altes Zeug aus Venedig, dessen Wert Orazio für fremde Kenner schätzen mußte. Und weil dies Land ist, muß man es unbedingt ansehen, ja sich die Augen damit füllen: Doch Artemisias Augen werden seiner überdrüssig; sie fügen sich nicht Motiven, die sie nicht selbst ausgesucht hat, die zu malen ihr nicht gefiele und die sie vielleicht überhaupt nicht malen könnte; und dennoch wird sie sie nicht vergessen können. Sie starrte die Berge einen ganzen, gleißend hellen Tag lang an, bis sie zwischen jenen Gipfeln und Kuppen, die langsam weiterrückten und dabei ihre Form und ihre Falten änderten, mit dem Erscheinen weißer, leuchtender Wolken etwas Märchenhaftes, aber Vertrautes erkannte: Schlupfwinkel, Nester von Engeln und große Engel mit gewaltigen Flügeln, die auf- und abstiegen, von Tal zu Tal. Sie sah die leuchtenden, weichen Engel wieder, die Orazio gemalt hatte und die sich nun, in himmlischen, stillen Glanz gehüllt, in Krieger verwandelt hatten. Sie glaubte sie wiederzuerkennen, und wie von einem Blitz wurde sie von Heiterkeit durchzuckt: wie durch einen Zauber aus den schrecklichen Kojen hinausgeführt, um zu betrachten und selber zu malen, was noch niemand je gemalt hatte.

Immer stärker brannten Holz, Metall, die Segel (einige erlitten Verbrennungen und Entstellungen), als das Schiff in den Golf von Genua gesogen wurde und sich drehte und die Matrosen auf den Masten anfingen, einander zuzurufen und angesichts der ersten Seeschwalben Danklieder anzustimmen. Während die Einsamkeit der hohen See sich rasch mit Schiffen und Booten aller Art bevölkerte, kamen alle Passagiere wieder an Deck, festlich gekleidet, zwischen die nackten Füße der Matrosen, und alle wirkten glücklich, als habe ein jeder sein letztes und liebstes Ziel erreicht. Eine große holländische Familie, die sich nicht einmal in Livorno hatte sehen lassen, machte sich mit überraschender Geschwindigkeit mit den Reisegefährten vertraut, auch mit den kleinen Deutschen, von denen man inzwischen wußte, wer sie waren: Frauen, die der flandrischen Armee nachreisten. Nur Priestern und Mönchen ging diese Familie aus dem Wege. Und in dem Trubel um die Ankunft ließ der Vater, ein Mann namens Benjamin, einen kostbaren

Tisch mit jeder Art von Fleisch decken, so daß es an eine Plünderung gemahnte: Und er lud alle ein, die davon essen wollten, obwohl es Freitag war. Die Mutter gab die nackte, üppige Brust einem Kind, das, offensichtlich von allen unbemerkt, während der Reise zur Welt gekommen war. Sie trat an Artemisia heran und sprach in vertraulichem Ton auf sie ein – einem italienischen Wort folgten sieben wunderliche; ja, sie ergriff sogar ihre Hand und wollte, daß sie zwischen Hemd und Mieder etwas ertastete, was – so vermeinte sie zu verstehen – für die Wöchnerin ungewöhnlich war: Und Artemisia, mit ernster Miene, begriff nicht. Über dieses Unverständnis lachte die Frau mit allen Falten ihrer fetten Haut, die sich auf ihrem schneeweißen Gesicht wie Schweineschmalz wellten.

Behutsam, die Ruder benutzend, fuhr die *Jonathan* jetzt in das Gewirr des Hafens ein und drang mit ihren straffen Segeln weiter vor, als ihr das in Livorno gelungen war; und alle waren bereit, allen zu antworten und mit allen zu scherzen, die ihnen Fragen stellten, schreiend – so, wie sie es auf See zu tun pflegten. So ist es, wenn man glücklich ist, gelandet zu sein, dachte Artemisia, die jetzt an keinem Ort mehr glücklich landen würde. Die Arbeiter auf den im Dock liegenden Schiffen rund um die großen Kessel mit dem qualmenden Pech, die Männer auf den abfahrenden Schiffen, die Transportschiffer und die Fischer, die gerade an Bord vesperten, riefen einander Fragen, Wünsche und Grüße zu. Nur von den Kriegsschiffen – zwei französischen Galeeren und einer spanischen Galeone – drang kein einziger Laut, obwohl sie vollbeladen waren mit Soldaten und Galeerensklaven. Die *Jonathan* fuhr um sie herum und berührte dabei mit vorsichtiger Kühnheit ihre grimmigen Verzierungen, die schrecklichen Kriegsmaschinen. Schweigend verlangsamten ihre Männer die Arbeit, um all diese kriegserfahrenen Leute anzusehen; die Passagiere rissen die Augen weit auf und sprachen nur noch flüsternd miteinander. Und auch Artemisia betrachtete sie und dachte voll Lust, voll Neid an ihren Stand, der sich so sehr von ihrem eigenen unterschied: Befreiung, wenn nicht gar Freiheit – welcher Art diese auch sein mochte. Doch jetzt ist der Augenblick gekommen, sich wieder auf den eigenen Namen zu verlassen, sich für ihn verantwortlich und von ihm überzeugt zu fühlen, um die, die ihn nicht kennen, von ihm zu überzeugen. Schon dehnen sich die Berge rund um den Golf in grüne Wiesen aus, baumbekrönte Kuppen heben sich vom Himmel ab; die Felsen stellen ihre Rauhheit, ihre Vorsprünge und Grotten, ihren Flechten- und Moosbewuchs zur Schau; schließlich, eingefriedet und durchglüht: Mauerblöcke, tausend Fensteröffnungen, Kuppeln, Türme und Terrassen und das Getümmel der Molen: Menschen und Waren, Karren und Kutschen. Die ermattete Fröhlichkeit, das muntere Durcheinander einer Stadt wie Neapel, so fern von Neapel. Addio, *Jonathan,* addio, ihr die ihr nach Spanien reist. Hier heißt es aussteigen.

Ein Wunder war jedermanns Höflichkeit: So manierlich ging es beim Abschiednehmen zu, daß es schien, als verliere man Freunde. Das Land bestand nun aus diesem Schiff, auf dem, wie sich plötzlich herausstellte, Artemisia durchaus eine Berühmtheit war. Die Malerin steigt aus, die Dame steigt aus, die allein nach England reist. Neugierde und Achtsamkeit für die auszuladenden Kisten, damit sie nicht beschädigt werden. Nehmt Euch in acht, Euer Hochwohlgeboren, vor den Hafendieben! Manche empfahlen eine Unterkunft, andere ein Kloster, wieder andere bestanden auf einem Besuch bei einem großherzigen Verwandten; und der dicke Kavalier fand den Augenblick günstig, ihr mitzuteilen, daß er zwar bedeutsame Geschäfte in Lissabon betreibe, aber beabsichtige, sich in London niederzulassen: wo er sie aufzusuchen gedenke, wenn es ihr beliebe. Der Kapitän war ihr behilflich, Schritt für Schritt, und erwies ihr Ehren wie einer Prinzessin, so daß Artemisia sich wieder so gelenkig und gewandt fühlte wie als Zwanzigjährige. In dem kleinen Boot stehend, das gegen die Flanke des Schiffes taumelte, verabschiedete sie sich freundlich und trauerte schon den einsamen Nachtwachen auf See, dem täglichen Schweigen nach;

aber einerlei, so ist es immer mit ihr: Sie erkennt die Zuneigung erst in dem Augenblick, in dem sie sie verliert. Früher einmal hatte sie sich gesagt: Ich werde es lernen. Sie hat es nicht gelernt und wird es nie lernen. Unter den vielen Briefen, mit denen sie ausgestattet ist, wählt sie den an Gaspare Lovato gerichteten aus, einen Bilderhändler in Canneto, ein Name ohne Glanz.

Tatsächlich logierte sie dann im Hause Lovato, in dem es nach Spezereien und Farben roch und das an den Empfangstagen sein Gesicht änderte; dann wimmelte es von stundenweise angeheuerten Dienern und Trägern in Saal und Werkstatt, und eine Unmenge von Bildern, haufenweise gegen die Wand gelehnt, wurde rücksichtslos durchwühlt, bis plötzlich das eine oder andere herausgezogen, gesäubert und wie ein Kleinod eingerahmt wurde. Und Käufer aller Art, oft in wunderlichen levantinischen Gewändern, Leute, die sich – wer weiß warum – mit Madonnen und Heiligen eindeckten, oder reiche Kavaliere, die so vornehm und verwöhnt, aber auch so freundlich waren, wie Artemisia es noch nie erlebt hatte – weder in Rom noch in Neapel –, verhandelten rasch und ohne große Zeremonien, als ganz praktisch denkende Kaufleute. Das Haus war sehr hoch, aber man konnte es auch – seltsamer Brauch! – vom Dach aus betreten, und es trat ein, wer wollte, zwanglos, weil Gaspare einer genußvollen Plauderei nie abgeneigt und stets bereit und sicher war, ein bestimmtes Bild zu finden, das vielleicht schon seit Jahren beiseite gestellt war. Manchmal rauchte er auch nach flämischer Manier eine Pfeife.

Giustina Lovato, aus Padua stammend, schwarzgekleidet wie die vornehmen Genueser Ehefrauen, prahlt mit ihrer Freiheit. Siebenundzwanzig Jahre jung, ehrgeizig und geschäftstüchtig, hat sie eine eigene Sänfte und behauptet, sie könne sie sich auch leisten. Sie führt große Reden über die Spinola, die Adorno, die Centurione, und es vergeht kein Tag, an dem sie ihren Gast nicht auf deren Kleider, ein Schmuckstück oder eine besondere Livree hinweist. Sie wirtschaftet, kauft und verkauft auf eigene Rechnung, geht allein aus, empfängt allein, wen zu empfangen ihr beliebt, mit stets tadelloser Frisur, mit funkelnden, trockenen Augen und einem so blassen Gesicht, daß es heißt, sie sei kränklich, aber das stimmt nicht. Alles will sie tun, auch sich erniedrigen, und vor Artemisia erniedrigt sie sich, wenn auch übereilt. »Will die Signora Artemisia spazierengehen, sich ausruhen, etwas zu essen serviert bekommen?« – »Wir Malerinnen«, vertraut sie ihr an, als sie Geld eingenommen hat und zufrieden ist, »wir Malerinnen sind nicht wie die anderen«: weil auch sie ihre Bilderchen zusammenkleckst und die Genueser Klöster damit vollstopft. Häufig beschäftigt sie sich mit alten, schon abblätternden Gemälden und bearbeitet sie so lange, bis sie glänzen und funkeln, für die Markttage, an denen ein Männchen aus Albissola mit dem Wägelchen kommt, um sie zu besuchen. Sie pendelt leicht zwischen den Sprachen hin und her, verfällt vom Venetischen ihrer Heimat ins Genuesische, doch unwandelbar ist ihre Gewohnheit, alles und alle zu loben, ohne Angst, als gefallsüchtig zu gelten; auch im Flämischen übt sie sich dergestalt, daß sie mit den Malò scherzt und ihnen großes Vergnügen bereitet, und dann reißt sie ihnen für wenig Geld ihre Bildchen aus der Hand, die alle Welt so heiß begehrt. Ihr gefällt die Komödie, und es gefällt ihr, sie zum Karneval aufzuführen, wenn es ihr gelingt.

Diesen vielen kleinen Dingen, die sie nicht zu beherrschen vermag, entwindet sich Artemisia, die von ihnen gefangen ist und herrliche träge Stunden in ihrem sonnendurchglühten Zimmer verbringt, das eine niedere Decke hat, doch über drei hohe Stufen erreicht man ein geducktes Fenster, von dem aus man auf die Terrasse gelangt: Nachts, zwischen Meer und Himmel, waren erschreckend viele Sterne zu sehen. »Wie lange werden Sie sich in dieser Stadt aufhalten?« fragten im immer gleichen Tonfall einer nach dem anderen die Genueser Maler, die bei den Lovato vorbeikamen und Orazios Namen als den eines alten Meisters kannten, der hier einmal durchgereist war – eines Mannes von hochmütigem, stolzem Wesen wie der Satan. Danach Schweigen. Und auch Artemisia schweigt. Es hieß, daß sie in bezug auf den Hochmut ihrem Vater nachgeraten sei; was ihre Begabung anbelangte, wollte sich keiner blamieren und sie allein aufgrund von Hörensagen loben, und sie weigerte sich beharrlich, ihre Kisten auszupacken. All diese neuen Leute, diese neuen Gepflogenheiten und Lebensgewißheiten, diese neuen Namen – norditalienische, die jeder kannte – überwältigten die Reisende, die erneut das Bewußtsein ihrer selbst und des wahren Wertes ihrer Arbeit verlor. Es fiel ihr schwer, im Geiste die Paläste von Neapel und Rom neben diese großen, hellen und überladenen Paläste zu stellen, die Weinberge der Castelli, das Meer von Posillipo neben diese schönen Orte und dieses dunkle Meer. So viele und so verschiedene Dinge konnten gar nicht gleichzeitig existieren: Es schien ihr, als habe sie diese gegen jene eingetauscht, die nun für immer verloren waren, und sie fing an, sich insgeheim nach ihnen zu sehnen, gleichsam, um ihnen Leben und Bestand zu sichern. War nicht ihr Talent als Künstlerin an solche Anblicke gebunden? Und so vergingen Tage und Tage, ehe sie, inmitten dieser großen, beeindruckenden Fülle von Bildern, Farben und Malutensilien, den Pinsel zur Hand nahm. Als sie das tat, standen alle Hausbewohner um sie herum: Giustina und ihre Kinder, die frühzeitig unterwiesen wurden, und – zu Recht oder zu Unrecht – sagten: Das ist gut, das nicht; Gianandrea macht es besser; das ist schlechter als bei Carlone. Artemisia malte eine schwarzhaarige Magd, die eine Taube gegen die Brust drückt: dunkel die Frau, weiß das Tierchen, um sich der Kontrastwirkungen zu bedienen. Und die zehnjährige Orsola, die sich im Zeichnen übte und von der die Maler viel Aufhebens machten, verzog ein wenig den Mund und bemerkte: »Es sieht aus, als sei es vom Sarzana«, was bedeutete, daß es ein altväterisches Gemälde war, Zeug aus der Mottenkiste. Die Einschiffung nach Marseille stand bevor und wurde bereits herbeigesehnt; besser die Tore zum Unbekannten hin aufstoßen und die Heimat verlassen. Aber vorher galt es noch, den Damen der Stadt seine Aufwartung zu machen.

Die Damen Centurione empfingen sie zwischen Fischteich und Voliere. Vornehme Damen, mit ziemlich langen Händen und vollen Wangen, weiß wie Marmor. Die eine fischte mit einem zinnoberroten Netz im grünen Wasser, durch das die Fische in Schwärmen schnellten, die andere reichte den zahmen Amseln eine Paste, zubereitet aus getrockneten Würmern und Benzoeharz. Sie waren Schwestern, und wie aus einem Munde sagten sie mit arroganter, aber brennender Neugier: »Malerin?« – »Malerin!« Sie trockneten sich die Hände ab, eine jede mit einem Tuch aus irischem Leinen, nachdem ein purpurgekleideter Mohrenknabe ihnen kniend ein goldenes Wasserbecken dargereicht hatte. Miteinander sprachen sie französisch, dann reines Genuesisch: Die Signora Lovato, die die Aufgabe des Vorstellens übernommen hatte, nunmehr reumütig, bewunderte sie und schmolz dahin vor lauter Vertraulichkeit. Was den Stolz anbelangt, schien die Stattlichere der anderen nachzustehen, die mit halblauter Stimme träumte: »Nach England!«, als sie erfuhr, wohin die Gentileschi unterwegs war; und die Kleinere, unter deren dunklem Kopfputz kein einziges Haar hervorsah, schwieg unterdessen und ließ sich anmerken, daß sie nicht zugehört hatte ... Dann hob sie das Kinn und ließ aus den hellblauen Augen, die fast gewaltsam zwischen die feingeschnittenen Lider gezwängt waren, eine Feindseligkeit regnen, die nach einem Ziel gierte. Sie sagte, und das nicht zufällig: »Wie viele Kinder, Signora Artemisia?« Giustina war es, die antwortete: »Eine Tochter, Euer Durchlaut«, denn Artemisia war abgelenkt, und es war besser, ihr zuvorzukommen. Sie betrachtete nämlich ein großes Kiegerbildnis, das gegenüber der Loggiatür hing.

Solche Bilder gab es in Genua in jedem vornehmen Haus, und alle waren so feurig und farbig, so fröhlich und fulminant, daß Artemisia argwöhnte, in der Malerei habe sich eigentlich nichts geändert, während sie in Neapel mit kräftigen Schatten, mit Hell und Dunkel, stolzen Gesichtern und gigantischen Leibern gespielt hatte. Hier malt man die Kirchen von oben bis unten aus, mit viel Sinn für grelle Farben und mit großer Entschiedenheit; hier schäumen die Bilder über von hellen Seiden und glänzenden Metallen, und das rosige Fleisch strotzt vor Gesundheit: So sieht die Majestät der Großen bei den Genuesen aus, wie sie der Pinsel jenes flämischen Peter Paul erfaßt hat, der auch in Spanien Staunen erregt. Aber ihren Geschmack und Stil kann Artemisia nicht ändern, denn das würde sie zu tief demütigen, und diesen Damen könnte sie so etwas niemals vorexerzieren. Jetzt fragt die dunkle Centurione die Lovato, ob die Kisten aus Flandern nicht bald einträfen: Sie warte sehnsüchtig darauf, weil sie Blumen und Früchte für eines ihrer Kabinette brauche und man sich ja von diesen Italienern nur wenig Neues und Galantes erhoffen könne. Zustimmend bemerkte die Händlerin geschickt, daß es auch in Italien die eine oder andere Neuigkeit gebe – sie sollten es doch einmal mit der Signora Artemisia versuchen, die als Frau nicht ihresgleichen habe, wenn es um das Anfertigen eines schönen Porträts gehe. »Wenn die hochwohlgeborene Signora Marchesa ihr zu befehlen geruht ...« Die Damen sträubten sich nicht; aus ihrer gnädigen Zustimmung war Nutzen zu ziehen, und Giustina, die den Preis, den Tag und die Stunde der ersten Sitzung aushandelte, gab dabei typisch venetische Artigkeiten von sich, gespickt mit Superlativen. »Stets zu Diensten, Illustrissime.« »Illustrissime«, wiederholte Artemisia mechanisch und deutete eine steife Verneigung an. Aber die Dame wurde nicht porträtiert, weil sie plötzlich nach Voltri fuhr, und als sie zurückkehrte, war Artemisia schon abgereist; man sprach auch nicht mehr davon, als in Gaspares Haus vor ihren Augen die Kisten aus Flandern geöffnet wurden. Sie wählte statt der Früchte zwölf Seestücke aus und schickte sie wieder zurück, weil sie ihr nicht gefielen.

Dann aber Pietra Spinola, die in ihrem Lehnstuhl saß, unter dem Baldachin, der sie vor der Sonne schützte, in jener Loggia, die ganz Genua einsehen konnte: Pietra Spinola, sechzig Jahre alt, fixierte die Malerin mit stechenden Schieferaugen, hörte ihr höflich zu, unterbrach sie ab und zu und verbesserte mit souveräner Pedanterie die Namen von Orten und Personen. »Nach Frankreich?« überlegte sie und erkundigte sich eingehend nach der Route, die die Reisende gewählt hatte, und fügte leise hinzu: »Allein? Wirklich allein?« Der Witwenkopfputz, der aus der Zeit von vor zwanzig Jahren stammte, verlieh ihrem zarten Gesicht die Kostbarkeit von Weihrauchasche, und indem sie dieses Gesicht mit dem unruhigen Körper in Einklang brachte, legten ihre raschen Bewegungen eine Unduldsamkeit gegenüber dem Alter an den Tag, dem sie ihren Willen aufzwang und das sie als Prüfung annahm, dem sie gar zuvorkam: mit Eifer, mit Leidenschaft. Giustina war an jenem Tag zu Hause geblieben, weil die Spinola sie nicht leiden konnte, und Artemisia auf ihrem Schemel gewahrte plötzlich, daß sie lange sprach, was ihr seit Jahren nicht mehr vorgekommen war: Als sie glaubte, alles gesagt zu haben, entlockte ihr die steile Falte auf der Stirn der Zuhörerin (dieselbe, die auch auf ihrer Stirn stand) neue Worte. Sie mußte sich weder verteidigen noch sich brüsten, sondern suchte und fand, während sie sprach, die Vorliebe und die Gründe für ihre lange Tätigkeit wieder, für jene männlichen Unternehmungen, die sie immer gereizt und gequält hatten, die ihrer Ruhe abträglich waren, ihr aber einen zweifelhaften Ruf und all das Geld einbrachten, das sie sofort wieder ausgab – weniger für sich selbst als für andere. Die scharfen Augen, in deren leuchtendem Grau so viel heimliches und beherrschtes Leid erlosch, ließen vor Aufmerksamkeit die Lider nicht zucken und rieten mit strenger Güte standzuhalten. Und Artemisia hielt stand, in Stimme und Rede, ohne Rührung, bis zum Ende. Es lautete: »Ich entschloß mich abzureisen, um mein Leben und meine Werke in der Nähe meines Vaters zu vollenden.« Mehr sagte sie nicht, weil man vor einer solchen Frau keine Gründe für Gefühle und weibliche Schwäche, die von vornherein verstanden und vergeben wurden, auszubreiten brauchte. Wie eine Nadel blieb ihr ein: »Mein Mann ist nicht mehr mein Mann« im Halse stecken und jenes alte, unwiderrufliche: »Meine Tochter hat mich nicht lieb«, das sie außer dieser schroffen und mitleidigen

Alten niemandem je anvertraut hatte, die bewies, daß sie über das bloße Wort hinaus begriff. Und jetzt schwieg sie nachdenklich.

Eine wie eine Nonne gekleidete Dienerin kam mit einem Tablett voller Getränke und Früchte. Dann brachte sie auf einem violetten Samtkissen eine lange, verzierte Pfeife: und wurde mit einer barschen, gebieterischen Gebärde der noch weißen, noch feinen Hand entlassen. Mit präzisen, ungeduldigen Gesten füllte die Dame den Pfeifenkopf, drückte die Blätter fest, betätigte das Schlagfeuerzeug und zündete die Pfeife an. Mit stolzer Kraft inhalierte sie. »Nur eine dumme Frau kann glücklich sein«, zischten, wenn auch gedämpft, die bleichen, dünnen Lippen, während aus der anmutig gehaltenen Pfeife weiße, duftende Spiralen emporstiegen, die an den Rauch eines geheimnisvollen Opfers gemahnten. Die zarten Lider, deren blaue Äderchen Reinheit und Müdigkeit ausdrückten, schlossen sich halb angesichts des glitzernden Meeres, das vom Feuer des Sonnenuntergangs wie mit Stickerei überzogen wurde – Kräuselung um Kräuselung. Mit der freien Hand reichte die Spinola der Gentileschi ein Glas Saft. »Ich habe Euren Vater kennengelernt; er war ein großer Mann, und Ihr macht ihm Ehre«, endete sie mit erhobener Stimme, fast als wolle sie ein heimliches Einverständnis, eine gewährte Vertraulichkeit vor der anderen verbergen. Und ihre Augen, deren Farbe ausgebleicht war durch die äußerste Klarheit der Einsicht oder durch die Glättung der Abnutzung, wollten ermutigen und wirkten durchbohrend. Doch jenseits dieser unbeabsichtigten Kränkung durch einen Menschen, der seit allzu langer Zeit die Waffen der Autorität und der Einsamkeit handhabte, vernahm die Malerin eine eindringliche Botschaft, das Lebewohl eines ihr gewogenen, gefangenen Herzens, des einzigen in Genua, das zu erobern sich lohnte. Aufgrund einer geheimnisvollen Analogie der Werte erinnerte sie sich plötzlich an die Unschuld, an die Reinheit, an Cecilia. Sie verneigte sich, um zu danken, aber linkisch, weil ihre Lippen sich von jener jungen, weißen Hand angezogen fühlten: die sie jedoch nicht berührten.

An die Spinola dachte sie: und nicht an das eigene Schicksal und auch nicht an Antonio, als die Genueser Feluke mit dem Bestimmungshafen Marseille von der Mole ablegte. Es war ein kleines Boot für arme Leute, denen es nichts ausmachte, wenn sie seekrank wurden und wenn sich auf dem engen Raum zwischen aller Füße Gerätschaften, sperriger Hausrat und Gepäckstücke ansammelten: Und die Matrosen mußten alle Augenblicke mit ihren bloßen Füßen über sie hinwegsteigen. Dieses Mal richteten sich die Gesänge, Litaneien und Stoßgebete an die Madonna von Savona. Im Freien zu schlafen, auf Deck, war nichts Ungewöhnliches, auch nicht für eine Frau; für die Frauen nämlich – mit Artemisia waren es vier: zwei Dienerinnen und eine Pilgerin auf der Rückkehr von den heiligen Stätten Spaniens – hatte man aus alten, aufeinandergehäuften Segeln Lager hergerichtet und ein paar Hängematten ausgespannt. Das erste Abendessen teilten sie unter sich auf, schwesterlich, unter einem abendlich roten Himmel, und alle waren vergnügt, fast so, als hätten sie sich soeben aus ihrer Unterordnung erhoben. Die Dienerinnen sagten mit einem Seufzer der Erleichterung und Befreiung: »Um diese Stunde wird Madama wohl schon in Celle sein«, aber, Unterwürfigkeit gewöhnt, wollten sie, daß Artemisia in der breitesten Hängematte lag, und betteten sie dort zur Nachtruhe. Die Pilgerin lehrte sie Gebete, die jede Gefahr wirksam abwehrten, und verteilte – äußerst seltene – Reliquien der heiligen Casilda. Der Leuchtturm war verschwunden, schwarz war das Meer, doch durch die Nacht drang ein Schimmer, der der Ewigkeit anheimgefallene Fernen ahnen ließ, unwiederbringliche Erinnerungen. Auf diesem elenden Schiffchen, inmitten der armseligen, schlafenden Gesellschaft, war es wunderbar, sich mit dem Gefühl zu beruhigen, daß sie für die Hoffnungen, die Ambitionen der Lebenden, ja selbst für die Fähigkeit zu leiden verloren war. Vielleicht ist der Schmerz auch ein Gut, um das man trauern sollte, dachte sie im Traum, Pietra Spinola zugewandt, die unter ihrem Baldachin rauchte: Und es schien ihr, als gehe dieses so launische und ungewohnte Gefühl nicht von ihr selbst, sondern von dieser Frau aus. Außer ihnen beiden existierten keine anderen Wesen, und so, wie Antonio Artemisias Hand betrachtet hatte, glaubte Artemisia, die so feine und starke der Alten zu studieren: So daß alles, was von dem blinden und verstockten Herzen des Mädchens Artemisia, der erwachsenen und reifen Frau Artemisia blieb, sich in einem geheimnisvollen, fast liebevollen Staunen über die Augen und die Hand Pietra Spinolas auflöste, die ebenfalls fern und verloren war. »Ach, ach«, seufzte sie, als sie erwachte und sich nicht befreit fühlte, sondern leer wie eine Muschel, ihrer Vergangenheit, des Schmerzes und der Freude beraubt. Es war ein klarer Tag, ein stiller Tag auf See, soeben geboren. Die Reisegefährtinnen schliefen: die Dienerinnen mit erschöpftem, gerunzeltem Gesicht, die Pilgerin, das Gesicht von einem Taschentuch bedeckt, wie eine Tote. Das Klatschen der vom Kiel der Feluke durchschnittenen Welle erinnerte an eine eher erahnte als erkannte Waldesstille. Artemisia beugte sich aus ihrer Hängematte und sah, den Blick über den Bord des Schiffes gerichtet, in dem grünweißen Kielwasser einen Delphin spielen.

Spät hatte die Gentileschi schreiben gelernt. Ihr Mann hatte es ihr beigebracht, damals an der Ripagrande, an den Feiertagen: Da lag sie auf dem ebenerdigen Lager und folgte etwas trägen Auges den gedruckten Zeilen eines der Bücher, die Antonio zusammen mit dem Flittertand, den Silbersachen und den Seidenstoffen, mit denen er Handel trieb, nach Hause gebracht hatte. Aber mit der Schreibschrift kam sie nicht zurecht, und so hatte sie seither, wenn es sich nicht vermeiden ließ, in Druckbuchstaben geschrieben. Sie haßte das Schreiben, das von der Aufmerksamkeit auf Zeichen und Zeichnung ablenkt: Daß sie die Dienste von Sekretären in Anspruch nahm, das wußte ganz Neapel. Und wenn Artemisia gesündigt hat, dann dieser Sekretäre wegen; der letzte war Diego. Nicht aus Wollust: In hellsichtiger Ruhe erkennt sie jetzt, daß sie sie als Werkzeuge ihrer Eitelkeit benutzt hatte, als Beweis dafür, daß eine tüchtige Frau sich von Männern bedienen lassen kann, welche sich auf das Schreiben verstehen, aus gutem Hause stammen und bedürftig sind: Der Rest war aus Mitleid und manchmal durch Zufall geschehen. Vor der Ortschaft Albenga stellte sie an diesem klaren Morgen auch fest, daß es ihr einerlei war, was man in Neapel über sie sagen und spekulieren mochte. Zusammengeklittertes Zeug. Degoutante, lächerliche Geschichten. Am Ende hatten sie immer geschrien, die Sekretäre, wie Mägde, die man aus dem Haus jagt: und um sich mit ein paar zusätzlichen Geldstücken aus dem Staub zu machen. Was geschehen ist, ist geschehen; nicht einmal im Angesicht des Todes wird sie sich deswegen noch quälen: Belanglosigkeiten für den Beichtstuhl, die nichts mit Gott zu tun haben und auch nichts mit der Jungfrau Maria. Artemisia ist römisch-katholisch.

Aber in Marseille bemerkte sie, daß ihr ein Sekretär fehlte. Die Fahrt mit dem Schiff war schnell und ruhig vonstatten gegangen, wie auf Milch, stellten die reisenden Damen, die an Unbequemlichkeiten gewöhnt waren, verwundert und zufrieden fest: mit Hilfe eines liebreichen, sanften Windes, der die Segelschiffe voranschob. Bei der Ankunft waren Hafen und Stadt weiß von Steinen und Sonne – einer stillen Sonne, ohne Glanz –, weiß wie Kranke, die auf Gesundheit hoffen. Kurzum, ein Glück, und das Gasthaus war gut, wenn auch zu Ehren einiger zurückgekehrter Fregatten, die siegreich gegen die Türken gekämpft hatten, die ganze Nacht lang in den Straßen lärmend gefeiert wurde, mit Fackeln und Tänzen – eine Neuheit. Nachdem sie sich mit zwei Händlerinnen geeinigt hatte, die auf dem Heimweg nach Lyon waren, wartete Artemisia, im Hof der Unterkunft sitzend, das Gepäck zu ihren Füßen, darauf, die Kutsche zu besteigen. Sie vertrieb sich die Zeit, indem sie einem Mädchen im scharlachroten Röckchen zusah, das Wasser vom Brunnen holte, mit Gesten der Arme und Hände, wie sie in Italien nicht üblich sind. Dabei kam sie nicht auf den Gedanken, sie zu malen, sondern zu schreiben, daß »in Marseille eine artige, flinke junge Frau mit ihren zauberhaft weißen Ellbogen zu gestikulieren schien, während sie den Eimer hochzog«. Hinter diesen so einfachen und klaren Bildern und Wendungen bewegten sich andere Bilder von Orten und Dingen, und hinzu kamen vernommene Stimmen und Worte, die sich in ihrem Kopf leicht zu einer Rede zusammenfügten, zu einer Erzählung, die sie weder verlieren noch vergessen wollte. Um sie nicht zu verlieren (und sprechen kann man wenig, weil die Leute hier kein Italienisch verstehen), müßte man sie jemandem anvertrauen, einen Brief schreiben. Artemisia will einen Brief schreiben, nicht einen der üblichen an Francesco mit nur wenigen Worten, sondern einen langen, geruhsamen Brief: und weiß weder an wen noch wie. Die Winde des Brunnens quietschte, der Brief war wie gesungen, während der süße, heitere Morgen sich mit der Sonne in den Hof aus kaltem Stein senkte. Auch das Mädchen fing an zu singen, stellte den Eimer auf den Boden und trocknete sich die Arme an der Schürze ab. Das Liedchen flog geschwind dahin, aber fröhlich war es nicht, und es ähnelte keinem der Lieder, die in Neapel und in Rom gesungen wurden. Mit einer Bewegung hinter den Kopf mit dem weißen Häubchen ergriff das Mädchen den Eimer am Henkel und ging davon; und Artemisia trank alles mit den Augen und Ohren und setzte stumm, aber mit großem Genuß ihren nicht geschriebenen Brief Wort für Wort zusammen. Auf der Zunge lagen ihr die Stimmung und der Geschmack der Reise, ein ihr ganz eigener Geschmack. »Niemand«, dachte sie, »weiß, daß ich hier bin, auf dieser Bank, in diesem Hof, und dasitze, als wäre ich hier zu Hause und sollte für immer hier bleiben.« Und von da an suchte sie auf ihrem ganzen Weg, solange sie konnte, nach der Möglichkeit, den Zufall – und nur den Zufall – zu erhaschen, aus dem die Briefe flossen, die ohne Feder geschrieben waren und die ihr Pinsel und Gesellschaft ersetzten.

Der Brief vom zwölften September besagte, daß in Belcaire eine große Kirmes stattfinde und daß sich auch der Herrscher dieses Reiches dorthin begebe; es gebe Festmähler der Dorfbewohner auf den Straßen, Unmengen großer Teller würden auf

Brettern mit Griffen herumgetragen, wie es die Lastenträger vom Markt tun, und auf den Tellern sei etwas Gelbes wie Polenta, aber Polenta sei es nicht. Von schöner Farbe, ich habe nicht davon gekostet.

Der vom zwanzigsten: Durch die Schluchten der Rhône fährt man langsam; wer gen Italien reist, ist mit Booten unterwegs – eine schnelle, aber gefährliche Reise. Man sieht sie vorbeisausen wie einen Blitz. Und es wehte eine »Bise«, wie man hier sagt, die einem ins Gesicht schneidet. Schöne, seltsam geformte Felswände. Madame Blandine sagt, hier könnten auch die Frauen Boote führen und verdienten damit Geld. Aber ich habe keine gesehen.

Vom zweiundzwanzigsten: Unmengen von Vieh – Kühe und Pferde – oben auf den Steilhängen. Die Hirten, mit ledernen Schürzen wie Metzger, treiben die Tiere mit kriegerischen Piken an. Die weißen Kühe wirken in diesem Licht, als seien sie blau. Es gab auch einen kleinen Burschen, fast noch ein Wiegenkind, der spielte Schalmei und hütete die Schafe. Mutterseelenallein, es war zum Gotterbarmen.

Vom dreißigsten: Madame Blandine wurde bei ihrer Ankunft begeistert empfangen: Sie hat einen Mann und zwei schöne Töchter, ich blieb zum Mittagessen bei ihnen; die Brünette hat die Nase meiner Porziella. Wie oft sich diese Französinnen küssen! Lyon ist groß und hell.

Doch am siebten Oktober, einem Tag mit Sonne, süß wie Wein, gab es eine Dämmerung, die winterlich finster schien, und Madame Artemisia gedachte nicht niederzuschreiben, wie sehr sie sich in jenem Gasthof gefürchtet hatte, weil sie die einzige Frau dort war und die Männer unten sie lange angeschaut hatten, sie und ihr Gepäck. Ein stinkender, halbblinder Stallbursche hatte sie nach oben begleitet, zwischen Ratten und Stroh, wo sich nicht einmal die Tür schließen ließ; wer sich schützen wollte, mußte eine Kiste davorschieben. Sie hatte sich die Schuhe ausgezogen, damit man sie nicht hörte, und sich der Balustrade genähert. Unten tranken die Männer, und hin und wieder sprachen sie kurz und leise miteinander. *»Belle femme«*, hörte und verstand sie, und dann, mehrmals: *»argent«*. Wenig verstand sie von dieser Sprache, nur die üblichen Sätze der Postkutscher und Gastwirte. Sie blieb die ganze Nacht wach, ohne zu Abend zu essen, ganz allein, und konnte nicht fassen, daß der, der sie lieb gehabt hatte, ihr nicht beistand. »Ach, Antonio«, versuchte sie zu sagen, nach so vielen Tagen, an denen es nicht geschehen war, aber ohne bestimmte Absicht, nur um sich selbst, um ihre Einsamkeit und jenen zermürbten, ermatteten Kummer, der so schmerzlich verstört wirkte, auf die Probe zu stellen. Doch ihr Anruf blieb schwach und vergeblich, wie eine von vornherein verlorene Wette.

Seit dieser Nacht aber wußte sie, daß sie sich mit ihren phantasierten Briefen an eben ihren Mann wandte, den einzigen unter allen, die ihr nahestanden, der von Malerei nichts verstand, aber in aller Schlichtheit bestimmten nebensächlichen Aspekten der Menschen und Dinge etwas abgewinnen konnte: mit halbem Ohr mitgehörten Gesprächen, der Art und Weise, wie jemand sprach, ungewöhnlichen und andersartigen Sitten, eben den Dingen, über die er spontan und wie zufällig berichtete. Das wenige, was er ihr von seinen Reisen durch die Campagna erzählt hatte, war bevölkert von umgestürzten Handkarren, von einsamen Häusern mit schönem Ausblick, von schönen Bäumen und fetten Herden (die soundsoviel einbringen würden). Ereignisse, nicht außergewöhnlicher als die eines unglücklich gestürzten Kindes, das der freundliche Passant von Schmutz und Tränen befreit: die Erinnerung an einen unbekannten, aber schmackhaft zubereiteten Fisch. Unterwegs, als Reisende, denkt Artemisia, wären sie gut miteinander ausgekommen. Sie ist jetzt schon so weit entfernt, daß sie die kleine Schokoladenbraune nicht mehr sieht, die ihren Platz eingenommen hat, und es scheint ihr, als sei sie zu den vertrauten Lebensumständen ihrer Jahre als Ehefrau, aber einer offensichtlich geschützten Ehefrau, zurückgekehrt. Denn schließlich hat niemand gesagt, daß ihre Ehe aufgelöst sei oder daß die neue geschlossen wurde. Wo es nur noch Asche, eine Todesahnung und eine heimtückische Fähigkeit zu leiden gab, erhebt sich jetzt eine beharrliche Verheißung, ein Hang zu einem ruhigen und duldsamen Leben: als habe ein Brief die Reisende erreicht und sie beruhigt und sie auf wunderbare Weise für immer geheilt.

Diese Ahnung wurde am neunzehnten Oktober zur Gewißheit, auf den letzten Meilen vor Beaune, wo die Felsen von schwarzen, weißen und braunen, sogar blonden Ziegen wimmelten, die mit vorgerecktem Bart wie festgewurzelt zwischen den Büschen standen, um die Kutsche vorbeifahren zu sehen: wie Menschen. Das Wohlbefinden, das Artemisia erfüllte, spürte sie im Rücken und auf der Brust als Wärme, und entgegen ihrer Gewohnheit hatte sie Lust zu reden, so daß sie, kerzengerade dasitzend, das Gesicht am Wagenfenster, nicht müde wurde, die Vorbeiziehenden zu beobachten: Wie in der Gegend um Rom waren es Bauern, die auf Eseln saßen. Und sie nahm die Hälfte des Apfels an, den der Mönch, der kurz zuvor zugestiegen war, mit seinem schmutzigen Messer geschält hatte: sie, die so heikel war. Plötzlich, als die Kutsche in den Hof der Herberge einbog, legte sich das Wohlbefinden wie ein abflauender Wind, von den man nicht weiß, was mit ihm noch geschehen mag. Als sie ausstieg, gaben ihre Beine nach; sie war die letzte von allen, und nur mühsam klaubte sie ihre Gepäckstücke zusammen, weil ihr der getrübte Kopf glühte. Das Gasthaus war finster, schon nächtlich und kühl. Das Feuer im Kamin wärmte nicht, das Auge der Wirtin musterte sie, und als sie nach einer komplizierten Verhandlung endlich ihr Bett erhalten hatte, stieß es sie ab wie eine Falle: Endlich ausgestreckt und allein, aber ohne sich entkleidet zu haben, fühlte sie sich schwimmend dahintreiben, wie verloren. Auch ihre Gedanken schwammen und schlugen so lange gegeneinander, bis es ihr nicht mehr gelang, sie auf einen Begriff zu bringen, zu einer Feststellung zu verbinden. Sie hatte Fieber, und in Frankreich bestand Verdacht auf Pest.

Vielleicht war es schon der zweite Abend, der die Fenster verfinsterte: Vor vierundzwanzig Stunden oder vor einer Minute hatte die Magd die Lampe auf das Tischchen gestellt, und sie konnte sich nicht erinnern, aus dem halbleeren Glas getrunken zu haben. »Ich habe mich doch wohl gefühlt«, wiederholte sie beharrlich und suchte in diesen Worten ein Unterpfand ihrer Rettung. Hatte sie Angst, oder wollte sie Angst haben? Sie erinnerte sich, daß sie auf der Reise den Tod herbeigewünscht hatte, infolge irgendeines Unfalls, und daß niemand es wissen sollte: Vielleicht waren auch diese Umstände – daliegen und krank sein – nur ein dringender Wunsch, eine Anmaßung, wie damals, als sie an die Macht des Seesturms geglaubt hatte, obwohl nichts daran gewesen war. Die Lust, einen wirklichen Brief zu schreiben, mit Papier und Feder (hatte sie darum gebeten?), war ebenfalls nur eine Illusion. Dennoch beharrte sie darauf, ihn mit klaren Worten einzuleiten: »Lieber Bruder, da ich mich in Lebensgefahr befinde ...« Schrieb sie wirklich, oder träumte sie zu schreiben? Neben ihr atmete jemand mühsam; es war eine Schande, daß man sie nicht allein ließ. Da fühlte sie in ihrer trockenen Kehle das letzte Keuchen des stechenden Atems, erwachte und wunderte sich, am hellichten Tag geschlafen zu haben, was ihr in Neapel selbst in den heißesten Stunden niemals passiert war. Jetzt ist es nicht heiß, ihr Schweiß ist kalt, und wieder senkt sich die Dämmerung herab. Der knorrige dunkle Feigenbaum, der Baum des Verrats und der Reue, der sich am Fenster zeigt, beschwört Bilder der Todesangst herauf, das Bedürfnis, sich in einer Beichte geschlagen zu geben. »Wenn es mir wieder besser geht«, empfiehlt eine seltsam optimistische Bosheit, die Triebkraft des abklingenden Fiebers. Und Artemisia findet sich völlig geschwächt, aber gesund wieder: matt, abgemagert und ausgeplündert, geheilt ohne Latwerge und ohne Lanzette. Und es verlangte sie nicht mehr danach, Briefe zu schreiben.

Zwanzig Tage blieb sie in diesem Berggasthof, der von einer Stunde zu anderen still war wie ein Grab oder ohrenbetäubend laut wie ein Jahrmarkt. Es entzückte sie, den Feigenbaum zu betrachten, der jetzt seine Blätter abwarf; sie war in grobe

Tücher eingewickelt, die ihr die Wirtin gegen die Feuchtigkeit lieh, die an diesem Ort herrschte, wo alles von Wasser troff. Es regnete; die junge Magd hatte keine Angst mehr, sich ihr zu nähern; der Verdacht auf Pest hatte sich zerstreut, und wenn keine Gäste kamen, blieb das Mädchen bei ihr und sang ihr wehmütige Weisen vor, die ihre gemeinsame Sprache geworden waren und die die Essenszeit, die Fortschritte der Genesung und den Tag bezeichneten, an dem sie in den Hof hinuntergehen konnte, um etwas Luft zu schöpfen. Wenn Delphine sang, vergaß sie, daß sie Magd in einem Gasthaus war, und es entfiel ihr, daß sie arbeiten mußte; die Arme hingen an ihren Seiten herab, und ihr weicher, vom Klang sanft gekräuselter Mund blieb halb geöffnet, fast so, als warte er auf eine Antwort. So zeichnete Artemisia sie auf einem schmutzigen Karton, während unten die Fuhrleute und Reisenden lärmten und ihre Herrin sie suchte: Keine der beiden Frauen bemerkte es. So kam es, daß das Mädchen aus dem Haus geworfen wurde, und die Italienerin wußte nicht einmal, daß es im Morgengrauen, im Regen, fortgegangen war, zu seiner Hütte in den Wäldern, zwanzig Meilen zu Fuß, um Hunger zu leiden. Das kleine Kerlchen, das auf der abschüssigen Strecke bei Noy von den Pferden der Kutsche niedergetrampelt wurde, welche sie nach Dijon brachte, war Delphines Bruder; er arbeitete als Kaminkehrer und war auf dem Weg nach Hause, mit einem Sack Hafer, der zu schwer war für seine schwachen Schultern. Doch in jenem Augenblick schlief Artemisia, das abgezehrte Gesicht gegen die harte Rückenlehne gekehrt. Sie sah das Blut nicht, das sich mit der Erde vermischte – erstaunlich viel Blut für den Körper eines Kindes. Der Postkutscher sagte: »Ein Toter draußen, eine Tote drinnen« und gab den Pferden die Peitsche, weil er in großer Eile war. Wie eine Tote sah Artemisia tatsächlich aus, mager und ausgemergelt, mit ihren geschlossenen Augen.

Zwei Tage ruhte sie sich in Dijon aus, einen in Troyes, einen in Nogent: Doch in den Städten ging sie nicht spazieren. Sie hatte sich mit den schäbigen Zimmern der Gasthäuser angefreundet, wo sie vergebens nach singenden Mägden wie Delphine Ausschau hielt. Und dann hatte sie kein Geld für die Kutsche, aber sie hatte auch nicht genügend Atem, um zu Fuß umherzugehen. Sie lernte die Laute der Sprache, und es gelang ihr immer besser, Sätze und Redewendungen wiederzuerkennen, die sie selbst nicht hätte wiederholen können und die ihr immer dieselben zu sein schienen: besonders, als sie sich Paris näherten und jeder sie beflissen fragte, ob sie dorthin reise. Sie bejahte und fügte hinzu: »Nach England«, aber sie mußte erkennen, daß diese Mitteilung den Reisenden nicht gefiel und daß so mancher sie mißtrauisch ansah. Anfang November kehrte ihre Farbe zurück, und sie hörte wieder – allerdings mit einer neuen Unduldsamkeit – dieses *»belle femme«*, das ihr zum erstenmal in Marseille ins Gesicht gesagt worden war, von einem Gernegroß mit langen Fingern. Man mußte nicht Französisch sprechen, um es zu begreifen; es war ein fast ärgerliches Befremden: so, als hätte ein gemeiner Bettler ihre Fährte wieder aufgenommen und würde nicht müde, sie zu belästigen. Noch schön zu sein in ihrem Alter und doch die Spuren des Alters auf dem Gesicht zu tragen, erschien ihr wie ein Zeichen der Schande und wie ein Hohn: Nicht aus Schamgefühl wehrte sie sich in Provins gegen die plumpen Übergriffe des Landedelmanns, der mit seinem Hund in die Kutsche gestiegen war. Sie empfand es fast als Genuß, in dem finsteren Flur des Gasthauses handgreiflich zu werden und aus kalter Empörung ihren Ellbogen in den struppigen Bart des Mannes zu stoßen. Und hätte sie eine Waffe gehabt, hätte sie sich ihrer mit derselben Wut bedient. Sie kam sich grausam vor, fast blutrünstig. Hatte sie nicht gegen Agostino das Messer erhoben? Hatte sie nicht das rohe Blut des Holofernes gemalt? So rächte sie sich erneut für ihr Frausein: weil sie ihres Frauseins wieder überdrüssig war.

Aber Frau blieb sie, und in Paris beschloß sie, bei den Nonnen zu wohnen, weil sie meinte, sich den immer überfüllteren und lauteren Gasthäusern nicht mehr anvertrauen zu können. Kloster, Kapelle, königlicher Garten, riesige Säle, aber der

Straßenkot vor dem Tor machte Ausgänge zu Fuß unmöglich. Wie in Genua hatte sie auch hier viele Schreiben zu überreichen, die alle der emsige Francesco in Rom besorgt hatte und die die Namen der höchsten Herrschaften jener Stadt trugen – die von Herren bei Hofe, von rührigen Ordensleuten und von angesehenen Künstlern. Und wie in Genua wird Artemisia träge und zerstreut, läßt sich morgens Zeit mit dem Anziehen und verbringt womöglich zwei Stunden damit, vom Fenster aus zuzusehen, wie die Blätter im Klostergarten fallen. Antichambrieren, sich verneigen, lächeln, vorgeben oder sich dazu zwingen, andere zu verstehen, den eigenen Namen hochhalten, diese schwere Bürde, die in der Einsamkeit so wenig wiegt – lauter Dinge, die der Malerin verhaßt sind. Wen braucht sie eigentlich? Hundert Bilder und mehr hat sie gemalt, mit denen sie nicht unzufrieden war, und sie hängen an vornehmen Wänden, in gutem Licht, unten in Italien. Es gibt etwas, was bezeugt, daß Artemisia gelebt hat, daß eine Frau malen kann wie ein Mann, vielleicht noch besser. Es ist zu spät für größere Ambitionen, aber zu früh, um auf Genugtuung zu verzichten. Sie wird noch malen, aber nicht für einen Monsieur de Guise oder den Herrn Connétable. Sie reist nach England.

Sie ist zum erstenmal im Kloster, und es gefällt ihr, sich dessen bewußt zu sein und von einer Lebensweise zu kosten, für die ihr Vater sie bestimmt hatte, um sie vor Unannehmlichkeiten zu bewahren, und die ihr bisweilen wie eine großherzige Demonstration dessen erschien, was man sich als allerletzten Gedanken für das Ende des Lebens aufheben müsse. Die Nonnen hat sie trotz des Schlechten, das sie über sie gehört hat, immer mit der brennenden Sehnsucht einer Sünderin verehrt, und das hatte Porziella begriffen, als sie sich, um eine entgegengesetzte Position zu ihr zu beziehen, der Ehrwürdigen Mutter anvertraute und deren Umgangsformen nachahmte. Diese war eine speckig glänzende, dicke Frau mit einer gewaltigen, wenn auch leicht lispelnden Zunge gewesen, und Artemisia hatte sich vor ihr gefürchtet. Hier jedoch, wo sie sich selbst eingeführt hatte und sich keines Beistandes erfreute, sondern als Gast sich selbst überlassen war, erblickte sie erst am vierten Abend nach ihrer Ankunft hinter einem Tisch mit rotem Teppich, den ein starres Bleigewicht an den Ecken glattzog, die Mutter Oberin in Gestalt einer Zwergin. Eine Zwergin, das Gesicht deformiert, die Augen zwei veilchenfarbenen Geschwülsten gleich, hielt sie in ihrer kurzen Rechten einen schweren Krummstab aus Ebenholz und Gold. Ihre Gewänder aus feiner Wolle lagen schrecklich eng an ihrem Körper an. Eine riesenhafte alte Frau beugte sich über sie und erreichte, wie ein Haken gekrümmt, mit knapper Not ihr Ohr. Die Zwergin war jung und lebhaft und antwortete blitzschnell, und sie bewegte sich auch rasch, wobei sie sich wie auf geschmeidigen Rollen in jede Richtung drehte: Ihre mißgestalte Gewandtheit war anmaßend und gebieterisch. Am Tisch vorbei bewegte sie sich auf Artemisia zu und fixierte sie ohne Sympathie, mit der Andeutung einer Grimasse befriedigter Bosheit. *»Belle personne«,* murmelte sie, gleichsam sich selbst zuzwinkernd, und strebte mit hoch erhobenem Krummstab der Tür zu. Hinter ihr zeigten sich zwei beflissene Novizinnen mit weißen Schleiern, die ihre jugendlichen Gestalten krümmten, um diese kostbare Monstrosität zu beschützen und zu bedienen. Von der Tür aus konnte man am Ende des Saales ein ganzes Spalier von Frauen erkennen: Witwen, wie der Kopfputz verriet, die stehend warteten.

Nachts, wenn das Gezänk auf den Straßen verebbte – in Paris wird immer gestritten – und Gelächter, ausgelassenes Gerangel und Gesang über die fernen Schritte der Wachposten und der fröhlichen Gesellschaften hinweg verhallten, begann sich die Stille des Klosters mit Rascheln, Klopfen und Flüstern zu beleben – Geräusche, die plötzlich verstummten, um dann, von Flur zu Flur, erneut aufzuleben. Eine Tür schlug zu; man glaubte, sicher zu sein, daß irgend jemand Hals über Kopf barfuß davonrannte. Einmal hörte man deutlich eine junge, verzweifelte Stimme flehen: *»Por amor de Dios!«,* während ein schwerer, mühsam über den Fußboden gezogener Gegenstand die Wände erbeben ließ. Tagsüber ist alles still, ist alles Ordnung und maßvolles Gebimmel; die knienden Laienschwestern polieren unaufhörlich Edelsteine, Hölzer und Metalle: Ihre weit ausladenden Röcke raffend, um sie nicht schmutzig zu machen, rauscht Madame de Lorré vorbei – Witwe, Kostgängerin auf Lebenszeit, Intrigantin im Exil –, von Kopf bis Fuß mit Kampfer eingerieben. Ihr folgt die weiße Katze mit den langen Beinen und dem traurigen Gesicht eines Gespenstes. Sie bleibt stehen und fragt mit lauter, widerhallender Stimme von taub zu taub: »Geht Ihr an den Hof?« In Paris gehen alle an den Hof.

Doch Artemisia verschiebt diesen Gang von einem Tag auf den anderen, packt ihre Bilder nicht aus, nicht einmal die Bildchen, die als Kompliment für ihre Gönner gedacht sind. »Dieses hier«, hatte Francesco vorgeschlagen, »für den Herrn Nuntius, damit er es dem Kardinal übergibt; dieses da für den Herrn de Béthune, vielleicht wird der König es sehen, die weiblichen Akte könnten ihm gefallen.« Wieder einmal am Fenster sitzend, an einem Fenster, von dem aus man spitze Dächer und in der Ferne den Pont Neuf mit der Laterne sieht, greift Artemisia gedankenverloren zum Bleistift und skizziert aus dem Gedächtnis Delphines Kopf mit den breiten Backenknochen, durch den Gesang entrückt, mit dem gefällig lächelnden Gesichtsausdruck ihrer so freundlichen Verschmitztheit. Grün, Bleigrau und Bleiweiß: Was denn sonst für Delphines Gesicht, Farbe ausgelaugter Erde? Aber die Witwen aus dem Parlatorium schwatzten zuerst lange von ihr, dann gaben sie ihrer Neugierde nach und traten näher zu ihr heran. Sie konnten sich verständlich machen, den Namen sprachen sie schon auf ihre Weise aus, von ihrem Stand schienen sie nicht überzeugt. Gleich fragten sie sie nach ihrem Alter: Diese Zahl – vierzig –, wie eine Beute gepackt, schien sie mit freudigem Staunen zu erfüllen, und sie wiederholten sie voll Bewunderung. »Witwe?« – »Ja, Witwe«, antwortete Artemisia mit Augen, in denen plötzlich Tränen schwammen.

Sie wurde ihr Hätschelkind. Zu jeder Tageszeit suchten sie sie in ihrem Zimmer auf: Ein paar Bilder wurden notgedrungen ausgepackt, und die Bildchen, die als Ehrenpräsente gedacht waren, wanderten von Hand zu Hand – Gegenstände heißen Begehrens, feurigen Feilschens. Sie vereinbarten, sie auf einen Spaziergang mitzunehmen – Paris muß man sich ansehen! Sie führten sie zum Palais de Justice, um Spitzen und Seiden zu berühren, die keine kaufte. Aber sie beschenkten sie: durchwühlten ihre Schubladen und verehrten ihr einen alten Fächer, rote Schminke und Benzoeharzpastillen. Sie nötigten sie, einen ganzen Vormittag lang unter den Türmen des Pont Neuf auf die Karosse des Riciliù zu warten. Nie hatte sie so viele Gaukler, Musikanten, Lastenträger, Soldaten, Esel, Schafe und Pferde gesehen: alle wieselflink, ein übermütiges, streitbares Getümmel, auch die Tiere, die ständig ausschlugen. Das schöne Taschentuch aus zartrosa Seide wurde ihr gestohlen, aber als sie es bemerkte, wollte sie es nicht sagen, obwohl sie ein schniefendes Kerlchen mit nackten Füßen und Knien und erschrockenen Augen, das Delphine ähnlich sah, im Verdacht hatte. Und während sie den Kleinen noch ansah, wurde an ihrem Rock und an ihrem Ärmel gezupft; sie packten sie bei der Hand und zerrten so sehr an ihr, daß sie beinahe unter die Pferde des Kardinals geraten wäre. Wie ein Blitz sauste die Kutsche vorüber, eskortiert von einer Schar ungestümer roter Reiter, und die Steine, ja sogar der Straßenkot sprühten Funken. Fast erschauerte sie, weil sie sich in der gierigen, drangvollen Enge des Platzes unter dem niedrigen, bleigrauen Himmel so zerbrechlich vorkam, und daß es regnete, störte niemanden. Nachher erinnerte sie sich, hinter dem blitzenden Wagenfenster ein Hündchen gesehen zu haben, nein, eine kleine, weiße, sehr verängstigte Katze.

Bald darauf gab man ihr ein besseres Zimmer, als sei sie wirklich eine Nonne: Aus der Zelle, die sie bewohnte, brachte man sie in einen großen, kahlen Saal, eiskalt in diesem November: Das Bett war in die Wand eingepaßt und so groß wie ein kleines Zimmer. Fünfzehn Kavaliere – das gaben ihr die Witwen mit zu Fächern gespreizten Händen zu verstehen – hatten zu Zeiten des sinnenfrohen Königs Heinrich hier ein bequemes Nachtlager gefunden. Die Frauen führten sie schließlich auch in den Louvre, einen Rummelplatz voll schnatternder, hustender und spuckender Menschen, die weder Reinlichkeit noch Rücksicht kannten, so daß der Boden wie ein See aussah. Und dann prügelten sie sich, um in die Galerie zu gelangen, auf der der König promenierte. Getreten, gequetscht und sich nur unzureichend gegen die Rippenstöße der fiebernden, wichtigtuerischen Adligen aus der Provinz wehrend, kommt Artemisia wieder zu sich, verliert die Geduld, entrüstet sich auf Italienisch und gewinnt ihren alten Hochmut zurück. »Dieser Hof gefällt Ihnen nicht, weil Sie durch und durch Spanierin sind und nach London gehen.« Ein Los, das den Witwen nicht verständlich war, und jene Namen erschienen ihnen im Vergleich zu Paris von minderem Rang. Die Malerin wurde vor Zorn tiefrot, auch ohne Schminke, und weil die Begleiterinnen es sich in den Kopf gesetzt hatten, den König speisen zu sehen, fiel es ihr nicht schwer, sie im Gedränge zu verlieren. Wenn Artemisia erst einmal zornig ist, fürchtet sie sich vor keiner Streitmacht: Die *petite blonde,* die an diesem Abend Cinq-Mars, der sich unter die Menge gemischt hatte, eine Maulschelle gab (der beim Abendessen nicht aufhören konnte, darüber zu lachen), war ihm im Lichte der Fackeln wie ein frivoles Mädchen erschienen. Und allein kehrte Madame Artemisia in ihr Kloster zurück, ohne jemanden nach dem Weg zu fragen, und watete mit ihren klatschnassen, prächtigen Röcken kühn im Kot. Wut und Ekel wärmten sie sogar in dem kalten Bett, wo sie sofort einschlief.

Es war ein Glück, daß sie erst am nächsten Morgen erloschen, ja noch später, als die Witwen spotteten, daß sie sich verirrt habe, absichtlich, wie sie sagten. Sie gewann ihre Haltung zurück, machte Kassensturz, so gut es ging, sah, daß sie genug hatte, um sich wenigstens für vier Tage eine Kutsche zu mieten, und ließ sich endlich herumfahren, um jene Briefe abzugeben, die sie unter den weniger verbindlichen ausgewählt hatte. So verschleuderte sie die vier Kaiserbilder, die eigentlich für Königin Henriette bestimmt waren, und schenkte sie kurz entschlossen und ohne Überlegung Leuten, die sich keines guten Rufes erfreuten: einem Günstling Poussins, der gerade in Ungnade gefallen war; einem Mailänder Hauptmann, der nach Italien zurückkehrte; der unverheirateten Waise eines Malers aus Limoges, der in Rom gewesen war und das Haus mit altem Gerümpel vollgestopft hatte. Diesen Leuten, die ihr verblüfft und belustigt zuhörten, schüttete sie ihr Herz aus und erklärte mit lauter, lebhafter Stimme, daß sie in diesem Land nicht leben könne: ein taktloses Volk, Straßen für Bettler, schlechtes Brot, lächerliche, überspannte Eleganz. Die Franzosen waren zwar aufbrausend und empfindlich, aber zu spät begriffen sie diese Beleidigungen und dachten darüber nach, wie sie sie hätten beantworten sollen. Weihnachten erzählte der Soldat in Mailand, er sei in Paris der seltsamsten Frau der Welt begegnet. Aber da hatte Artemisia ihren Weg schon fortgesetzt.

Nun trat wieder die untätig erduldete Bewegung der Kutschen an die Stelle von Taten und lullte das Streben nach Handlungen und Worten ein, die nicht überzeugend, aber vonnöten waren, um sie – ohne genauen Sinn und Zweck – von den Orten loszureißen, an denen sie Rast machte, weil sie sonst für immer dort geblieben wäre. Zwischen einer Station und der nächsten, auf abgewetzten Ledersitzen, begann sie sich wieder von trüben Gedanken zu nähren, die Bilder eines nicht umkehrbaren, mißbilligten Lebens des endlosen Leidens enthüllten und verhüllten. Die Landschaft bestand aus fahler Heide, und noch fahler waren die Menschen in der nördlichen Kälte mit einer Haut wie aus bläulicher Erde und mit dürren Knien oder mit heftigen, flammenden Rötungen. An den Haltestellen der Kutsche liefen die Kinder herbei, mit ihren Holzpfeifchen und frisch geschälten Stöckchen, und zottelige, kotverschmierte Hunde. Es schien fast, als hörten sie den scharfen Wind nicht pfeifen und den rauhen Regen nicht fallen. Auf der Schwelle der Hütten, die mit fauligem Stroh gedeckt waren, saßen die Mütter am Spinnrad, schöne hochgewachsene Frauen, während die kleinen Mädchen emsig umherschwirrten, um für die Reisenden Krüge mit Milch, graugeaschte Fladen und ihren berühmten Zider herbeizuholen. Ihr wieder bleiches, ernstes Gesicht vorstreckend, betrachtete Artemisia unermüdlich dieses arme Lumpengesindel, mit dem sie sich, wie sie glaubte, besser hätte verstehen können als mit dem neapolitanischen Pöbel, wäre da nicht die immer unverständlichere und vertracktere Sprache gewesen. Sie hatte wenig Geld, Almosen konnte sie nicht mehr geben, und wenn sie den Blick hob, richtete sie ihn auf den flachen Horizont, den unermeßlich weiten Himmel, das unermeßlich weite Land und die wenigen Andeutungen einer strohfarbenen Sonne, auf die hie und da verstreuten Teiche und die schwarzen Wälder auf den grauen Hügelchen. Sie zog den Kopf vom Wagenfenster zurück und ließ ihn in jener Haltung äußerster Müdigkeit verharren, die ihr nach ihrer Krankheit in Noy das Geplauder mit den Reisegefährten erspart hatte. Es schien ihr unmöglich, daß das Ziel ihres langen Weges sich näherte, und erneut empfand sie Abscheu vor der Zukunft, in der sie wieder eine bekannte und besondere Person sein würde – Quelle des Unglücks. Nun fuhr man auf dem Wasser, auf glatten Kanälen, in großen Kähnen, von gewaltigen Pferden gezogen, die bis zu ihren blonden oder silbergrauen Mähnen mit Schlamm bespritzt waren.

Da sie schon in der Nacht aufgebrochen waren, trafen sie gegen Mittag in Calais ein: Und das Licht wirkte wie am frühen Morgen. Ein neuer Hafen, aber die Spuren des Verkehrs besaßen fast keine Farbe; sie waren mit schwarzer Tinte, nur von wenig Gelb erhellt, in das Grau der Luft gezeichnet. Auch hier unüberschaubares Gewirr der Masten und Taue und der hohen Aufbauten der Schiffe, die vor Anker lagen: Aber das Ineinandergreifen, Sichwinden, Sichkräuseln geschmückter Vorschiffe, Segel und gewaltiger Ankerspillen wirkte gedämpft und ertaubt und durch die Rauheit der Luft und des Lichtes und die Dichte der Dünste zugleich gerechtfertigt und aufgezehrt: Diese strichen hie und da über das Wasser und ließen es, wenn sie sich wieder zurückzogen, glatt und schwarz zurück. »Das ist der Ozean«, verkündete, um sich blickend, der Florentiner, der immerzu in allen Sprachen gesprochen hatte, und Artemisia hätte Türkin sein wollen, um ihn nur nicht verstehen zu müssen. Dieses Wort jedoch beeindruckte sie. Sie hatte noch gar nicht daran gedacht, daß dieses Meer »Ozean« genannt wurde – der Ozean der abenteuerlichen Reisen ohne Wiederkehr. Als sie auf der Schwelle einer finsteren, aber blitzblanken Kajüte, frei von Ruß, zum erstenmal warmes Bier kostete und es in ihr Taschentuch spuckte, fühlte sie, daß sie einen weiteren Schritt auf eine grenzenlose, unmenschliche Freiheit hin tun würde, hin auf die Befreiung von den Erinnerungen. Unwahrscheinlich die Existenz Neapels, ihres Hauses, der von ihr geborenen Porziella: schwierig, fast unmöglich, sich an die bereits hartnäckig festsitzende und unerträgliche Geste Antonios zu erinnern, wie er die Hand der kleinen Schokoladenbraunen berührt und drückt. Verschwommen jede Erinnerung, von der fernsten bis zur jüngsten, als würde sie in ein Tal hinabsteigen, und der Abstieg ist sanft, aber der Himmel zieht sich allmählich immer mehr zusammen und stülpt sich über sie wie ein Eimer. Es heißt, daß sie auf die Flut warten, um auslaufen zu können: was neu ist in ihren Ohren, und sie nimmt es mit Neugierde zur Kenntnis wie ein kleines Mädchen, das weder an gestern noch an morgen denkt.

Die Matrosen reden wenig, und wenn, dann mit abgehackten Lauten. Sie bewegen sich mit weniger Überheblichkeit als die anderen und, so könnte man sagen, auch mit weniger Bravour: als paßten sie nicht zum Meer. Sie gehen auch so geschwind, als wollten sie fliegen. Das Schiff war klein, und es war ein Glück, daß man überhaupt an Bord durfte, denn es segelte auf Rechnung einiger Malteserritter, und sie wollten kein Geld nehmen; es war auch eine Dame da, die man allerdings nicht zu Gesicht bekam. Es wurde angeordnet, daß alle unter Deck bleiben sollten, aber Artemisia wollte sich dem nicht fügen und blieb draußen im Freien, und die Leute von der Mannschaft schüttelten den Kopf, doch sie ließen sie gewähren. Ein schwarzer Hund mit gelben Augen leistete ihr Gesellschaft, der sich ihr zu Füßen niedergekauert hatte, so brav und still, daß man sich nur wundern konnte, und niemand wußte, wem er gehörte; aber alle Matrosen, die vorüberkamen, streichelten ihn und gaben ihm Zwieback. Ohne daß man es bemerkte, fuhr man in den dichten Nebel hinein, und ständig läuteten die Glocken: Es schien, als würde man dringend zur Messe gerufen. Aber in England kann von einer Messe nicht die Rede sein, denn hier wird keine Messe gefeiert, außer für die Königin, die Katholikin ist, soviel weiß Artemisia: Aber sie wußte nicht, welche Auswirkungen dies auf sie haben würde: Es gab nämlich keine Kirchen mehr, in die man eintreten und wo man sich still in eine Bank setzen konnte, um sich auszuruhen, wie sie es immer getan hatte. Gelegentlich vernommene Geschichten über lutherische Grausamkeiten, über gehenkte Priester und bei lebendigem Leib verbrannte Gläubige stiegen in ihrer Erinnerung auf, doch in dieser Luft wie Watte und unter diesen ruhigen Menschen mit ihren hellblauen Augen wirkten sie nicht glaubhaft. Hier endet der Anlaß zu sprechen und auch der Instinkt; es ist, als befinde man sich unter Vögeln und wolle ihr Gezwitscher entschlüsseln. Die Beziehungen mit diesen Leuten stützen sich auf einfache, schlichte Zeichen – nicht mehr von taub zu taub wie in Frankreich, sondern von stumm zu stumm. Und sie machten auch untereinander nicht gemeinsame Sache, diese Engländer. Wenn sie sprechen, bewegen sie die Lippen nicht und sehen sich kaum an.

Man mußte die ganze Nacht an Bord bleiben, weil sich Wind erhoben hätte und man nicht ausbooten konnte: Bei Sonnenuntergang, der sich rasend schnell vollzog, glaubte man, sich in der Hölle zu befinden wie gottverlassene Gefangene. Alles schwarz, schwach wie hartgekochte Eier die Lampen im Nebel und immerzu Glockengeläut. Das Schiff schlingerte nach allen Seiten; der Hund winselte leise im Dunkel, und Artemisia suchte einen Weg, sich in Sicherheit zu bringen, aber sie hätte ihn nie gefunden, hätte nicht ein Matrose sie wortlos vor sich her geschoben. Drinnen: Stöhnen, Seufzen und die gewohnten Waschschüsseln. Von Betten keine Spur, aber Artemisia fand eine Möglichkeit, sich auf dem Boden auszustrecken, und sie war sicher, daß sie einschlafen würde: Sie hatte sich an das Lärmen des Meeres gewöhnt; es durch Schlaf zu bezwingen, gefiel ihr. Als sie zwischen den Leibern kränkelnder und verstörter Menschen erwachte, fühlte sie sich frisch und munter: Die See war glatt, grau, kaum geschuppt, der Nebel verschwunden. Sie erblickte einen großen, weißen Felsen, blank und nackt wie ein Riesenknochen und so nah und bedrohlich, daß man meinte, ihn mit der Stirn berühren zu können. Das war die Küste, der Boden Englands, eine Wand ohne Anlegeplatz, gegen die man prallen konnte wie die blinden Schwalben. Aber das Schiff prallte nicht dagegen, und man sah Dover – wenige Häuschen, ein verlassener Hafen.

Es ist ein kleiner Ort, geringe Entfernungen, Stimmen wie Lärm; Hügel, Felder und Bäume so, daß man glaubt, sie mit den Händen abmessen zu können. Tiefer Himmel auch hier, aber wie eine Schüssel, die Peripherie durch Land begrenzt; für hohe Berge wäre hier kein Platz. Hütten wie Hühnerställe, mit Dächern aus grauer Streu; eigentümliche Kutschen, aber auch sie klein: Und klein wirkten die Pferde, doch alles und alle nahmen beim Näherkommen wieder ihre gewohnten Maße an, und selbst die Menschen waren groß, schön und kräftig. Nicht größer, schöner und kräftiger indessen als Orazio Gentileschi, der wie einer von ihnen wirkte, so kerzengerade, wie er aus Italien abgereist war, mit seinen grauen Augen und dem witzigen Bärtchen, das noch nicht weiß war. Sie traf ihn vor den Toren Canterburys, als sie aus der Kutsche stieg, und sie wußte nicht, von wo er so plötzlich aufgetaucht war, so gegenwärtig, so getreu seinem alten Aussehen, daß man nicht einmal Überraschung empfand – aber Freude, übergroße Freude. Er legte ihr seine leichte Hand auf die Schulter und sagte: »Da bist du ja, mein Kind.« Und alle Kümmernisse fielen von Artemisia ab.

Wenn sie, zu träge, um auszugehen, in diesem Palast in London, der der Königin gehörte, am Fenster noch Luft schöpfte, dann nicht, weil sie sich nicht auf den Beinen halten konnte und sich Geltung verschaffen wollte, sondern weil ihr die Erinnerung an die plötzlich wiedergefundene Kindheit fehlte, mochte geschehen, was wollte. Hinter ihr befand sich, überzeugend und sicher, der Eingang zu dem Saal, in dem ihr Vater schlief, aß und arbeitete – umgeben von so merkwürdigen Kostbarkeiten aller Art, daß sein Gemach eher einer Rumpelkammer als einer Wohnung glich, auch wenn es seinen Zweck als beschützende Behausung erfüllte. Dem Ort mangelte es auch nicht an Dekorum und Grandezza, denn Orazio hatte sich – wer weiß, seit wann – zwischen länglichen Stühlen und Truhen eingerichtet und das richtige Licht gefunden, um zu malen und seine Ruhe zu haben, und er herrschte über jeden Gegenstand mit einer Autorität, die nichts mit hausfraulicher Ordnung zu tun hatte, aber zu ihm paßte, so daß die Tochter zögerte, Hand anzulegen. Große und mittelgroße Bilder zeugten allenthalben von seinem jahrelangen Ringen, von der Meisterschaft, die mit Mitteln erreicht worden war, die eine lange Geschichte besaßen. Artemisia konnte sie rekonstruieren und Schritt für Schritt wiedererkennen, und sie entdeckte darin Erklärungen und auch die Erfolge einer strengen Disziplin, eines bewußt erlebten, reinen Glücks – was sie ihren eigenen Stil als den einer brutalen Mechanik abqualifizieren ließ. Wie beglückend, sich selbst zu erkennen – nicht als Frau, sondern als unverbildete, unbedeutende Schülerin, nicht gegenüber dem Mann, sondern gegenüber dem Meister, der in seiner Tüchtigkeit und seinem Eifer nie erlahmt ist und immer noch voranschreitet. Bevorzugt malt er jetzt kleine Bilder, die er niemanden sehen läßt. Artemisia bemerkt sehr wohl, daß er sie ihr nur ungern zeigt und nach Ausflüchten sucht, um sie mit seinem Körper zu verdecken oder zur Wand zu drehen. Auch seine Palette war klein, sie enthielt nur wenige Farben, höchstens fünf oder sechs: Die haarfeinen Pinsel, die Erden und Lacke wurden stets sorgfältig in eine kleine Kredenz zurückgelegt; es war nicht leicht, sie zu begutachten. Solange das Licht gut war, arbeitete Orazio, und wenn die Tochter ihm den Rücken zukehrte und schwieg, entfuhr ein kleiner, stummer, monotoner Pfiff seinen Lippen: ein Ton, der wunderbare kindliche Übungen ins Gedächtnis zurückrief und den die Gentileschi-Kinder als Ausdruck einer heiteren Stimmung, eines trefflich geglückten Farbauftrags kannten. Dieses Pfeifen vertiefte Artemisias Frieden – ein Friede, der nicht beredet, sondern nur genossen werden wollte. Sie bewegte sich nicht; sie wußte, daß der alte Maler hinter ihr mit scheibchenweise Grün, Ultramarin, Zartrosa und niederkarätigem Gold Landschaften und menschliche Leiber, Himmel, Seiden, Wiesen und klare Gewässer komponierte. Sie glaubte, selbst nicht malen zu können, und fast Freude darüber empfindend, blieb sie in dem durch das Fenster flutenden Licht stehen, als hätte der Vater es ihr befohlen und als wäre diese Art, ihn in Ruhe zu lassen, ein Modellstehen für ihn. Im übrigen schienen sich die ebenen, grasbewachsenen Gärten, die Wolken, die Steine und der Fluß als Elemente der gemalten Ordnung so zusammenzufügen und auf das gedämpfte nördliche Licht zu reagieren, wie Orazio es ihnen befahl. Vielleicht würde Artemisia noch etwas hinzulernen: Interessierte sie sich denn nicht für die Nachen der Milchfrauen, den Verkehr der Lastkähne auf dem Fluß, für die Vergnügungen der farbenprächtigen Gentlemen? Die Briefe, die sie jetzt hätte schreiben können, waren Bilder, neue Zeichen einer neuen Aufmerksamkeit: Und bisweilen hoffte sie darauf, rechnete unbedingt damit und fühlte sich wieder jung und stark wie damals, als sie sich, nachdem sie mit Fleiß und Eifer gearbeitet hatte, eine Erholung gönnte, um sich dann wieder einer Arbeit zuzuwenden, die mehr Sorgfalt erforderte. Es kam vor, daß Lady Arabella, Orazios einflußreiche Freundin, auf die unter ihnen gelegene Terrasse hinaustrat – die Königin hielt nach italienischem Brauch jeden Nachmittag ein Schläfchen – und ihr mit den Fingerspitzen eine anmutige Kußhand zuwarf. Da errötete Artemisia und zog sich in das Zimmer zurück. Diese ein wenig gönnerhafte vertrauliche Annäherung erinnerte sie daran, daß sie sich an einem Hof befand, an diesem Hof, der sie gerufen hatte und der sie jetzt vergaß. Sie fühlte sich traurig und lustlos und trug Sorge, daß man sie nicht bemerkte, auch wenn es den Vater nicht gestört hätte. So endete es damit, daß sie nichts als den Himmel sah und wie er sich schnell verfinsterte und von der Dunkelheit verschlungen wurde.

Sie lernte, warmes Bier zu servieren und gewaltige Braten von Wildbret aufzuschneiden, Speisereste der Königin, die ihre Pagen brachten. Orazio hatte sich an alles Englische gewöhnt und schluckte alles hinunter, zerstreut und im Vertrauen auf seinen eisernen Magen. Es schien, als habe er das Leben seiner Tochter vergessen und sogar den Anlaß, der sie durch seine Vermittlung hergeführt hatte, und er fand nichts daran auszusetzen, daß sie so wenig tat und viele Stunden mit einer kleinen Frauenarbeit in der Hand dasaß: ausgerechnet eine jener Tätigkeiten, die er ihr zu Hause einst vorgeworfen hatte, weil sie damit ihre Zeit vergeudete. Die Frauen denken an tausenderlei, während sie mit der Nadel arbeiten, aber Artemisia nähte, ohne an irgend etwas zu denken, und versenkte sich in einige elementare Bilder: ein enges Gäßchen, ein kleiner funkelnder Degen, Punkte wie die Spuren der Vögel im Schnee. Sie stach sich oft in den Zeigefinger, und schon quoll das Blut hervor, das sie aufsog, und mit einem leichten Stirnrunzeln hob sie den Blick. In solchen Pausen war ihr manchmal, als würde sie plötzlich von einem inneren Tadel erschüttert. »Was mache ich da?« fragte sie sich, als begehe sie eine schimpfliche Tat. Und den Kopf wieder senkend, vielleicht errötend, fühlte sie in sich ein dumpfes Sausen, wie von einem Getriebe, das sich in Bewegung setzen wollte. Gern wäre sie aufgestanden: Aber als sie den Blick auf den gekrümmten Rücken des Vaters richtete, war sie wieder ruhig und besänftigt.

Einige kleine Hausarbeiten – Taschentücher waschen, eine Dose oder einen Teller blankreiben – taten ihr gut, und sie hatte sie mit der Zeit liebgewonnen und verrichtete sie rings um den Alten ohne Kleinlichkeit und ohne Zwang. Sie sagte sich in der Art eingefleischter Hausfrauen, daß er das brauche und daß es ihre Sache sei, gegen den triumphierenden Staub seines Arbeitszimmers anzukämpfen: damit Orazio nicht im Schmutz lebe, der durch das Kehren der Burschen kaum verringert wurde. Sie fing an, wie unzählige ihrer Geschlechtsgenossinnen zu reden und die Arbeit des Mannes nicht mehr zu respektieren, die mehr als alles andere Objekt verständnisloser Neugierde war. Und weil Orazio sich plötzlich zu entfernen und auszugehen pflegte, ohne mitzuteilen, wohin er ging, war es ein Abenteuer, sich mit Staubtuch und Flederwisch zwischen den Gerüsten, Kartons, aufgerollten Leinwänden, Bildern und alten Briefen hindurchzudrängen. Unter dem Vorwand von Ordnung und Sauberkeit bewegte und untersuchte sie jeden Gegenstand, ergötzte sich daran, das Alter einer Zeichnung, das Original eines Kopfes zu erraten oder eine verschnörkelte Unterschrift zu entziffern: Handlungen, ausgeführt mit wohligem Herzklopfen, mit einer Hand, die stets bereit war, sich zu verstellen, und einem Ohr, das gespannt auf die Kette hitziger Flüche wartete, mit denen der Vater solche Indiskretionen früher quittiert hätte. Es war im Grunde ein Glücksspiel, und es verlor seinen Reiz an dem Tag, an dem Orazio, als er sie bei diesem geheimen Unternehmen ertappte, sich nicht anmerken ließ, daß er es bemerkt hatte, sondern sich sofort in seine Ecke verkroch und sich wie gewöhnlich seinen eigenen Angelegenheiten zuwandte. Absichtliche Großherzigkeit oder schlichte Geistesabwesenheit – er bewirkte jedenfalls, daß ihr jene weiblichen Schwächen ausgetrieben wurden und das schroffe Naturell eines so außergewöhnlichen Mannes sich immer freier entfaltete, und die leise Verärgerung, die Artemisia noch immer empfand, wenn sie sah, daß er das, was er gerade machte, mit der Hand oder mit dem Rücken zudeckte, schwand und machte dem Verständnis für das Schamgefühl eines Einzelgängers Platz, der sich gegen die Welt zur Wehr setzte, so gut er konnte. Jetzt, da er der Tochter nahe war, war er ihr übrigens genauso fern wie vor einem Jahr, als Tausende von Meilen sie trennten – nicht aus mangelnder Liebe, sondern wegen seiner zunehmenden Unduldsamkeit, wenn es darum ging, den Zerstreuungen und den Beklemmungen durch die Gefühle aus dem Weg zu gehen. Er hatte sich den Tücken des Lebens verweigert und gegen das Wirken der Zeit angekämpft. »Geht es Francesco gut? Und Giulio, geht es ihm gut?« Die Erkundigung bei ihrer Begegnung in Canterbury war eher ein aggressiver Befehl als eine Frage. Die bejahende Antwort, deren sein geistiger Frieden bedurfte, hatte ihn zum Herrn erhoben; und sie würde ihm genügen – wehe den Friedensstörern! –, solange er lebte.

Es kam nicht häufig vor, aber es kam doch vor, daß die Schar der Hofkünstler an seine halb vergessene, halb legendäre Tür klopfte: Und als es das erste Mal geschah, befürchtete Artemisia eine Invasion von Hofschranzen – so vornehm waren sie herausgeputzt und traten mit einer Unbefangenheit auf, die für italienischen Geschmack ziemlich lächerlich war. Dann schwiegen sie allesamt, in fast achtungsvoller Haltung: Und man hätte darin ein ironisches, unterschwelliges Mißtrauen und eine Übereinkunft erblicken können, zu beobachten und Themen für spätere Gespräche zu sammeln. Verlegen waren sie nicht: Sie erwiesen der kürzlich eingetroffenen Signora Artemisia, die vom mürrischen Alten in aller Eile vorgestellt worden war, ihre Reverenz. Wieder folgte hemmungsloses, einträchtiges Gelächter: Nur der, den sie Anthony nannten, ein schöner Mann, der sehr zurückhaltend war und niemals seine Handschuhe abstreifte, stimmte nicht mit ein. Er war Flame wie die anderen, hatte aber einen eigenen Palast und Stallungen und war verheiratet mit einer Lady, wie die Damen hierzulande genannt wurden. Er sprach gut Italienisch, und mit Artemisia unterhielt er sich auf Italienisch, wahrte aber bei der Konversation immer Distanz und spielte niemals auf die gemeinsame

Kunst an. Orazio sprach das Englische mit einer fehlerhaften, ungestümen, fast wütenden Geschwindigkeit, sprang mit gesenktem Haupt über die Wörter hinweg oder ließ sie, durch seinen toskanischen Gaumen entstellt, dem Mund entschlüpfen – widerwärtige Kost. Und doch verstanden ihn die Herren, die begannen, große Blätter mit Stichen der neuesten Werke der größten Lehrer Europas von Hand zu Hand zu reichen, zumeist jedoch Sachen aus Flandern. Orazio ergriff sie, ohne ein Wort zu sagen, heftete seine quicklebendigen Augen auf sie, die, wie edle Insekten, stets bereit waren, über Zeichen und Farben hinwegzueilen: Und schweigend gab er sie ihnen zurück. Nie zeigte er eines seiner eigenen Gemälde her; nie ließ er zu, daß jemand eines umdrehte. Das bemerkte Artemisia, die so wenig beachtet wurde und sich noch weniger beachtet wähnte, so daß sie glaubte, verschwinden zu können, ohne sich unschicklich zu benehmen, und das tat sie auch.

Wer weiß nicht, was es heißt, eine Tür hinter sich zu schließen und eine plaudernde Gesellschaft zurückzulassen, die sich selbst genügt? Nicht nur die Kälte der durcheilten Korridore war es, die ihr eine Leere in den Magen grub und ihrem Schritt eine trostlose Leichtigkeit verlieh. Um zu ihrem Zimmer zu gelangen, mußte sie hoch hinaufsteigen: Sie war in einer Mansarde untergebracht, die ihr die gnädige Laune der Königin zugedacht hatte, zusammen mit Zofen, Besoldeten, alten Dienern, Leuten, die nie still waren, sondern denen man zu jeder Stunde begegnete, treppauf, treppab, und man mußte zur Seite treten, weil die Stufen schmal waren.

Das Zimmer ist groß und hell über den Dächern von Somerset House; es ist spärlich mit prachtvollen und bunt zusammengewürfelten Möbeln ausgestattet, die von morgens bis abends umhergeschoben werden können, je nach den Erfordernissen eines Hofes, der jeden Tag Einrichtungsgegenstände von dem einen Flügel des Palastes in den anderen zu schaffen pflegt: denn es fehlt an Geld, und der Verbrauch ist maßlos. Es geschieht nicht selten, daß Artemisia beim Betreten des Zimmers ein zweites, verhängtes und geschlossenes Bett vorfindet, in dem irgendein schlafendes Mädchen oder eine Matrone, ein durchreisender Gast liegt: alltägliche Vorkommnisse an Henriettes Hof. Aber sonst ist das Zimmer leer, kalt und so entlegen, als sei es von dem überfüllten, quirligen Königspalast abgehoben: Kaum dringt der Schrei der weißen Pfauen aus den Gewächshäusern der Königin herauf. Sobald diese zweite Tür geschlossen ist, ist es ein Akt des Mutes, den hastigen Schritt zur Staffelei nicht zu verraten, wo das übliche Bild im Zustand einer Skizze verharrt. Aber die Staffelei steht neben dem Fenster, und die Fenster sind die Zuflucht derer, die ihrer selbst unsicher und überdrüssig sind. Durch dieses Fenster wiederholt sich, wenn auch von oben, das Schauspiel der grauen Wiesen, des eisenfarbenen Flusses, des bereits winterlichen Nebels, und wieder einmal gerät Artemisia darüber grundlos in Entzücken. Eine Welt, die für die lebendige Wahrnehmung, das Unvorhergesehene unzugänglich ist, breitet sich vor ihr aus, gestern wie heute. Sie setzt sich nieder: Jetzt malt sie sitzend, die stolze Artemisia, weil dieses Bildchen nicht will, daß man ihm entgegentritt; es ist nur eine Susanna mit ihren Lustgreisen, in kleinem Format, weil große Formate hierzulande keinen Anklang finden. Und sie hat kein Modell: Die blonde Nina, Tochter eines lombardischen Kochs, halten ihr Vater und die fremden Herren Maler den ganzen Tag in Beschlag; sie sagen, sie habe ein wunderschönes Licht auf ihrem Körper, für Artemisia habe sie keine Zeit übrig, und außerdem seien ihre Frauen immer brünett gewesen. Trocken sind die Farben auf der Palette: Sie ist es jetzt schon leid zu malen, ehe sie aufgetragen sind. Und schmutzig sind sie, düster wegen dieses Klimas. Es scheint ein Fluch, daß sich ihr Werk, seit sie hier ist, immer mehr auf Mühsal reduziert: Nun kratzt sie mit dem Messer ein gipshaltiges Bleiweiß voller Risse ab, und es kommt ihr vor, als reinige sie eine Pfanne. Unterdessen verblaßt der diffuse Schimmer über den Gärten und wird zu einer klebrigen Substanz, die die Umrisse eher verwischt, als sie hervorzuheben. Der Tag ist in diesem Land von kurzer Dauer; man hat nur vomittags Zeit zum Malen, und schon sieht man, wie das Bild, kaum skizziert, glatt und ölig ist, so daß es keine Freude mehr macht, daran zu arbeiten. Die große Glocke vom Turm schlägt und übertönt das Kreischen des Messers: So kalte Glocken von so verzerrter Eindringlichkeit hat Artemisia noch nie gehört; sie machen ihr Exil so absurd, daß es keinen Sinn hätte, sich darüber zu beschweren. Es schlagen die Glocken und Glöckchen der Ketzerkirchen mit den Verräternamen: Possen und Späße geschwätziger Gespenster dort oben, in diesem vernebelten Himmel. Doch man muß sich daran gewöhnen, diese Glocken zu ertragen und zu verstehen, wenn der Vater sich daran gewöhnt hat. Mit dem Messer zwischen den Fingern plagt sich Artemisia damit ab, ein Bild zu schaffen, das ihr selbst ähnelt, das Bild einer reifen Frau, die zufrieden in England lebt und malt. Bis morgen also: Überall, auch unter der Erde, ist das Dunkel gleich.

Mit den ersten Briefen, die Ende des Winters aus Italien eintrafen, schien die Taubheit der Welt wieder aufzubrechen. Nicht durch Porziella, die ganze Bündel unbezahlter Frachtbriefe schickte und, ohne sich weiter zu verbreiten, um den mütterlichen Segen bat. Aber Francesco, der auf seine sanfte Art den Groll darüber, zu Hause gelassen worden zu sein, verwunden hatte, teilte seine weitschweifigen parteiischen Nachrichten über gut verkaufte Bilder, schmeichelhafte Urteile und todsichere Aufträge für die Zeit nach ihrer Rückkehr mit und bot noch einmal an, sich auf ein Zeichen hin auf den Weg zu machen und Artemisia in den Süden zurückzubegleiten. »Denn Euretwegen, Frau Schwester, ist mir keine Mühe zu groß«, schrieb er, fast eingeschüchtert in Anbetracht der Entfernung und der Tatsache, daß er sich an einen königlichen Palast wandte, mit unvertrauten Formeln kämpfend, damit die altgewohnte Zuneigung ungeschmälert zum Ausdruck komme. Zur gleichen Zeit legte die Königin das Datum fest, zu dem Artemisia sich vorstellen sollte: In drei Tagen, und die Malerin solle allein erscheinen. Überraschungen hatten Orazio, dem Mann plötzlicher Entschlüsse, der kein Zaudern ertrug, früher einmal gefallen: Diese jedoch gefiel ihm nicht, und er fing an zu murren und unruhig zu werden, fast, als könne er es nicht abwarten; es schien, als höre man ihn stampfen, während er zwischen den kunterbunt zusammengewürfelten Möbeln umherlief, und hier stieß er, dort schob er wütend etwas beiseite, suchte dies und das und vernachlässigte darüber seine Arbeit. Wann und wie er die Königin sah, die seit so vielen Jahren seine Vertraute war, hatte Artemisia nicht herausfinden können, und wenn sie ihn danach gefragt hatte, mit der zerstreuten Miene, die sie seit ihrer Kindheit immer dann aufsetzte, wenn es um Dinge ging, die ihr sehr am Herzen lagen, war sie auf die alte stählerne Unaufmerksamkeit gestoßen, auf seine unbezähmbare Geduld in der Verweigerung einer Antwort. »Hm?« brummte der Alte, ohne sich auch nur umzudrehen oder den Kopf zu heben: Und als Zeichen dafür, daß er etwas Unbestimmtes, Überflüssiges vernommen hatte, hätte er dieses Spiel hundertmal wiederholt, auch wenn die Frage ihm hundertmal gestellt worden wäre. Aber Artemisia fragte kein zweites Mal. Abends überfiel ihn die Müdigkeit mit jugendlichem Umgestüm und ließ ihn oft mit einer Hand – der schönen, leichten Hand – über den Augen zu Abend essen, als wolle er sich vor einer Welt der Taten und Töne schützen, die mit ihm und der Malerei nichts zu schaffen hatte, und erst recht vor dem Geplauder einer Frau. Aber keine Stimme drang mehr zu ihm. In ungewöhnlichem und, wie der Tochter schien, beunruhigendem Maße wurde diese Gewohnheit durch die Mitteilung der Königin erschüttert.

Zwischen den aufgewirbelten Staubwolken erschallten heftige Vorwürfe, die auf das Jahr sechzehnhundertzehn, sechzehnhundertfünfzehn zurückgingen: als wögen die Jahre des stolzen Schweigens, des Exils, der Trennung und der Gleichgültigkeit weniger als eine Stunde. »Du Tochter einer Hure, wirst du wohl hingehen?« rief er, als seine Mahnungen und

Ängste in der reifen Frau keine allzu sichtbare Bestürzung weckten. In zwanzig blitzeschleudernden Sätzen sollte Artemisia mehr über Henriette von Frankreich, Königin von England, erfahren, als sie je hätte fragen wollen. Es waren merkwürdige Beobachtungen, wahre Leckerbissen eines Geheiminformanten. »Man muß ihre Hände loben, denn sie weiß, daß sie häßlich ist, und ihr sagen, daß sie ihrem Vater ähnlich sieht.« – »Iß nicht von ihren Pastillen, wenn sie dir welche anbietet! Das ist ein Teufelszeug.« – »Vergiß nicht: Dumm ist sie nicht, aber überspannt. Ein Wort ist zu wenig, und zwei sind zuviel.« – »Sie kann dich auf das Gesicht küssen, aber du wirst sie nicht küssen. Ich weiß, was ich sage.« Und einmal, vor sich hin murmelnd: »Arme Frau, wie viele ihrer Porträts werden sie überleben?« Eindringliche, fast aufdringliche Reden und Worte, die allerdings im Gegensatz zu der Ungeduld, zu der Aufgeregtheit standen, mit der winzige, belanglose Einzelheiten festgelegt und besprochen wurden. Er fragte, wie Artemisia sich anziehen, wie sie sich frisieren werde. Er wollte in ihrem Kleiderschrank etwas auswählen; sein bleierner Schritt durchmaß Korridore, Treppen und Vorzimmer, die ihn gewiß seit Jahren nicht gesehen hatten; er ließ Pagen und erschrockene Zofen hochfahren, verirrte sich, platzte, in seine Gedanken vertieft, in die persische Gesandtschaft, die darauf wartete, empfangen zu werden, und trat Lord X auf den Fuß, der soeben den Geheimen Rat verlassen hatte, die Hand noch auf der Brust. Als er endlich das Zimmer der Tochter erreicht hatte, klopfte er stürmisch und trat ein, wie ein Baumstamm fällt: Und er begann, mit wählerischer Hand Kleid für Kleid, Unterkleider und Mieder zu durchstöbern. So pflegte er es zu tun, wenn er in seinen Kisten kramte, um etwas herauszuziehen und ein Modell – Frau oder Engel – nach seinem Geschmack anzukleiden, und nie war das Leinen fein genug, nie waren die Seiden hell und weich genug. Er legte einen Rock aus blauem Brokat beiseite sowie ein paar Spitzen und betrachtete seine Tochter, die, mit unterwürfiger Haltung und gesenktem Haupt, ungewollt wieder in die alte

Gestalt des furchtsamen und ein wenig ungetreuen jungen Mädchens geschlüpft war. Es war diese stets geahnte und verabscheute Treulosigkeit – verdammt seien die Weiber! –, die den alten, nunmehr weisen Mann jetzt berührte. Er legte die schlanke, leichte Hand auf die Masse ihrer hellen Haare, die er so selten gestreichelt und so oft gemalt hatte: von so ruhigem Licht. »Ultramarin steht dir gut«, murmelte er zerstreut, und seine Finger glitten langsam bis zum Hals, bis zur immer noch schmächtigen Schulter der Tochter. Er erhob sich, gebeugt, wie von einem allzu traurigen Gedanken ermüdet; aber plötzlich fragte er gereizt und schroff: »Ist dein Geschenk fertig?« Argwöhnisch blickte er auf den Stapel der zur Wand gekehrten Bilder, aber nicht auf das eine, das auf der Staffelei stand. Von sich aus rührte er kein Bild an; er wartete darauf, daß Artemisia sie umdrehte, eines nach dem anderen, mit ihren eigenen Händen. Seit sie in London war, hatte er sich nie nach ihrer Arbeit erkundigt und auch nicht darum gebeten, sich Kostproben anzusehen. Jetzt ging seine Prüfung entsetzlich langsam vonstatten, doch nachdem sein Blick lange starr und wie gestockt auf einem Bild haften geblieben war, begann er sich zu bewegen und jäh zu wirbeln, fast so, alsa erforsche und durchdringe er das Bild.

Die Unterwerfung Artemisias, die bereit war, die Bilder in das beste Licht zu heben und zu rücken, und dann aufrecht neben der Staffelei stand, gegen die jedes Bild gelehnt wurde, war von einem ängstlichen, aber ganz und gar ergebenen und unverhohlenen Eifer gekennzeichnet. Auf der Leinwand gab es nichts, was sie verbergen oder verheimlichen wollte, und sie schämte sich auch nicht, so ausgeliefert zu sein in ihrer Arbeit, mochte sie nun dürftig oder geglückt sein – das Wesentliche, die einzige Würze jener Tage, an denen sie sich sanft verloren hatte, um ein Gesicht, ein Tuch neu zu schaffen, ein scharfes Licht zu erfinden, eine beredte Lasur aufzutragen. Kein Arzt, nicht einmal ein Beichtvater hätte sie aufrichtiger und demütiger antreffen können. Man sprach eine Sprache, mit Blicken, edel und geheim, die die gesamte sichtbare Welt umfaßte und eine weite Zeitspanne, die über das Leben hinausreichte: bis in eine ewige Akademie von Meistern, deren Zeichen und Urteil Orazio vor sich her trug. Und nach dem unerläßlichen Schweigen wurden die freien und tief wirkenden Worte der Kunst ausgetauscht, und es stellte sich eine verzauberte Gleichheit des Ausdrucks ein, die die Nebensächlichkeiten von Alter, Geschlecht und Blutsverwandtschaft überwand. Das rechtfertigte Artemisia, die wunderliche Matrone, die, wie die Leute sagen könnten, allein und ohne Not von zu Hause aufgebrochen ist. Nun fühlt sie sich sicher und froh angesichts der unvergleichlich respektvollen Worte und Gesten, der Anerkennungen, der aufrichtigen Vorbehalte. Zwei Geister – nicht ein Mann und eine Frau, nicht Vater oder Tochter. Und aus der Ehrerbietung befreit und vom Vorführeifer beflügelt, der ihr Kühnheit verleiht, hebt die Tochter Stirn und Blick. Sie erklärt ihre Schwierigkeiten und erläutert ihre Absichten, räumt Fehler ein, ohne deswegen zu leiden, genießt das Gelungene, ohne daß es ihr zu Kopf steigt – ja, lachend, wie über gut erzählte Witze. Ein ganz kleiner Rausch: Die Faust der Frau stemmt sich in die Hüfte, männlich; ihr ganzer Körper, in die steife Weite der Kleider gezwängt, prunkt mit wenig weiblichen – aber auch so unschuldigen! – Gesten. Diese verfluchte Malerei! »Ich sage dir: Baglione und die anderen Römer hätten eine solche perspektivische Verkürzung nicht gewagt.« – »Nein, laß die Finger von den Landschaften! Die sind nichts für dich.« Nun erscheint Artemisias Leben wie ein harmonisches Dahinfließen von den ersten Unterweisungen durch den Vater bis zur asketischen Übung ihrer Jugend: bis zum heutigen Tag, an dem Orazio sich mit ihr unterhält, mit derselben klaren Schroffheit, wie er es mit seinen Gefährten aus der Via della Croce, den besten Malern Roms, getan hatte. Ein unberührbares Glück, in dem die früh verlorene Ehre einer Seele zurückgegeben wird, die schon weichen wollte. Daß sie eine Frau gewesen ist, mehrmals entmutigt und zweimal betrogen wurde, spielt keine Rolle. Es gibt keine Zweifel mehr: Ein Maler hatte einen Namen – Artemisia Gentileschi.

In diesen Tagen verbreitete sich die sechs Monate alte Nachricht wie eine brandneue Neuigkeit bei Hofe. Eine Italienerin ist eingetroffen, eine große Malkünstlerin, die Tochter des Alten, des Gentileschi, des Günstlings Ihrer Majestät. Sie ist schön, sie ist jung. Nein, so jung ist sie wieder nicht, aber sehr schön und hochmütig wie ein papistischer Teufel und immer schwarzgekleidet, nach Genueser Art. Nein, nicht nach Genueser, nach spanischer Art. Sie kommt aus Neapel, nein, aus Madrid. Sie ist von den Jesuiten geschickt, ob sie eine Spionin ist? Die Damen geruhten, von ihr zu sprechen, höhnisch zu tuscheln, wobei jede ihre eigenen Absichten verfolgte, und einige wechselten das Thema und gaben Kommentare über Lady Arabellas neues Äffchen mit dem türkisfarbenen Fell ab, das Geschenk eines Priesters, der in Samarkand lebt. Lady Arabella erklärt, sie sei unpäßlich – schamloser Vorwand, um ihre Vertrauten in ihrem berühmten muschelförmigen Kabinett zu empfangen, als Galatea gekleidet, nur mit einem Hemd aus durchscheinendem Leinen, so, wie Orazio sie in der *Auffindung Mose* gemalt hat. Diese Malerin ist doch nicht am Ende ein als Frau verkleideter Liebhaber? Sie ist eine Mörderin, die der Papst vor dem Galgen gerettet hat. Ein Bankert des Papstes. Von minderwertiger Rasse, eine Zigeunerin. Aber die Zigeunerinnen sind nicht blond. Wie dem auch sei, wer hat sie gesehen?

Zu Hunderten, zu Tausenden haben sie sie gesehen, auf jenen vermaledeiten Treppen und Korridoren unter dem niedrigen Gewölbe, wo die Französin ihre Dienstboten – Männer, Frauen und Kinder – unterzubringen pflegte, aber sie hatten sich eine Meinung über sie zusammengereimt: Einige hatten sie für eine ausgemergelte Näherin auf Probe gehalten, andere für die Witwe des Gärtners Smith. Und Robert Dodd, der neue, unerfahrene Tapezierer, hat sie – wer weiß, warum – für eine Sängerin gehalten: Abends, in der Schenke, erzählte er, während er sein Bier hinuntergoß, daß er jetzt aus der Nähe wisse, wie die

Frauen von der Bühne beschaffen seien, die am Hofe jedem gefällig seien, sich aber wunder was einbildeten. Jetzt wurde mit dem Kitzel einer interessanten Nachricht, die sich von den Sälen in die Vorzimmer ausbreitet, jede Dame genau gemustert, und die aufgeweckten Dienstmädchen neckten einander: »He, du, bist du vielleicht die Artemisia?« – Als »Aschblonde« bezeichnete sie Mary Bonds, die ihr das Bett machte, aber man glaubte ihr nicht. Tatsache war, daß Artemisia in ihrem Zimmer keinen durchreisenden Damen mehr begegnete und jeden Abend ein Feuer im Kamin vorfand. Die Besucher ihres Vaters nahmen ihre Gewohnheit, sich unauffällig zurückzuziehen, nicht mehr kommentarlos hin. Absichtlich grüßten die Künstler sie ehrerbietig, die in Begleitung ihrer Gattinnen kamen, dieser Fläminnen, die, mit hochrot gefleckten Wangen unter ihren großen pilzförmigen Hüten, vor Perlen glänzten. In Flandern betreiben die Frauen die Malerei nicht als Beruf, zumindest nicht offen, und diese Frauen, die die Kunst den ganzen Tag in Gestalt ihrer Ehemänner vor der Nase haben, platzen vor Neugier, vor Gier fast auf eine Frau, die so tut, als komme sie ihnen gleich. Stimmt es am Ende gar? Es wird doch kein Betrug des Vaters sein? Und sie blicken forschend: Die meisten uneingestandenermaßen von einem Neid verzehrt, der an Verzweiflung grenzt. Siehst du, wie der Herr van Dyck sie behandelt, dieser Günstling? Der einzige, der nun über die Muster der ewigen Fragen – wie ihr diese Stadt und dieser Hof gefallen? – hinausgeht. Denn auch der Maler der Damen hat sich aus seiner anmutigen, aber steifen Würde gelöst und ist so liebenswürdig, daß Artemisia glaubt, ihn aus Italien zu kennen, so sehr eröffnet er sich ihr und plaudert über die Schönheiten Italiens, über Rom, Neapel, Palermo. Und was halten wir von Genua und seiner Pracht? Er kennt die Straßen ganz genau, zählt die berühmten Familien auf, erinnert sich an die großen edlen Damen seiner Zeit. Seufzt. Und erwähnt den Namen der vortrefflichen Pietra Spinola, der Wunderbaren. Lebt sie noch? Ungestüm antwortet Artemisia: ja, und die Röte einer Verliebten steigt ihr in die Wangen.

Es war wie eine Verschwörung des Erfolgs, nicht ohne die Gefahr eines Unheils: das vorgekostete Wiederauftauchen aus dem Dunkel der Namenlosigkeit, aber so melancholisch, daß es scheinen wollte, als bilde die Wertschätzung, die sich auf keine Beweise stützte, die Voraussetzung für einen Abschied, den die Welt ihr gewährte, ohne zu wissen, wie sie tatsächlich gewesen war: überheblich und ruhmessüchtig, Siegerin wider Willen. Und wenn sie nicht gefallen hätte? All diese Worte machten sie ungeduldig; sie blickte den Vater an, und eine echte und begründete Bescheidenheit erfüllte sie, so daß sie in der Nacht, auf die Traurigkeit ihrer menschlichen Natur zurückgeworfen, wieder begann, an Antonio und seine kleine Schokoladenbraune zu denken, ohne Schmerz zu empfinden, Porziella wieder mütterlich in den Schoß aufzunehmen und vor allem Francesco um Verzeihung zu bitten und Reue zu empfinden, weil sie ihm nicht zu verstehen gegeben hatte, wie sehr sie ihm verbunden war. Jetzt wußte sie, wie man ein Testament macht – in aller Ruhe und an jene denkend, die einem lieb sind –, und fortan wollte sie leben, wie es richtig ist: In ihrem Herzen hielt sie eine unmißverständliche Lust zu malen verborgen, allein und zufrieden, es zu können, solange ihr noch Zeit dazu blieb. Wozu also diese Vorstellung bei der Königin? Um ein Haar hätte sie es laut gedacht, eines Abends, während sie dem Vater das gekochte Hammelfleisch servierte, eine Speise, die er verabscheute: Als Orazio vom Tisch aufstand, ging er zu einem Schränkchen, kramte lange darin herum und kehrte dann unter die Lampe zurück, in der Hand ein Albarello. Er sah es an, hielt es gegen das Licht, hob den Deckel ab, schnupperte an dem Gefäß und stellte es auf den Tisch, neben den Teller seiner Tochter. »Diesen Lack«, sagte er, »haben die in Antwerpen nicht, und bei den Schatten der blauen Seide wirkt er Wunder. Du wirst schon sehen: Henriette trägt Blau.« Er zwinkerte mit dem Auge und machte sich so zufrieden ans Essen, daß er das Hammelfleisch hinunterschluckte, ohne zu bemerken, was er aß.

Am Sonntag vor der Zeremonie mußte sie in der Kapelle der Königin das Hochamt besuchen – zwischen Franzosen, Spaniern und Italienern: die letzteren waren nur wenige, denn wie Orazio kamen die Italiener in London ohne Messe aus. Artemisia ging zu Fuß hin, unter einer unwirklich schönen Sonne, und die Bürger von London drängten sich, eher finster als belustigt, um den Aufzug der Papisten anzusehen. Ihr Platz war im Gefolge Lady Arabellas, die zur Messe ging, um Widerspruch herauszufordern: dekolletiert, mit Kleidern nach altmodischen Schnitten, den Fächer in der Hand. Zwischen zwei englische Schönheiten eingeklemmt, fühlte die Italienerin das blasse Gold ihres Gesichtes erbleichen im Kontrast zu diesen beiden Silberblüten mit ihren mondhellen Wangen, Flaumhärchen und Haaren: starr das blühende Fleisch und der Ausdruck. Sie sprachen miteinander, ohne den Kopf zu bewegen, und die eine durchzuckte ein Blitz eisiger Lebhaftigkeit, als sie unter den Edelleuten zwei blutjunge Brüder oder Vettern begrüßte: auch diese ein stolzes Paar von der Farbe bleichen Getreides, in grauen Mänteln, mit fleischigem, scharlachrotem Mund. Von diesen Schneestirnen, die sich nie senkten, funkelten bei federleichten Bewegungen Fragen herab, Antworten, grausamer Hohn und geradezu rasende Herausforderungen wie stummes Jagdgeschrei: Dann richtete jeder den leeren Blick anderswohin. Es blieb nichts zu tun, als wie die meisten auf die kleine königliche Chorkapelle zu starren, in der ein Fettkloß von einer Dame in Purpur und Hermelin zu schlafen schien und Kolliers zur Schau stellte. Zwei alte traurige Zwerge, Mann und Frau, in seltsamen, schäbigen Kostümen taten, als wollten sie ihr Buch und Kissen reichen: Sie ließ sie gewähren und wippte unmerklich mit dem Oberkörper; zwischen den Kreidehänden, die sie über den Magen gelegt hatte, lief rasch ein Rosenkranz aus dicken Perlen hindurch. Falsche Perlen, falsche Edelsteine, munkelte man. Alles war falsch an der alten Mutter der Königin von England und des Königs von Frankreich, die von ihrem eigenen Sohn verjagt worden war und hier nur mit knapper

Not geduldet wurde. Sie ißt, heißt es, so riesige Mengen Konfekt, daß ihre Apanage für solch unsinnige Ausgaben nicht ausreicht. Und der Hof macht sich darüber lustig. Sie war die große Maria, die mächtige, launische, zimperliche, die steinreiche Prinzessin von Toskana, die prunkliebendste Königin Europas. In Florenz ernannte sie sich zur Göttin: Wem es gelang, ihr zu gefallen, war selig und sicher, in Paris fürstlich unterzukommen. Schatzkammern, die von Juwelen überquollen. Tausend diamantenübersäte Kleider, und sie schaffte es nicht, innerhalb eines Jahres alle der Reihe nach zu tragen. Jetzt eine Kiste voller Lumpen und dieser staubige, trübsinnige Purpur zwischen dem himmelblauen Züngeln der hübschen englischen Schlangen. Geblieben ist ihr nur die Naschsucht, der Königin von Frankreich, der Italienerin. Und bald wird sie von hier verschwinden müssen; König Karl duldet sie nicht mehr.

Artemisia seufzte, und in einem wenig feierlichen Durcheinander hielt Henriette ihren Einzug. Sie marschierte daher wie in einem Reitkostüm, als trage sie die Peitsche am Schenkel, wirkte wie ohne Hals zwischen all ihren falschen Locken. Dahinter die schärpenverzierten Hosen der Franzosen, rot, weiß, gelb; die geschminkten Französinnen; Priester, Mönche in Hülle und Fülle, mit Leibriemen oder ohne, weiße, schwarze, violette und solche mit Käppchen. Das Betpult war für zwei hergerichtet, doch die Königin nahm allein dort Platz. Der arme purpurne Papagei in der Chorkapelle regte sich nicht und sah wie ausgestopft aus: Artemisia konnte den Blick nicht von ihm wenden. Vor vielen Jahren hatte die Torrigiani gesagt: »Unglaublich dumm und hoffärtig und im Grunde nichts als Fleischfarbe: Und jetzt dieses ganze Glück!« Die Messe begann. Tief gebeugt wirkte die Königin wie ohne Beine; sie bestand nur aus Schultern, den Schultern eines Schwerarbeiters unter diesem winzigen Kopf. Viel Platz trennte sie von den Höflingen, so daß auch sie wie ihre Mutter verlassen, gleichsam verspottet und allein am Pranger zu stehen schien.

Doch allein ließen sie sie nicht am Tag danach, an dem Artemisia ihr vorgestellt wurde, in jenem schlecht beleuchteten Saal aus schlecht gebrannten Ziegelsteinen, dessen Wände ganz mit dunklem Holz getäfelt waren; darüber hingen kleine Bilderchen, dieses nüchterne, altmodische Zeug der Engländer. Um die Monarchin herum machten sich Zofen und Jungfern mit dem ganzen Geraschel und Geklapper ihrer Obliegenheiten zu schaffen: Doch in jeder vierten erkannte man eine sorgfältig gepflegte, dienstbeflissene Nonne in der Schürze einer Dienstmagd. Rundherum drängten sich – gleichsam wie Aufseher und Belagerer jenes weiblichen Nestes – Männer mit der Beharrlichkeit von Hornissen, und drei von sieben waren Priester: mit kurzem Rock zwar, aber so feierlich, als zelebrierten sie. Der Malerin ging ein steinalter Majordomus voran, der die Füße nachzog; ihr folgte ein halbwüchsiger Page mit nackten, knorrigen Knien: Und er trug, in ein Stück Stoff eingeschlagen, das Huldigungsgeschenk, bei dem es sich übrigens um eine heilige Agathe mit abgeschnittenen Brüsten handelte – eine seltsame Wahl Orazios. Sich einen Weg durch das Getümmel eines königlichen Gemachs zu bahnen, dabei die Haltung zu wahren, die Erregung wegen eines außergewöhnlichen Ereignisses zu bezähmen und Demut mit Trefflichkeit zu mischen: Diese Ziele zu erreichen war die Gentileschi bestrebt, aber sie mußte statt dessen darauf achten, die Zipfel und Säume des schwarzen Kleides im flämischen Stil – ein Geschenk des Vaters – zu schützen, das nie so großer Flegelhaftigkeit ausgesetzt gewesen war. Ungestüme ließen Pläne, entschlossene Angriffe und tausend pralle Interessen wie Pfeile durch den Raum schnellen. Sie soll sich beeilen, die Künstlerin: Keiner hat Zeit zu verlieren, aber jeder durchbohrt sie mit einem gierig zerstreuten Blick, weil er, während er schaut, nicht aufhört, an seine eigenen Angelegenheiten zu denken. Man trat ihr auf einen Fuß, die Stickerei eines Ärmels verhedderte sich und zerriß. Mit gebeugtem Oberkörper wandte der Majordomus sich zu ihr um und machte ihr ein Zeichen, sich zu sputen, und sie stolperte und bückte sich, um einen Handschuh aufzuheben, über den schon zehn Sohlen hinweggetrampelt waren. Eine Glut, ein Dampf von heißen Leibern und Atemzügen verdichtete sich beim Fenster, in der dünnen Luft. Dort saß auf engem, gefährdetem Raum die Königin.

Ihr zur Seite Frauen, vier so nahe, so raumfüllend, daß man sich wunderte, wie sie dieses Bedrängtsein ertrug; sie waren vertieft in friedliche Nadelarbeiten, und es hatte den Anschein, daß sie sich wohl fühlten und niemand sie beachtete. Vor ihrer Mutter standen die königlichen Kinder, bläßlich und mit Seide beladen, die sie auf Schultern und Kragen zurechtlegte, fast so, als sei sie mit der Art, wie sie gekleidet waren, nicht zufrieden. Es waren zwei Mädchen und der Kronprinz: keine schönen Kinder. Aus der Menge löste sich ein Pfäfflein mit schäbiger Halskrause und durchquerte blitzschnell den Raum: Nun beschrieb Henriette einen Zettel auf dem Knie, wie ein Feldherr inmitten der Schlacht. *»Vite, vite!«* murmelte sie, und alle konnten dieses Murmeln verstehen, das die Versammlung zum Wogen brachte. Sie hob die ausgeblichenen, geröteten Augen: Und der Majordomus beugte das Knie, Artemisia beugte es, und der Page enthüllte das Geschenk. Die Königin stand auf und erschien nun kaum größer.

»Ihr kommt also aus Italien«, sagte sie, mit schleppender Stimme traurig syllabierend. Sie hustete. Zum dritten Mal verneigte sich Artemisia. Der Husten der Königin war zäh, vielleicht würde sie den Schleim aushusten. Auf dem Boden wirkte die hellglänzende heilige Agathe, vom gegabelten Fuß einer silbernen Garnwinde gehalten, unehrerbietig erzürnt. »Wir wollen«, fuhr Henriette fort und bewegte in huldvollem Rhythmus die unzähligen Locken ihrer Frisur, »Wir wollen, daß Ihr Uns malt.« Schließlich hefteten sich ihre Augen von der Farbe schmutzigen Wassers auf die Malerin, aber mit einer abwesenden Starrheit, und Artemisia bemerkte es nicht, so sehr hatte sie sich von diesem Schatten eines einsturzgefährdeten und wie nebelverhüllten Italienisch rühren lassen, das ihr wie ein Leckerbissen erschien, den sie sich gern – und wiederholt – auf der Zunge hätte zergehen lassen wollen. Aber einer Königin muß man unverzüglich antworten: Und sie beginnt mit pochendem Herzen: »Wenn Eure Durchlauchtigste Majestät ...« Es sind sorgfältig vorbereitete Dankesworte, die niemals Frucht tragen werden. Eine barfüßige Franziskanerin, geschwollen wie eine Blase, ist plötzlich neben der Monarchin aufgetaucht. Sie neigt sich herab, flüstert ihr ins Ohr, hebt einen Finger, fast warnend, wie bei einer Predigt: Unaufhörlich klimpert ihr Rosenkranz in dem unerwarteten Schweigen. *»Allez, allez!«* unterbricht sie Henriette, deren Wachsbleich sich bis über den ausgemergelten Hals hinab in Dunkelpurpur verwandelt hat. Das Schweigen der Hofgesellschaft währt noch einen Augenblick, aber alle haben den Befehl vernommen und verstanden, und alle gehorchen mit einer Geschwindigkeit, die Wände und Boden zu begünstigen scheinen: Eine einzige Tür allein kann nicht so viele Menschen verschlucken. Müde und gebieterisch, die Schultern ihrer Kinder betätschelnd, um sie voranzuschieben, hat sich die Königin in Bewegung gesetzt. Ein Schemel fällt um, hüpft, und ein Kästchen voller Knäuel, Bänder und Blumen ergießt seinen Inhalt auf den Boden, umherfliegende Gegenstände, die die Hofleute weiterdrängen; und eine goldene Rose fällt Artemisia, die immer noch vor Staunen starr ist, vor die Füße.

Schließlich bückte sie sich, um sie aufzuheben. Der kleine Saal war schon leer – ein alles in allem karger Saal, ohne jede Pracht, der Fußboden mit Rohrgeflecht bedeckt, wie es sich nicht einmal in einem Stall fand. Verstreut sah man wie auf einer Wiese da und dort Papierfetzen, einen übel zugerichteten Hut, ein Taschentuch und sogar ein Andachtsbüchlein liegen. Zwei verirrte Hündchen schnupperten herum, ohne zu bellen, kratzten, und das eine hob das Bein gegen einen umgestürzten Stuhl. Die silberne Garnwinde war zur Wand hin umgekippt, unter ein schauerliches Porträt der Königin Elisabeth. Keine Spur von der heiligen Agathe, und Artemisia mußte den Rückweg allein finden.

Die Königin schenkte ihr: ein Äffchen aus ihrer Menagerie – wo die Löwen sind – in einem hübsch gearbeiteten Käfig (es erfror), vier silberne Bierseidel mit Deckel, zehn Yard – wie man hier sagt – holländisches Tuch, eine Uhr, ein sinnreiches Instrument. Das Bild war noch nicht begonnen, für die heilige Agathe war kein Dank gekommen, und auch diese Geschenke trafen nur nach Lust und Laune und wie aus Versehen ein. Schließlich überreichte ein Lakai eine Botschaft – feierlich wie ein Breve –, und da stand geschrieben: daß die Signora Artemisia (mit roten Lettern) unterdessen in der königlichen Kleiderkammer das Gewand für Ihre Majestät aussuchen solle, die Accessoires und den Schmuck; sie solle sagen, ob sie sie lieber als Göttin oder als Heroin oder als Heilige darstellen wolle; zu welcher Stunde des Tages das Licht am besten sei; nach welcher Richtung das Zimmer blicken solle; von welchem Format die Leinwand sein solle, damit man den Rahmen besorgen könne. Die Botschaft wurde überbracht und dagelassen: Die Antwort abholen kam eine Art weibliches Ungetüm, rot, kahl, mit Perücke und mit Tortenbröseln auf den Lippen; und sie zerrte ein kleines, dümmlich aussehendes Mädchen hinter sich her, welches die königliche Prinzessin war, in einem Kleid aus kirschrotem, aber schmutzigem Samt. Mühsam war die Unterhaltung, mit dem Beistand eines Gelegenheitsdolmetschers, des italienischen Küchenmeisters Vincenzo Rocco. Die Prinzessin rollte unterdessen eine silberne Rüsche, die Artemisia auf der Kommode hatte liegenlassen, auf und ließ sie in ihrem Ausschnitt verschwinden; sie landete am nächsten Morgen aus Reue in der Themse.

Man schrieb den zehnten Mai, als ihr die Königin Modell saß. Der Regeln prasselte hart und heftig auf das smaragdgrüne Gras, das Artemisia durchqueren mußte, um zu dem französischen Pavillon zu gelangen, den der Lakai ihr im letzten Augenblick gezeigt hatte. Ihre Füße wurden naß, und als sie eintrat, war das schöne Kleid nach flämischer Mode ganz durchweicht und schmutzig. In dem Kabinett, das mit Heiligen und Reliquien, aber mehr noch mit Miniaturen des Königs Heinrich tapeziert war, herrschte eine fast militärische Unbequemlichkeit, und das Gesicht der blaugewandeten Königin sah aus wie zerkochter Brei. Ihr linkes, am Rande entzündetes Auge hörte nicht auf zu tränen, und sie trocknete es mit einem schönen Taschentuch. »Das Albarello mit dem Lack kommt mir zupaß«, denkt Artemisia, um sich Mut zu machen: Aber schon hat sie die unerträgliche Vorahnung ergriffen, die sich bei jedem neuen Auftrag wiederholt: Auch dieses Mal wird sie das übliche kühne Porträt malen, dessen man sich so leicht rühmen und mit dem man so schwer zufrieden sein kann. Wie soll man im übrigen im Angesicht einer posierenden Königin über die Anordnung nachdenken und den Gegenstand studieren? Wehe, wenn sie nicht auf ihre alte Bravour, auf den effektvollen Pinselschwung vertraut! Wehe, wenn sie nicht die Rolle der Virtuosin spielt! Und auch die Worte wiederholen sich. »Mögen Ihre Majestät geruhen, sich etwas zur Seite zu drehen.« Aber wie sich nicht zu der riskanten Eitelkeit hinreißen lassen, die königliche Hand zu berühren, die Finger um den Rücken des Buches zu ordnen? Henriette läßt es mit sich geschehen: Ihre Gedanken sind weit weg, und ihr Gesicht ist das ihrer hundert Porträts, das seit ihrer Kindheit einer aufgestauten Ruhe anvertraut ist, hinter der sich die Gedanken verstecken lassen. Ihre Haut ist eine dicke, matte Membran, und die Malerin schmeckt den Farbton auf der Zunge ihres unruhigen Pinsels ab: Grau, Bleiweiß und ein Hauch Zinnober? Ein paar Striche auf der Stirn, auf dem Kinn, und dann gleich im Ultramarin des Kleides schwelgen. Wird in diesem Bild irgendeine Aussage stecken? Die Großen wissen das vielleicht schon, wenn sie zu malen beginnen: Orazio weiß es. Aber Artemisia nicht: Ihr Einsatz ist ungewiß und beharrlich, eine Wette auf das Unvorhergesehene, die Aufmerksamkeit einer Spielerin, die auf ihr Glück wartet. Bis das Handwerk obsiegt.

Um achtzehn Uhr war das einhundertzehnte Bildnis der Königin zu einem Mechanismus geworden, der sich über seinem Erfinder öffnet und wieder schließt: eine Skizze, die man nun schon verteidigen und so präsentieren mußte, daß sie gefiel. *»Is Your Majesty tired?* So hatte man es ihr beigebracht, und so sagte sie es. Aber die Königin regte sich nicht und gab keine Antwort. In das Gerüst ihrer knochigen Schultern einbalsamiert, hielt sie die violetten Lider gesenkt. Vielleicht schlief sie.

Im Licht von vierundzwanzig Fackeln, die im Regen knisterten, reisten König und Königin noch am selben Abend ab, mit wenig Gepäck, in großer Unordnung und Verwirrung, mit wenig Gefolge: Einige sagten, in Richtung Antoncurt, andere, in Richtung Nonsicci. Man fand heraus, daß Artemisia die Monarchin als letzte gesehen hatte, so daß nicht wenige, auch bedeutende Herren, die sie gar nicht kannten, sie heimlich befragten. In welcher Stimmung sich die Königin befunden habe; ob sie davon gesprochen habe, daß sie sich wegbegeben wolle. Das skizzierte Porträt trocknete im französischen Pavillon vor sich hin; die Gärtner jäteten die Veilchen, auf den Wiesen sprangen die Damhirsche, Unmengen von fröhlich bunten Schiffen und Schiffchen zogen auf dem Fluß vorüber, weil in Whitehall Kirmes gefeiert wurde. Viel Gerede in Somerset House: Neues Zerwürfnis zwischen Karl und Henriette, die alte Königin von Frankreich hat man fortgejagt, die Tochter wird ihr folgen. Schluß mit diesen Papisten und Jesuiten und Italienern! Auch Orazio Gentileschi hat zwanzig Jahre lang bei diesem Spiel mitgemacht, und seine Tochter ist gekommen, um seinen Platz einzunehmen und um zu intrigieren. Aber eine schöne Frau. Eine sehr schöne Frau.

Artemisia wußte nichts von ihrem skandalösen Ruf, der mit Verspätung am Hofe erwacht war und jetzt seinen Höhepunkt erreichte. Sie wußte nicht, daß Sir Henry ihr ein von Kennern sehr goutiertes Sonett gewidmet hatte, das so begann: *»Artemisia, who is she ...?«*, noch daß Jacobus Mierevelt sie insgeheim porträtiert hatte. Lady Arabella, die dem Herrscherpaar nicht gefolgt war, geht jeden Tag zu Orazio hinauf, schenkt ihm aber wenig Aufmerksamkeit, ebensowenig übrigens wie er ihr. Sie bemüht sich um Artemisia, jedoch nur durch Andeutungen, ohne mit ihr zu reden, mit Anflügen von sibyllinischem Lächeln, während die elfenbeinerne Herzoginnenhand, als bestehe eine stillschweigende Übereinkunft, immer vertraulicher wird und sich auf Artemisias Schulter, um ihre Taille, auf ihren Busen legt. Diese verfügt über keine andere Abwehr, als die Sprache nicht zu verstehen, und senkt die Augen wie ein junges Mädchen. Großes Gelächter seitens der Lady. Strohige Schnurrbärte, kunstvoll zerzauste Perücken, wie geblasenes Glas, Blicke höllischer Arroganz, eisiger Witz auf schmalen Lippen: So sind Lady Arabellas Verehrer, die sie oft begleiten und mit ihr zusammen die italienische Malerin belagern – die nicht die Flucht ergreift, sondern schweigt und an toll gewordene Tiere denkt und an die sagenhaften feuerspeienden Drachen dieses blassen Landes.

Einen Antrag bekam sie – förmlich, heraldisch und anmaßend – von einem gewissen Pierce, einem Kaufmann, einem Günstling, der fast schon zum Adel gehörte, mit kleinen Augen, dicker Nase und einer Hasenscharte. Ob die »Signiora« einen Palast in Woolwich mit Garten und fünfzig Guineen im Jahr zu haben wünsche? Ausgerechnet Lady Arabella trug ihn ihr an mit einem Mienenspiel, das sich nicht einmal Tuzia erlaubt hätte, so säuerlich und affektiert war es. Und ebendiese Lady Arabella faselte vierzig Jahre später (sie erreichte, unter einer dicken Schicht französischer Schminke, ein hohes Alter) etwas von einer Malerin, die im Jahr 40 aus Italien gekommen sei und sich jedem hingegeben habe, der sie wollte. Ihr Enkel, ein gebildeter Gentleman, schwor, jeden ihrer Liebhaber beim Namen zu kennen: Als einen der ersten schrieb er den des Francesco Romanelli nieder, eines Malers, der sich 1640 in der Coronari angeboten hatte.

Doch die Situation des Fremdseins hat sich bereits in Unschuld verwandelt, so daß dieser späte Ruf in Artemisia nur dumpfen Ekel und melancholische Zurückhaltung weckt. Sie könnte, wenn sie wollte, versuchen, eine Welt zu stürmen und für sich zu erobern: Aber sie hat keine Lust dazu. Die zweideutigen Huldigungen, die sie nicht ignorieren kann, stimmen sie traurig, und deshalb fängt sie wieder an, in der Nacht mit Antonio zu sprechen und zu schluchzen. Sie sagt zu ihm: »Du, der du in mir die Schönste und die Tüchtigste gesehen hast. Du, der du mich bis zum Tod hättest begleiten und akzeptieren müssen.« Erneut erwacht sie, weil sie vor Kummer erstickt; und der Mond ist hierzulande kein Mond, der Himmel ist kein Himmel, wenn sie ans Fenster tritt, um durchzuatmen. Dieser leichte, spöttische Nebel über den Wiesen! Diese Hügelchen und diese engen, tiefen Tälchen! Verzweifelt winzige Teile einer Unendlichkeit.

Die Königin kehrt nicht zurück, der König kehrt nicht zurück; Orazio hat sich wieder in sein altes barsches Gebaren eingeschlossen. Eingedenk ihrer letzten Erlebnisse, jener glücklichen Momente, als in ihr die Erinnerung aufblitzte, daß sie für sich allein malen konnte, sperrt Artemisia sich in ihr Zimmer ein, öffnet ihre Kästchen wieder, macht Ordnung, staubt ab und bereitet ihre Arbeit vor, wie sie es als junges Mädchen getan hat. Und wie damals kaut sie nervös auf einem kleinen, trockenen Brotkanten herum, der vom Frühstück übrig geblieben ist.

In jenen Tagen begann sie mit einer Figur ohne Modell, aus der Erinnerung: Aber aus der Erinnerung an wen? Das fragte sie sich, während unter ihrer Hand eine Wange von heißer Blässe und schwarze Haare aufblühten, die, zu einem nachlässig aufgesteckten Knoten zusammengefaßt, über Hals und Ohr herabhingen. Memoriert, nicht manieriert: Die Strähne, die von der Schläfe über die Wange herabflockte und das Ohr verhüllte, zeichnete und trug sie mit einer Meisterschaft auf, die ihr bewußt war und über die sie einen Augenblick lang reine Freude empfand. Schon war das Köpfchen vollständig dargestellt, mit einer verwirrend echten Natürlichkeit, als wäre das Modell anwesend. Es ist nicht Porziella, es ist nicht die Tochter der

Römerin Tuzia, ihr altes vertrautes Modell. Es ist eine Frau, die Artemisia gemocht hat, ohne es zu wissen, die sie oft und eindringlich angesehen hat, ohne sich dessen bewußt zu werden. Es war das störrische Neigen über die linke Schulter, das das Wiedererkennen ermöglichte, und der Name eilte zu Hilfe: Annella De Rosa. Da war ihr Schmollmund, das dunkle Auge unter dem schweren Lid: Und deshalb wird das Gesicht nur zu zwei Dritteln sichtbar, fast heimtückisch jeder Erforschung entzogen. Sie so anzutreffen heißt, ihr den Schritt zu verstellen. Auf die Wahrheit einer Schulter, eines Armes, einer Hand festgenagelt, deren Daumen im Loch der Palette steckt, wird Annella nicht entwischen können. Dieser Daumen hatte einen kurzen, viereckigen Nagel, wie bei einem Mann. »Guten Tag, Anna!« sagte Artemisia, als wäre sie zufällig eingetreten – aber zufällig war es nicht –, während sie auf die junge, ungepflegte Frau zuging, deren Busen im Eifer des Malens fast das Kleid sprengt. Wachsam und besorgt lief aus dem hinteren Teil des Ateliers Massimo Stanzione herbei, mit erhobenen Armen und flehenden Augen: nur nicht die Wunderschülerin stören, das heißgeliebte Wunderkind! Die Besucherin wird in einen Winkel verbannt, und der Meister erklärt ihr mit leiser Stimme: »So empfindsam und launisch; man muß Rücksicht auf sie nehmen. Eine verblüffende Begabung. Licht wie bei Caravaggio. Einfälle wie bei Annibale. Aber wegen nichts und wieder nichts wirft sie die Pinsel hin, ruiniert die Farben und verschmiert die Leinwand. Schuld ist ihr Mann, dieser Wahnsinnige ...« Mit undurchdringlicher Miene setzt Annella die Arbeit fort, und Artemisia kocht vor Empörung, fühlt sich gekränkt. Sie will diesen Engel »mit Schlagschatten« sehen, will gutheißen, will bewundern. Daß eine Frau sich Ehre macht, gereicht auch ihr zur Ehre, und niemand soll sie der Möglichkeit berauben, sich bei einer Prüfung als großzügig und gerecht zu erweisen. »Ihr wißt, wie ich sie schätze und sie behandle: Aber sie ist zu feindselig.« Sie drehte sich um und ging und schwor, daß sie sie von nun an ignorieren würde. Doch als Massimo sie zu ihr brachte, um sie der Raserei ihres Mannes zu entziehen, wie blitzten da die schwarzen Augen vor Dankbarkeit und Einvernehmen! Und der noch so zarte Mund, dessen Rosa ein bißchen ins Violette spielte, flüsterte zuckend die unvergessenen Worte: »Maler gibt es zu Dutzenden, aber es gibt nur eine einzige Malerin, *Maestra mia* …«

Nun ist Annella zufällig wiedererstanden, Annella, die annähernd dreißig Jahre alt wäre, hätte nicht der Dolch eines Mannes sie zu Boden gestreckt und wäre sie nicht verblutet, verblichen wie eine Lukrezia, eine Kleopatra. Sie kehrt dem Licht von London den Rücken zu, diesem Licht, das so starr, so ermattet ist, daß Artemisias Augen unter der Anstrengung, ihm zu widerstehen, zu sehen glauben, wie die schwarze Strähne sich sanft von der Leinwand löst.

Der Königspalast scheint, was selten geschieht, in einer Pause völliger Stille zu schweben. Und als die Gentileschi sich daran erinnert, wie sie in Neapel am Abend der feierlichen Zusammenkunft die schöne De Rosa bei der Hand nahm, fühlt sie sich gedrängt, die gemalte Hand ein wenig länger als nötig mit dem Pinsel zu streicheln. Durch das offene Fenster gepeitscht, beginnt der harte Sommerregen auf den Boden zu prasseln, doch sie kann sich nicht bewegen, um es zu schließen. Ihre Haare erstarren an den Wurzeln, obwohl sie so ruhig, so zufrieden mit ihrer Arbeit ist. Und die erste Regung, die sie aus dem Bann des Zaubers befreite, war die Geste einer abergläubischen Frau aus dem Volke: Sie bekreuzigte sich. Doch das Ave Maria, das ihr auf die Lippen kam, galt nicht der Ruhe einer Toten, sondern dem ewigen Bild eines leidenschaftlichen Mitfühlens, der Erfüllung einer heimlichen, selbstlosen Hoffnung. Und das Bild blieb die ganze Nacht unverhüllt auf der Staffelei stehen.

»Gibt es sie noch?« Das ist nicht das unbestechliche Instrument, die eisige Stimme stumpfer Unsterblichkeit, die deutlich skandierte: »Nicht weinen!« Mehr als Stimme ist es innere Regung historischer Barmherzigkeit, ohne Beängstigung, weder Illusion noch Drangsal. Eingerammt in Zeit und Raum wie unfruchtbarer Samen, höre ich ein Rascheln ohne Frische, den staubigen Atem der Jahrhunderte: den unseren und den Artemisias, vereinigt. Atem von Schlafenden, die träumen und denen die Bilder keine Ruhe lassen. Neunzehnhundertneununddreißig, ein englisches Königsschloß, düster und stumm, bis auf sonntags, wenn die Menge es in Schlangen, in Trauben von fast pflanzlicher Ununterbrochenheit füllt, einem Gelärm von Appellen gehorchend, die Kultur und Neugier heißen: ein Lärmen, das die Außenluft in alle Winde zerstreut. Schon in die Erinnerung eingeordnet, sind es heute abkommandierte Gespenster, die Schuhe und Fußböden abnutzen, sich in den Glasscheiben der Fenster spiegeln und dann auf den Bildern, an den Wänden: lauter Königin-Elisabeth-Wespen in vollem Staat, Skorpione gespornter Reiter, etliche Göttinnen, einige nutzlose Heilige, von jahrhundertealter Kruste überzogen, und trostlose Gebirge und grausame, ruhmreiche Galeonen. Die sonntäglichen Augen erstarren zu Glas, und der Spaziergang geht weiter. Sie haben sich nicht wiedererkannt; die Geschichte ist tot.

Aber oben, über den Königinnen und den Kriegern hängend, fuhr eine schmollende junge Frau fort zu malen, als sei sie lebendig; und unten, in steifen, offiziellen Lettern stand ein Name, leserlich geschrieben: Artemisia Gentileschi. Dies kann ich versichern und beurkunden, auf mein Wort, auf diesem Blatt, im Schein einer Kriegskerze: Und die Luft hinter meinem Rücken, die Luft des Winters neunzehnhundertfünfundvierzig, bebt nicht vor Zustimmung: Und es braucht auch nicht mit blutigen Lettern beeidet zu werden, Artemisia!

An den Maßstäben des Alls gemessen, sind die großen Verheerungen nicht einmal ein Schauder, auch wenn das All der menschlichen Erinnerung sich dagegen verwahrt. Und sie hatten sich dem Papier, dem Holz und den Steinen anvertraut – jenen Stoffen, die widerstandsfähiger sind als der menschliche Körper –, damit die gesittete Menschheit fortlebe. Nun aber sind Schriften, Schnitzereien und Farben gewaltsam zerstört und eingeäschert, während der Mensch, der sie sinnreich schuf, ein Elend ist ohne Gesicht, zerschmettert von dem Felsen, auf dem er mit eng aneinandergedrückten Füßen zitternd am Rande eines Abgrunds stand. Selbst knapp dem Tod entronnen, kann ich nicht sagen, wo sich zu dieser Stunde das Bild dieser jungen Frau und jener Schriftzug – Artemisia Gentileschi – befinden.

Mit welcher Mühe die Engländer ihn bei ihrem sonntäglichen Besuch buchstabierten! Und genauso machten es bei verschiedenen Anlässen die des Jahres sechzehnhundertvierzig, einundvierzig, und jedesmal, wenn das Bild abgehängt, wieder aufgehängt, ausgestellt, geringgeschätzt, gelobt und wiederentdeckt wurde, wiederholten sie diesen fremdländischen Namen und lasen ihn immer wieder. Tatsächlich gefiel das Thema: eine junge Frau, die malt, eine Südländerin, zumal mit diesen aufgelösten schwarzen Haaren – das alles so, daß man sich ihr ohne Umstände nähert. »Das ist ›Die Malerei‹«, sagten eines Tages die Aufseher der Königlichen Paläste. »Selbstbildnis der Artemisia Gentileschi«, erklärte der schon erwähnte Nachkomme Lady Arabellas, ein begeisterter Archivforscher. Ihn inspirierte vielleicht die Rache Annellas, der schmollenden Annella, der nicht die Zeit blieb zu reisen, sondern nur überhastet zu sterben, und sie reißt sich ein zweites Mal von der Hand der Maestra Artemisia los, die mit diesem Gesicht einer heißblütigen Brünetten, mit der südländischen und leidenschaftlichen Legende ihrer skandalumwitterten Jugend verschmilzt. »Sie wurde von Agostino Tassi vergewaltigt und von vielen geliebt«; so wird es immer wieder gesagt und gedruckt, auch auf Englisch. Doch Artemisias Hand ist stark, und Annella befreit sich nicht von ihr. Porträt oder nicht, daß eine Frau malt, stellt im Jahr sechzehnhundertvierzig einen Akt des Mutes dar; das gilt für Annella und für mindestens weitere hundert, bis heute. »Es gilt auch für dich«, entscheidet im Licht der Kerze in diesem Zimmer, das der Krieg verfinstert hat, ein rauher, trockener Ton. Ein Buch ist zugeklappt.

Die Königin kehrt also nicht zurück; die Königin ist nach Holland gereist; von dem Porträt, das im französischen Pavillon vor sich hin trocknet, spricht niemand mehr: übrigens ebensowenig wie von der Malerin. Nachdem sie die letzte Lasur auf die Leinwand aufgetragen hatte, auf der sich Annella oder »Die Malerei« zeigt, stellt Artemisia eine heilige Barbara auf die Staffelei, die sie unvollendet aus Neapel mitgebracht hatte, aber es gelingt ihr nicht, Hand an sie zu legen. Sie hat keine Lust mehr zu malen, das Licht des englischen Sommers wird ihr wieder zum Feind, und erneut erschreckt es sie aus dem allzu hohen Fenster ihrer Dachkammer wie ein Gespenst, dem man nicht allein entgegentreten kann. Unten, tiefer, in Orazios Zimmer ist der Widerschein der Gärten erdnaher, weniger trostlos: Artemisia geht wieder zum Vater hinunter, ohne ihm ihre letzte Arbeit zu bringen: ein Geheimnis, so scheint ihr, das für später aufzubewahren ist. Nun widmet sie ihre Zeit wieder nebensächlichen Dingen, nicht unbedingt notwendigen Arbeiten und dem nie erloschenen Staunen darüber, daß sie sich in diesem Land befindet. Exil? Heimkehr? Über ihrem gesenkten Haupt schwanken die alten Bilder – Rom, Neapel, die Freunde – wie trockene Blätter, die sich gleich vom Zweig lösen werden. Vielleicht ist sie hier geboren und erinnert sich nur nicht daran, hat hier gelebt, wie sie lebt, leer von Liebe und leer von Schmerz, schweigend, neben einem Vater, der nicht spricht. Die Namen, die das Gedächtnis bewahrt, sind ebenfalls nur Pendel, leblos, fast unfähig, sie leiden zu lassen, und bisweilen bedarf es der Stofflichkeit einer Geste – den Kopf heben, die Augen ins Leere heften –, um einen Zipfel jenes Leidens zu erhaschen, das auch Leben war. Aber den Schmerz zu lieben, ist auch schwer; die Nacht, die sich schließlich herabsenkt, scheint sie von dieser Pflicht zu entbinden. Eine Gewißheit genügt, um sie zu stützen: Der Vater ist neben ihr, der Vater, der atmet und arbeitet, kann nicht sterben.

Nicht sterben kann ein Mann, der dem Leben nur abstrakte Eindrücke von Licht, Farbe, Formen entzieht, ein Mann, der sich nie irrt: Solange sie existieren, wird auch er existieren. Orazio zehrt das Leben seit langem nicht auf, und das Leben zehrt ihn nicht auf. Zwar schlummert er als der Greis, der er nun einmal ist, nach dem Essen, das er kaum anrührt, aber das geschieht nur, um die Stunden zu streichen und aufzulösen, die ohnehin nicht erlauben, daß er arbeitet. Bei Tagesanbruch ist er auf den Beinen, zwischen seinen Töpfchen, Schüsseln, Pinseln und Essenzen, die er selbst zubereitet; Lehrlinge will er keine mehr. Er wird auch nicht mehr wütend; seine Kontakte mit der Welt sind flüchtiger Natur; sein Glas ist immer halb geleert, das Essen kaum angerührt; er schiebt es mit einer barschen Geste beiseite, wenn die Tochter es ihm während der Arbeit, gegen Mittag, aufträgt. Erstaunlich, daß bei so tiefer Versenkung in das Malen jetzt an seinen aschfarbenen Händen, die kaum geädert sind, keine Farbe kleben bleibt, so daß es scheint, als wäre er durch eine Glasscheibe geschützt. Aufgrund einer unfehlbaren Erfahrung sind seine Bewegungen so zielgerichtet und so sicher, daß eine wunderbare Gefeitheit gegen jede Gefahr eines Irrtums von ihnen ausstrahlt und sich ringsum verbreitet. Das bemerken auch die wenigen Künstler, die ihn immer noch besuchen kommen: obwohl er längst aufgehört hat, über die Kunst oder irgendein anderes Thema zu sprechen. Vor Artemisia, die ihre Tochterpflichten wieder übernommen hatte, deuteten sie nur eine Verbeugung an, wie damals, nach ihrer Ankunft. Nun aber entfernt sie sich nicht mehr, ergreift nicht mehr die Flucht. Im Vertrauen auf den Vater stützt sie sich ganz auf die Begründung – die eine unschuldige List ist –, ihm zur Seite stehen zu wollen: während sie doch wußte, daß er ihr zur Seite stand.

Doch eines Abends im August, als sie sich gerade auf Zehenspitzen auf den Weg nach oben in ihre Dachkammer macht, erwacht Orazio. Er pflegte auf einem harten Lehnstuhl einzuschlafen, den Rücken kaum gestützt, den Kopf frei und aufgerichtet: Und die Tochter war sich nicht einmal sicher, ob er sich später entkleiden und niederlegen würde. In dem Augenblick, da sie die Hand auf den Türgriff legt – mit der linken Hand die Laterne haltend –, begegnen ihre Augen denen des Vaters, offen und wie in einen Gedanken gebohrt. Sie sind selbst im Halbschatten von emaillener Helligkeit, die ganze Schärfe der grauen Iris strömt dort zusammen, während der Mund die übliche mürrische Härte verloren hat und in einer neuen Unschlüssigkeit weich wird, fast aufschwillt. Unter diesem so festen Blick bleibt die Frau stehen und fühlt, daß sie sprechen muß. »Babbo ...« (und die Glocke des Turmes scheint sie ausgerechnet in diesem Augenblick übertönen zu wollen). »Babbo ...« Ihr Fuß schwebt noch, da kommt schon die Antwort, nicht als Ton, sondern als zustimmende Bewegung des Lides. »Ja«, sagt Orazio mit jenem Zeichen und wollte es vielleicht gar nicht: Er ähnelt einem großen, mageren und kranken Vogel, der sich mit dem Pannus des Auges das eigene Leiden trübt. Das Lid hebt sich wieder, die Regenbogenhaut wirkt noch fahler und erweitert, und sie leitet Artemisia besser als die Laterne, während sie, immer noch auf Zehenspitzen, näher tritt, fast so, als wolle sie sich der Erforschung des alten Gesichtes entziehen, auf dem sich eine schamhafte Furcht und ein beunruhigtes Lauschen abzeichnen.

Und als die Tochter neben ihm steht – sich aber noch nicht über ihn gebeugt hat –, gesellt sich den ungewohnten Gefühlen, die über das Gesicht des Malers hergefallen sind, ein weiteres, nicht weniger ungewohntes hinzu: zweifellos ein Gefühl der Genugtuung, der Zufriedenheit, das sich über die Falten verbreitet und deren Tiefe lindert, bis zum Winkel des Auges, das dennoch nicht lächelt. »Tut Euch etwas weh, Babbo?« Und noch einmal kommt die abstrakte Stimme des großen Turmes dazwischen und zerschneidet und verwischt die pathetische Schwere eines vergoldeten, unerreichbaren Pisa, mit dessen Bild die Frau, ohne es selbst je gesehen zu haben, über die Blutbande verschmilzt. Die Lider des Alten erscheinen jetzt feiner, überaus zerbrechlich und schwach gegen den Blick, den sie zerdrücken. Der Hals pocht und schluckt, während die

Aschenhand in den Fältelungen der Halskrause nestelt und mit einem Ruck ein zu enges Bändchen aufreißt. So zerriß Porziella in der ersten Nacht, in der sie lebte, die Bänder ihrer Haube. Aber bevor Orazios Hand weitergleitet und niedersinkt, sucht sie Artemisias Hand und drückt sie am Puls, und es ist eine Umklammerung verkrampfter Knochen, die so brennt, daß sie ihr den Strick der »Sibille« ins Gedächtnis zurückruft, mit der man sie an der Corte Savella der Folter unterzog. Die Tochter weint und weiß nicht, ob vor Rührung oder aus Bestürzung.

Wieder öffnen sich die Augen des Malers, und zum ersten Mal ist in ihnen eine verwirrte Furcht zu lesen, die Furcht, einen allzu starken Schmerz mitzuteilen, eine Botschaft, die fast ein Groll gegen die Gesunden ist. Und nach zwei Jahrzehnten des Exils und nach Jahrzehnten eines Lebens als alleinstehender Mann kehrt der Alte zu einem urtoskanischen Stöhnen zurück: *»Ohimmei!«*, das er in zartem Alter an den Ufern des Arno aufgefangen hat. Eine toskanische Mamma, ein krankes toskanisches Kind – das sind jetzt diese Frau und dieser Greis. So pflegte Orazio als kleines Kind zu jammern, so hätte seine Mutter ihm beistehen können, verängstigt, wenn sie sich allein gewußt hätte zwischen den menschenleeren pisanischen Pinienwäldern, drunten am Meer, das Söhnchen auf dem Schoß. Genau, wie sie es gemacht hätte, läßt Artemisia den Blick schweifen und sucht zwischen nutzlosen und fremden Gegenständen nach Hilfe. Unten, in den unbekannten Küchen des Palastes, und oben, in den finsteren Vorzimmern, existieren für die beiden Italiener keine Küchenjungen, Knechte, Knappen, und es existieren weder die Heilkundigen noch Henriettes Ärzte, noch die befreundeten Maler, noch existiert der Blick, die Hand, der Rat wenigstens einer einzigen getreuen Magd. Man bräuchte einen vertrauten, freundlichen Herd, ein Töpfchen und auf der Wiese gepflückte Kräuter – lauter meilenweit entfernte Dinge, einfache Dinge, denen man sich anvertraut und an die man sich wendet, wenn es einem schlechtgeht, und aus denen man den Wunsch schöpft, daß es weiter nichts sei und ein bißchen Absud genüge. »Mein Arm, mein Arm«, klagt jetzt deutlich der Kranke, und die freie Hand versucht sich zu heben, um auf dem linken Ellbogen den Ursprung des Übels zu orten und zu bannen. Mühsam und mit dem Grauen einer Schlafenden bewegt Artemisia sich um ihn herum und wagt ihn weder zu berühren noch zu verlassen und findet bei ihren Handreichungen zu manchen Gesten des kleinen Mädchens zurück, um rasch ein Heilmittel zuzubereiten. Auf dem großen Stein des riesigen Kamins kratzt sie auf gut Glück Brennmaterial zusammen, zerbricht einen alten Rahmen über dem Knie, findet den Zunder und entzündet ihn. »Gleich«, sagt sie, »gleich mache ich Feuer. Gleich ist es vorbei.« Als endlich das angesengte, feindselige Holz aus jenem verlorenen Häufchen in der großen Höhle zu knistern beginnt, scheint es, als flöße ihr der Anblick der Flammen einen neuen Schrecken ein, Bestürzung über die Realität des Unheils, das heraneilt und die Ankündigung überholt, und noch will sie es nicht wahrhaben. Wie giftige Pilze schießen die absurdesten Wetten empor: Wenn dieses Holzscheit Feuer fängt, wenn jene blaue Zunge nicht verschwindet ... Der gebeugte Körper ist schrecklich konzentriert, wie unempfindlich und ganz auf eine hilfreiche Pflege bedacht. So wachte sie, als Kind-Hausfrau, über die Suppe des Vaters und der Brüder, und die Nacht brach an, ehe der Vater nach Hause kam. Aber da gab es die Grillen draußen in der nächtlichen Kühle der Weingärten und die Glocken der Mönche. Und am Ende war immer irgendeine Gevatterin aufgetaucht, um ihr zu helfen, den Kessel vom Haken zu heben.

Es ist spärlich, dieses Feuer, es ist tückisch, immer kurz vor dem Erlöschen, und das Wasser, das sie in einem alten Steinguttopf aufgesetzt hat, stöhnt und zischt und rinnt aus einem Riß. Endlich gelang es ihr, das Heilmittel der alten Weiblein zu improvisieren – einen rohen, glühenden Ziegelstein. Während sie ihn mit Wollfetzen umwickelte und er einen ekelerregenden Brandgeruch ausströmte, den Geruch der römischen Winter und ihrer kindlichen Hustenanfälle, sah sie, daß Orazios geweitetes Auge sich verengt hatte und die Schwellung seiner Gesichtszüge abgeflaut war und sich zurückgebildet hatte. Sein Auge starrte auf ihre Gesten, aber ohne Ungeduld: Es verlangte vielmehr nach etwas Schwierigerem – nach einer Vertraulichkeit, einer verzweifelten Intimität. Und als der glühende Ziegelstein auf den Arm gelegt wurde, schlossen sich die Lider mit einem Gefühl so endgültigen und ernsthaften Verzichts, daß Artemisia aufschrie. Sofort wurden die hellen Iriden wieder sichtbar und spielten eher ins Blaue als in Graue; Farbe und Bewegungen schwankten im Bestreben zu beruhigen. »Es geht mir besser«, brachte der Alte mit selbstvergessener Langsamkeit hervor und schloß wieder die Augen. Aber seine Rechte bewegte sich und suchte erneut die der Tochter; sie zitterte ein wenig und die Adern wirkten zwischen den Knöcheln ungeheuerlich dick und blau. Als Artemisia sie mit der ihren umschloß, wunderte sie sich, wie winzig und abgezehrt diese Hand war, zerbrechliche Knochen und trockene Haut: eine Hand, die so viel geschaffen, befohlen und angeordnet hatte. Fast war es, als bewege sie nicht die Zuneigung, sondern die grenzenlose Ergebenheit der Schülerin: Und sie neigte sich herab, um sie zu küssen. In ihrem ganzen Leben war dies keine zehn Male geschehen: doch niemals mit dieser überströmenden Zärtlichkeit. »Oh, Babbo, Babbo«, dachte Artemisia und sagte es nicht. Und sie hob das Gesicht, damit ihre Tränen die Hand nicht netzten. Totenbleich und mit einem Ausdruck unsagbarer Ruhe im Gesicht war Orazio eingeschlummert. Den Oberkörper noch aufgerichtet, atmete er ganz langsam, aber ohne Anstrengung. Die Rechte, die wieder auf den Knien ruhte, war offen geblieben, die Handfläche nach oben gekehrt, Daumen und Zeigefinger wie stehengeblieben, eine anspruchsvolle Tätigkeit andeutend, die selbst die Erschlaffung überwand. Auf der Daumenbeere lief eine schwärzliche Rille durch die verdickte Haut.

In einer Ecke neben den Rahmen und den leeren Gefäßen lag aufgerollt ein schöner orientalischer Teppich; er hatte zuletzt als Hintergrund für ein Modell gedient. Artemisia schob ihn, zog ihn, rollte ihn aus und strich ihn glatt. Er war so lang wie ihr ausgestreckter Körper. Auf ihm machte sie es sich bequem, unsagbar zufrieden, von aller Unruhe befreit. Über ihr Gesicht, das die rauhe Wolle kratzte, fielen die Falten des Kittels ihres Vaters – kräftig und ganz nah, wie die Unebenheiten einer vertrauten Landschaft. Und schon bald war der Teppich Waldmoos, waren die Falten Felsen und dieses harte Lager eine geschützte Höhle. Sie bemerkte, daß der Schlaf kam; es schien ihr ein gutes Zeichen, und als sie sich umdrehte, um die Lampe, die sie neben sich auf den Boden gestellt hatte, auszublasen, stieß sie mit der Schläfe gegen den Fuß des Sessels: Fast lachte sie darüber, wie ein kleines Mädchen bei einem ungewöhnlichen Abenteuer. Im Dunkel entfernte sich der Schlaf. Lange blieb sie wach, und ihre Nase juckte und kribbelte, gereizt vom Staub und von dem unbestimmten Geruch nach Arzneien. Durch die große Fensterscheibe ohne Läden gab sich nach und nach ein dichter, schmutzig wirkender Schimmer zu erkennen im Widerschein des Mondes, des gestirnten Himmels, der Lampe. Wiederholte dumpfe Schläge ertönten aus den Stallungen und erinnerten an die Pferde mit dem langen Schweif, die im Schlaf, hinter den dichten Fransen ihrer wilden Augen träumend, ausschlugen. Ein Fenster wurde zugeworfen, ein Kind weinte. Ganz deutlich schnitt eine nahe Stimme einen Streit ab und löste sich in einem Gelächter auf, das eine plötzliche Windwoge zurückdrängte und verwehte. Etwas fiel von einer Fensterbank herab und zersprang auf den Steinen des Hofes zu Scherben. Die unterbrochene und zerbrechliche Stille der zu dicht bewohnten Orte wehte wie ein Schleier über den Schlafenden: Sie wurde bald von einem leisen, fernen Schrei durchbohrt, bald von einem vagen Aufschrecken, wie der Bewegung eines Menschen, der sich im Schlaf umgedreht und aufgeseufzt hat. Aber Orazio Gentileschi seufzte nicht; sein leichter Atem drang kaum an das Ohr der Tochter, das im Dunkel mit den anderen wachsamen Sinnen wetteiferte: bis sie glaubte, ihn in eine Kadenz von ewiger Dauer eingesperrt zu haben. Dann schlief Artemisia ein.

Sie schlief bis zum Morgengrauen. Aber weder der rauhe Teppich noch die Härte des Lagers, noch die Geräusche des neuen Tages waren es, die sie weckten, ja wachrüttelten. Die Reglosigkeit eines fernen Inneren, eines argwöhnischen Gemütes und das Bewußtsein, sich nicht zu ergeben und sich in einer endlosen Zeit frei zu fühlen, durchbohrt sie mit jäher Eisigkeit: Und sie fand sich auf dem Rücken liegend wieder, mit weit aufgerissenen Augen und Ohren, als wäre sie nie eingeschlafen. Die äußeren Geräusche wurden von der Gewalt einer furchtbaren Aufmerksamkeit, die schon vibrierte, schon pochte, zurückgefedert. In dem Zimmer, das die stehende Luft in eine schwebende, isolierte Welt verwandelte, schien es, als sei ein riesiger Nachtfalter im Begriff, mit den Flügeln zu schlagen. Auf einmal besann sie sich und sprang auf die Beine: Orazio Gentileschis Atem hatte weder Hauch noch Rhythmus; es war, als habe sein leicht geöffneter, weicher Mund diese verschluckt und bedaure es. Über diesen Mund beugte sich die Erschrockene, und so groß war ihr Sehnen, ihm noch eine Hoffnung zu entreißen, daß ihre Stirn ihn berührte, die entblößten Zähne berührte. Die Lippen waren kalt.

Schreie, Schluchzen, vergebliche Hilfeleistungen, Schmerz: Bis zu den krassesten Bildern der Trauer und der letzten Ehren tanzten sie einen stummen, verzehrenden Reigen, wo noch niemand ausgesprochen hatte, daß es einen Toten gab. Noch gehörte Orazios sitzender Körper ganz allein seiner Tochter; sie konnte ihm das Ende absprechen, anstatt es zu beweinen. Alle Formen der heftigsten Rebellion gegen einen natürlichen Vorgang erschienen akzeptabler als ein Schmerz, der sich noch nicht in die so einfachen und alltäglichen – schrecklich neuen und unannehmbaren – Worten anderer umgesetzt hatte. So hatte die erste Familie vor der Mystifizierung des Todes gehandelt: Und so bediente sich Artemisia einige Augenblicke lang der makabren List derer, die sich noch nicht gebeugt haben. Er ist nicht tot, er kann gar nicht tot sein; dieses Wort paßt nicht zu ihm. Vielleicht schüttelte sie den Vater oder streichelte oder drückte ihn: um ihm die Möglichkeit zu geben, diese unwürdige Schwäche wiedergutzumachen. Orazio protestierte nicht, bereute nicht. Es kam der Augenblick, die Tür zu öffnen.

Im August neunzehnhundertneununddreißig suchte ich ohne Hoffnung in Somerset House und außerhalb nach dem Grab des drei Jahrhunderte zuvor verstorbenen Orazio Gentileschi. Eine plattgedrückte, glühende, von giftigen Schleifspuren glänzende Straße, die Luft aufgeladen mit einem feinen Staub, der nach Metall schmeckte. In Sicht der Lagerhäuser der Matrosen befragte ich die Angestellten einiger städtischer Behörden. Die Themse war zwischen ihren Betondämmen ein müdes Krankenhausthermometer.

Und ich überquerte die Straße, um in einem Sonnenmeer die Fußgängerinsel zu erreichen, wo ein Kirchlein stand, das von den Fialen bis zum Gitter ganz aus Gußeisen zu bestehen schien; aber barg es nicht zufällig den Grundriß der katholischen Kapelle Königin Henriettes? Zweimal lief ich auf der Insel herum und glaubte, nicht mehr herauszufinden. Wenn der Stein geizig ist, wird das Papier behilflich sein: Ihren Kamillentee trinkend, versprach die gelehrte Miss Dorothy sorgfältigste Nachforschungen im Archiv. Doch ich hatte im blendenden Flimmern des Monats August bereits eingesehen, daß die starre Luft, das barbarische Licht, der zart bewölkte, niedrige Himmel die einzigen unwandelbaren und zuverlässigen Zeugen von Orazios Begräbnis bleiben würden.

Und die Hitze. Gewiß haben die Vorbereitungen auf das Begräbnis Artemisia – zumindest für einige Stunden – von der so neuen und so frischen Verzweiflung abgelenkt. Sie bewegte sich hin und her, half beim Waschen, Herrichten, Schmükken; vielleicht nahm sie den Pinsel zur Hand für eine dringend notwendige Verzierung, ein Bild, das auf das schwarze Bahrtuch gestellt werden sollte. Das Fenster schaute direkt nach Süden, die

Kerzen verzehrten sich. Als alles bereit war, blieb nichts anderes zu tun, als sich in Bewegung zu setzen, unter der Sonne.

Die nördliche Hitze, so überraschend dicht und düster, war das erste Band, das mich an Artemisia fesselte: ein Band irdischen Unbehagens, als ich auf das brennende Steinpflaster trat und an sie dachte, die langsam unter der Sonne einherschritt, um ihren Vater zu Grabe zu tragen. Bürgersteige gab es keine; man ging damals im Staub der im Winter schlammigen Straßen. *»I see«,* sagte ein Passant zustimmend zu seinem Begleiter: Und so mochte es einer seiner Vorfahren gesagt haben, auch er ein Ire – diese roten Haare! –, dessen Blick einem gewiß nicht sehr prunkvollen, aber zweifellos katholischen Leichenzug folgte, und als er sich erkundigte, antwortete man ihm: Der alte Maler, der hagere Italiener mit dem Bärtchen. *»I see.«* Einen kleinen Jungen hielt er an der Hand, dieser Schaulustige: Nehmen wir an, es war ein Sonntag. Das Kind zerrte an ihm, er hatte ein Versprechen einzulösen, und er war ein braver Mann, liebevoll und nachgiebig. Er fing wieder an, mit dem Kind zu sprechen, kehrte dem Begräbnis den Rücken, bog um die Ecke und dachte nicht mehr daran. Wer stirbt, der stirbt.

Der Staub klebte an den Zipfeln des schwarzen Stoffes, an der nassen Haut fest: Auch die flämischen Maler, die es so gut verstehen, Korrektheit mit Behaglichkeit zu verbinden, fühlen sich unwohl. Man muß es anerkennen: All die aus Flandern ausgewanderten Pieter, Justus, Adam und Abraham sind da; da ist der große Anthony mit seinen wallenden Spitzen, und er trocknet sich die Stirn mit seinem seidenen Taschentuch. Aber ach, wie steif und steil ragen die Füße des Toten in den straff sitzenden schwarzen Strümpfen zum Himmel auf! Dieser Beweis einer schaurigen, grotesken Unnachgiebigkeit gegenüber dem Tod schürte die Verzweiflung Artemisias, die für ihn jetzt nichts anderes tun kann, als weiterzugehen. Zwischen zwei Fläminnen in schwarzem Atlas, stumm und vor Schweiß brennend? Zwischen zwei unbekannten, plötzlich fromm gewordenen Kammerdienerinnen? Die Straße war wie an den anderen Tagen – die üblichen Schlaglöcher, die üblichen Steine, die üblichen Verkäufer –, und Artemisias Augen, die nicht schauen wollen, schauen doch. Einen Augenblick wurde der Zug aufgehalten: Ein Dieb wurde gefaßt, ein bleicher Knabe mit blutenden Knien und einem über die Schulter geworfenen Doppelsack, darin ein Bund Lavendel: Man roch ihn in der Sonne. Die Fackeln, gerade, fahle Flämmchen, knisterten, die schwarzsilberne Livree der königlichen Bediensteten dampfte auf den Schultern der Totengräber, die sich mit der Bahre abwechselten, und dabei war Orazio doch so leicht. Mechanisch registrierte die Malerin die Stimmen, übersetzte sie in Erden, in Lacke: deren Namen ihr zu den Lippen stiegen mit dem Gebet für einen Maler, der nicht mehr malen würde. Und für wen jetzt malen, da Orazios Augen zu Glas erstarrt sind, regungslos, unempfänglich für Bilder? Andries van Ertvelts neue Stiefel quietschen rhythmisch, er selbst atmet schwer: Artemisia hat den Eindruck, zwischen Ochsen zu gehen, zwischen stummen Arbeitstieren. Und sie dachte an die Begräbnisse in Rom, farbig und bewegt, wenn die Künstler der San-Luca-Gilde in großer Menge einem Mitbruder die letzte Ehre erweisen. Für Orazio wären sie herbeigeeilt, all die prominenten Bürger, die Livreen von ganz Rom und Kavaliere und Fürsten und Bruderschaften. Und noch am selben Abend würde er in San Lorenzo in Lucina ruhen, inmitten seiner alten Gefährten.

Es gibt kein eiligeres Geschäft, als einen Toten zu begraben; wer ihm beigewohnt hat, mag wohl grübeln und Psalmen lesen, doch tief innen wird er – trotz düsterster Bekundungen – der Überzeugung sein, daß ihm ein solcher Fehler nie unterlaufen wird. An den hinterbliebenen Verwandten – Teilhabern, ja fast Komplizen dieses Irrtums – ist es hingegen, ein unsichtbares Vermögen zu verwalten, den Schmerz: ihn zu hegen und zu pflegen, zu zähmen und im Hause leben zu lassen, bis er sich, winzig klein, in einen vertrauten Winkel verkriecht.

Doch Artemisia hat kein Haus, und als die Maler, die königlichen Diener, diese Handvoll Priester und jene herbefohlenen oder neugierigen Frauen sie an der Tür, die die ihres Vaters war, allein zurücklassen, spendet ihr weder eine Menschenseele noch ein Gegenstand Trost. Orazios Fenster ist von fremder Hand so weit geöffnet wie nie zuvor: Und das nachmittägliche Licht schwingt sich zum Herrn des Zimmers auf und weidet es aus. Irgend jemand hat schon Stühle und Tische entfernt, vielleicht auch Hausrat weggetragen: Gewiß, der Platz, den das Totenbett freigegeben hat, ist riesig, und die vielen Utensilien und Requisiten, mit denen ein Leben sich anfüllte, treten, armselig und gering an der Zahl, den Rückzug an, nicht einmal ungeordnet. Sie setzte sich nieder, stand wieder auf, berührte den Stapel der Bilderrahmen und fuhr mit dem Finger über den Staub der Fläschchen. Und dann ging sie ans Fenster, als hoffte sie, fliegen zu können.

Wie üblich mit Purpur und Gold prunkend, ging die Sonne unter und ließ die Wiesen grün zurück, und von den Hecken hob sich jedes einzelne Blatt, jede einzelne Blüte ab. Das Wasser der Themse glänzte zwischen den einzelnen Bäumen, und von dem Ufer, das den Königlichen Gärten gegenüberlag, stießen Lastkähne und kleine Boote ab, Leute, die beabsichtigten, im Kühlen, in Gesellschaft zu Abend zu essen. Irgend jemand wiederholte auf der Laute die ersten Takte eines italienischen Liedes und vergriff sich stets bei derselben Note. Aus dem in Kisten verpackten Käfig drang gedämpft das Gebrüll der Löwen der Königin, und aus der Voliere antworteten die beiden Adler mit ihren düsteren, gellenden Schreien. Und was war Artemisia anderes als ein wunderliches Tier, aus der Ferne herbeigeschafft und in Ketten gelegt? Vielleicht sehen die gefangenen wilden Tiere genau wie sie in einem Stein, in einem Grasfleck oder in der Bewegung zweier menschlicher Füße dort unten nichts anderes als die zufällige Form ihres Kummers, eines ihrer unmöglichen Wünsche. Während ihre Augen aufmerksam die Umrisse eines Gegenstandes abtasteten, der vielleicht ein zusammengekauerter Hund war, hatte sie das Gefühl, mit der Stirn gegen jede Kante zu stoßen, so, wie sie gegen die harten, reglosen Zähne ihres Vaters geschlagen war. Sie erkannte, daß ihre Traurigkeit bisher nur ein Zeitvertreib, fast ein Spiel gewesen war: Kein Mensch, kein Tier und kein Stein, der es ihr heute, da sie vom Tod gekostet hatte, nicht mit besonderer Gleichgültigkeit oder Distanz bestätigt hätte: fast, als hätten sich gewisse unsichtbare Vertäuungen gelöst und als segele sie schon davon, während die anderen fest auf einem Ufer standen, von dem sie für immer verbannt war. Der Fehler war begangen worden, Gentileschi war ihm erlegen, er war tot. Seine Tochter hatte daran teilgehabt und erwartete nun, ihn selber zu begehen. Das Leben war beschwerlich und finster, ungenießbar gewordenes Wasser. Ob sie blieb oder in die Heimat zurückkehrte – Artemisia wußte, daß es ihre Pflicht war zu sterben.

Als hätte man sie aufgefordert, eine Wahl zu treffen, und als stehe es in ihrer Macht, zuzustimmen oder nicht, willigte sie ein: indem sie den Vertrag abschloß über ein Spiel des Lichtes, bei einer fröhlichen Bootspartie – drei Frauen und ein federngeschmückter Kavalier –, die ganz langsam auf der Strömung dahinglitt. Zur gleichen Zeit fühlte sie, daß der kürzlich Verstorbene, das, was Orazio gewesen war, Fühlung aufzunehmen begann mit der feuchten Erde, die an der Oberfläche des Grabes noch warm war und gegenüber seinem Schicksal ungerührt und gleichgültig blieb – nunmehr weder Vater noch Maler, noch Mann. Erst jetzt bekam sie Angst: An die Gewichtigkeit des Todes zu glauben war das mindeste. Um von ihr überzeugt zu bleiben, fing sie an, sich den eigenen Tod zu erzählen.

Viele Tode standen ihr zur Verfügung, reichlich angeboten von einer unbequemen und gefährlichen Rückreise. Unterwegs lauerten unendlich viele Gelegenheiten: das Meer, der harte, felsige Boden, die Messer der Banditen, das Gift der Gasthäuser und die Pest, ihr schwacher Körper.

Garten und Fluß erglänzten violett; das Zimmer hinter dem Rücken der Frau war schon dunkel, und niemand klopfte an die Tür: Die Engländer fürchten sich vor Gespenstern. Wie hätte Artemisia umhingekonnt, den Himmel zu betrachten? Sie beabsichtigte nicht zu beten, aber auf ihre Verzweiflung antwortete ein feines Blinzeln des im Licht des ersten Sterns erglänzenden Lids. »O du, der du meinen Tod kennen wirst, du, der du noch nicht geboren bist und mich über ihn nie ins Bild setzen wirst!« stöhnte die Ungläubige und warf sich aus ihrem grausamen und verschlossenen Jahrhundert der unbestimmten Vorahnung eines liebevollen Zeitalters, einer verwandten Seele entgegen, die allein es verstehen würde, sie zu beweinen.

Bei Hofe registrierte man: daß die Italienerin nicht mehr als drei Tage in Trauerkleidung verbrachte und daß sie, wenn sie aus dem Zimmer trat, keine Anzeichen von Bitterkeit zeigte, sondern vielmehr ein zerstreutes, unverschämtes Benehmen an den Tag legte, auch in Gegenwart Ihrer Durchlaucht, der Frau Herzogin Arabella, die zurückgekehrt war. Sie verschmähte die ehrenhaften Gesellschaften, mied die vornehmen Stühle und ließ sich auf niedrigen Schemeln nieder – die Ellbogen auf den Knien, den Kopf zwischen den Handflächen –, aber sie weinte nicht. Sie betrug sich, als ob niemand sie sähe; sie schlug die Beine übereinander, stemmte die Faust in die Hüfte oder verschränkte die Arme vor der Brust, in Gedanken vertieft: gleichgültig, in wessen Gesellschaft. Sie änderte ihre Frisur; zwar kämmte sie sich die Haare schön, doch sie mißachtete die Mode so sehr, daß ihr Kopf einer anderen Zeit zu entstammen schien, und man wußte nicht, welcher. Wunderliche Frau, mehr Abenteurerin als Künstlerin; ohne ihren Vater hätten wir sie nicht hergeholt. Man sagte nichts zu ihr, weil sie von sich aus beschlossen hatte abzureisen. Ihre Majestät gestattet ihr, drei Bilder ihres Vaters und zehn Guineen für die Reise mitzunehmen. Aber Artemisia ist beschäftigt, sie denkt an ihren Tod.

Es war mindestens schon der dreißigste Tag der Trauerzeit, als sie abreiste, wie sie gekommen war, allein und so seelenruhig, daß es schien, als gehe sie zum Vergnügen fort. Als sie sich vor Lady Arabella verneigte, dachte sie, sie werde nicht bis

Canterbury kommen, sondern auf dem flachen Land sterben, in die Seite getroffen, aus der umgestürzten Kutsche gezogen: Blut im Staub, ein herzstärkendes Mittel, das sie nicht hinunterschlucken kann, Pferdeäpfel neben ihrer ausgestreckten Hand und eine Margerite, die am Wegrand hin und her schwankt. Sie fuhr an Canterbury vorbei, und auf der Straße nach Rochester liebäugelte sie mit dem Tod auf See: nächtlicher Wind, riesige Wellen, das Segel, das sich verwickelt, der Mast, der umstürzt, das Schiff, das auseinanderbricht: Und sie fühlte, zwischen Schreien und Gebeten, sogar den Schauder des eisigen Wassers und ein plötzliches Nicht-sterben-Wollen. Aber der Kanal war glatt wie Öl, und man segelte unter der Sonne, daß es eine Lust war. Nicht ein einziger Tropfen berührte sie, und sie hatte Appetit.

Dann würde sie also durch die Hand von Straßenräubern sterben, in einem Wald, und im Dunkel verscharrt werden. Sie begann, die nächtlichen Kutschen, die gefahrvollsten Fahrten und Straßen zu wählen. Mit aufgerissenen Augen und festem Blick nahm sie den Augenblick vorweg, da das Rad den Abgrund streifen und die Kutsche hinabstürzen würde; sie begleitete das Ungestüm der kreuzenden Kutsche und beschleunigte, mit zusammengekniffenen Lidern, den tödlichen Zusammenstoß. Aber die Kutsche stürzte nicht um, und nie wurde eine Laterne vom Wind ausgeblasen, der in den Bergschluchten wehte. Wolfsnächte, aber Wölfe gab es nicht, auch keine Menschen im Wolfspelz. Nur und immer wieder bitterarme Menschen, scheue Bettler und hungrige Bauern, die sich von Saatwicken ernährten, mit aufgedunsenen Bäuchen und mageren Hälsen. Wo hätten sie zwischen ihren Lumpen ein Messer verstecken sollen? Sie zitterten an den Straßenrändern, von bösem Fieber geschüttelt, ohne daß man fürchten mußte, angesteckt zu werden: während fetter Rauch aus den großen Schornsteinen der Schlösser zwischen den fetten Wiesen die Sonne verfinsterte. In den Augen der kleinen Mädchen – zwischen Braun und Grün – blitzte erneut fröhlich die demütige Verschmitztheit über den Bissen auf, den sie dank der Almosen erhalten hatten. So hatte vor einem Jahr Delphine gelächelt, und die Erinnerung an sie, von Gesang moduliert, lindert die Luft. Nein, Artemisia Gentileschi würde nicht durch Waffengewalt und Räuberhand sterben.

Die Strömung der Rhône war in jenem Jahr sehr schwach, da überall Trockenheit herrschte. Die tückischen Felsen – bei jenen, die den Wasserweg nehmen, berüchtigt, weil sie furchteinflößend und unfallträchtig waren – ragten allesamt aus dem Wasser heraus, von hartem Moos bedeckt, fast wie tote, ausgetrocknete Zähne: Zu dieser Jahreszeit würde kein Boot kentern. Wieder tauchten Weingärten auf, fruchtbeladen, die Lese setzte ein. Es war noch warm; in den Gasthäusern aß man bei offener Tür zu Abend, und immer blieb jemand noch ein Weilchen auf den steinernen Bänken neben der Tür sitzen, um die frische Luft zu genießen und die Sterne zu betrachten. Artemisia trank am Abend nur Milch, wie immer: Aber am siebenten Oktober konnte sie es der Gesellschaft nicht abschlagen, von der Hasenpastete zu kosten und ein Glas Wein zu trinken. Sie vergaß, daß sie sterben mußte. Dann sagte sie, sie sei müde, und ging in ihr Zimmer hinauf.

In diesem Zimmer stand ein Bett aus grüner Serge, das in jeder Hinsicht ihrem Bett in Neapel ähnelte. Ihr kam es vor, als sei sie zu Hause angekommen und als sei die Reise zu Ende. Es war ihr nichts geschehen; sie lebte, und heute abend hatte sie zum erstenmal gespürt, was die gierige Gefräßigkeit des reifen Alters ist, das Vorspiel zu den sinnlichen Freuden des Alters. Sie war sich dessen bewußt, aber nicht bis zur Traurigkeit; die Traurigkeit, von welcher Art auch immer, schien ihr unwiederholbar. Der Tod hatte ihr nicht gehorcht; ihr Körper war gegenwärtiger denn je: Sie glaubte, dicker geworden zu sein, ja praller und unsterblich in ihren Instinkten: Hunger, Durst, Schlaf. »Schade«, dachte sie, als sie plötzlich dessen gewahr wurde, »schade. Dieser Schmerz im Nacken und in den Armen.« Sie dachte darüber nach: Ein scheinbarer Gegensatz zu dem neuen, dumpfen Wohlbefinden, eine kleine Schlacht, die ihr kräftiges Blut zu gewinnen hatte. Es schien ihr, als hätte sie nie so viel und so kräftiges Blut in den Adern gehabt. Im Schlaf würde das Unbehagen bezwungen; sie fühlte sich als Herrin über ihren Schlaf – und ihr Erwachen.

Im Bett sterben, das war das einzige Ende, das Artemisia nicht für sich vorhergesehen hatte, als sie drängend das eigene Schicksal geradezu anpeitschte. Im Bett sterben, nicht an den Folgen eines aufsehenerregenden Unfalls oder einer tragischen Seuche, sondern an einer schleichenden, unbestimmten, bösartigen Krankheit, die sich jahrelang hinziehen kann: So sterben die meisten Menschen. Sie zog die Vorhänge zu, löschte das Licht. Es dauerte eine Weile, bis sie einschlief: Es war eine schwere Nacht.

Sommer 1944 – Sommer 1947

Julien Green
Tagebücher 1926–1942
878 Seiten, Leinen mit Schutzumschlag und Grauschuber

Der Tagebuch-Band der Jahre 1926–1942 bildet den Auftakt zu einer Edition sämtlicher Aufzeichnungen Julien Greens.

»Den Romanen und ihren dunklen, unaufgelösten Schreckensvisionen setzen die Tagebücher das sich im hellen Licht des Tages Vollziehende, nicht minder Spektakuläre entgegen, beschwören vielmehr in einem faszinierenden Schauspiel der Selbstvergewisserung die Sensation des wachen, gedankenscharf sezierenden Bewußtseins.«
Peter Henning, NDR

»Diese Tagebücher mit ihrer unbändigen Fülle von Momentaufnahmen eines vergangenen Lebens könnte man mit einem kostbaren Album vergleichen, dem Album einer versunkenen Welt des Geistes, aufgezeichnet von einem der letzten Großmeister des Geistes.«
Der Standard

»Obwohl eine innere Geschichte erzählt wird, dringt Welt in reicher Fülle herein. (...) Unzählige Figuren treten auf, allen voran ein in seinen Schwächen höchst einprägsam gezeichneter André Gide.«
Albert von Schirnding
in der Süddeutschen Zeitung

LIST VERLAG